Antonin Varenne, geboren 1973 in Paris, wo er Philosophie studierte. Er war Hochhauskletterer und Zimmermann, arbeitete in Island, Mexiko und in den USA, wo er seinen ersten Roman schrieb. Seine Werke wurden mit den wichtigsten französischen Krimipreisen ausgezeichnet.
Sein letzter Roman, *Die sieben Leben des Arthur Bowman*, stand wochenlang auf der KrimiZeit-Bestenliste. Er lebt im Departement Creuse, wo dieser Roman spielt.

Die Treibjagd in der Presse:

»Der nächste große Wurf von Antonin Varenne nimmt durch seine psychologische Raffinesse und vor allem seinen kunstvollen Aufbau Dante'sche Ausmaße an … Varenne entwickelt den Plot mit phänomenalem Geschick, was ihn noch faszinierender und fesselnder macht. Ein brillanter Krimi, der erneut das große Talent von Varenne unter Beweis stellt. Diesen französischen Autor gilt es dringend zu entdecken!«
Cannibales Lecteurs

»Antonin Varenne beeindruckt von Neuem … durch seine meisterhaft packende Erzählweise, die kein Wort zu viel enthält. *Die Treibjagd* erinnert an die Abgründe eines Claude Chabrol, umweht von einem düsteren Lufthauch.«
Encore du Noir!

Außerdem von Antonin Varenne lieferbar:
Die sieben Leben des Arthur Bowman (10235)

Besuchen Sie uns auf www.penguin-verlag.de
und Facebook.

Antonin Varenne

Die Treibjagd

Roman

*Deutsch von
Susanne Röckel*

 **PENGUIN** VERLAG

Die französische Originalausgabe erschien 2015 unter dem Titel
»Battues« bei éditions Écorce/La Manufacture de livres,
La Croisille-sur-Briance.

Sollte diese Publikation Links auf Webseiten Dritter enthalten,
so übernehmen wir für deren Inhalte keine Haftung, da wir uns diese
nicht zu eigen machen, sondern lediglich auf deren Stand
zum Zeitpunkt der Erstveröffentlichung verweisen.

Verlagsgruppe Random House FSC® N001967

PENGUIN und das Penguin Logo sind Markenzeichen
von Penguin Books Limited und werden
hier unter Lizenz benutzt.

3. Auflage 2017
Copyright © 2015 by La Manufacture de livres, Paris
published by arrangement with Agence littéraire Astier-Pécher
Copyright © der deutschsprachigen Ausgabe 2017
Penguin Verlag, München,
in der Verlagsgruppe Random House GmbH,
Neumarkter Straße 28, 81673 München
Umschlag: Cornelia Niere, München
Umschlagmotiv: Christophe Dessaigne/Trevillion Images
Redaktion: Beate Bücheleres-Rieppel
Satz: Greiner & Reichel, Köln
Druck und Bindung: GGP Media GmbH, Pößneck
Printed in Germany
ISBN 978-3-328-10156-7
www.penguin-verlag.de

 Dieses Buch ist auch als E-Book erhältlich.

1

Zwanzig Jahre nach dem Unfall,
neun Tage nach der Entdeckung der ersten Leiche,
zwölf Stunden nach der Schießerei

»Als ich geboren wurde, war R. noch eine Stadt. Vierhundert Leute haben bei Phillips in der Fabrik gearbeitet. Es gab genauso viele Gründe, hier zu leben, wie anderswo. Es gab ungefähr zwanzig Bistros, es gab Kleiderläden. Die Restaurants hatten genügend Gäste, am Samstagabend stand man vor dem Kino Schlange, am Stadtrand wurden neue Siedlungen gebaut. Die Banken gaben Arbeitern, die sich auf ihre Arbeit verließen, Kredit, um sie bis zur Rente an sich zu binden. Die Jungen machten ihre Ausbildung im Département und kamen zurück, um hier zu arbeiten. Diejenigen, die weiter weggingen, an die Universität, kamen manchmal auch zurück. Es gab Architekten, Maurer, Zimmerleute und Dachdecker. Die kleinen Häuser waren bewohnt, gepflegt, sie waren etwas wert. Man lernte sich in der Realschule, im Gymnasium, manchmal schon in der Grundschule kennen und ließ sich dann in der Kirche und im Rathaus trauen. Die Eltern kannten sich alle, und fast sah es so aus, als wären die Ehen arrangiert. Es ging aber alles gut, und man hatte das Gefühl, das zu tun, was man tun wollte.

Die Chefs von Phillips, von den Gerbereien und Spinnereien, waren noch unbeleckt vom Geist der Achtzigerjahre. Die Gewerkschafter waren keine Revolutionäre, und man einigte sich gütlich. Niemand kann sich an eine Demonstration in den Straßen von R. erinnern. Die Löhne gingen allmählich in die Höhe. Die Stadt war voller Menschen, es gab keine übersteigerten Hoffnungen, aber man hatte den Eindruck, dass alles gut lief. Es war friedlich. Mit zwanzig wusste man, dass man Kinder haben würde. Die Einstellungen gingen vom Vater auf den Sohn, von der Mutter auf die Tochter über. Bei den Familien wusste man, mit wem man es zu tun hatte: gleiche Arbeit, gleiche Kleidung, die gleichen Schultern und Gesichter, die sich von einer Generation zur nächsten glichen. Wenn man einen Platz haben wollte, hielt R. ihn bereit und wartete auf einen. Die Wahlen riefen keine großen Debatten hervor: Es gab Arbeit. Die Kandidaten stammten seit Jahrzehnten aus dem Klub der Unternehmer der Stadt. Die Schulen waren voll, ebenso die Sportvereine und die Orte, wo man seine Freizeit verbrachte. Der Supermarkt war für die Bauern, die einmal pro Woche zum Einkaufen in die Unterpräfektur kamen, eine Attraktion. Zweimal in der Woche blockierte der Markt die Hauptstraße, von der Place d'Espagne bis zum Pont Neuf. Die Höfe hatten zehn bis fünfzig Hektar.

Glauben Sie, ich bin sentimental? Ganz und gar nicht. Ich habe R. immer gehasst. Und ich war nicht die Einzige.

Die Jugend geht nicht verloren, weil man arbeiten gehen muss. Und wenn es nichts Ungerechteres gibt als die etablierte Ordnung, dann genügt das schon, um ein paar Heißsporne so richtig in Wallung zu bringen. Nur R. war unzerstörbar. Niemand musste die Rebellen in den Griff kriegen, die Stadt allein sorgte dafür, dass sie sich beruhigten. Typen, die auf die schiefe Bahn gerieten, die wirklich im Knast landen wollten, die mussten woandershin gehen. Für diejenigen, die nur das Bedürfnis hatten, ein bisschen aufsässig zu sein, hat es immer die Bälle und die Bistros gegeben. Mit dreißig war das zu Ende. In den Läden und in der Fabrik grüßte man die

Raufbolde mit einem Lächeln. Die jungen Mädchen betrachteten sie voller Bewunderung, wenn sie sie im Park mit ihrem ersten Baby sahen, sie sagten sich, dass sie so einen auch gern hätten; einen, von dem man, wenn er vierzig und Vorarbeiter geworden war, sagte: ›Der Roger! Mit dem durftest du dich früher nicht anlegen!‹ Solche Legenden waren Teil der Folklore, das kam gut an beim Aperitif. Dass R. heute ein Friedhof ist, das wundert mich nicht. Die Stadt war damals schon tot.

Sie haben ihn nicht gekannt, er ist gestorben, bevor Sie hierherkamen, aber R. ist so wie der alte Barusseau. Er hatte ein Lebensmittelgeschäft in der Rue Vielle. Zehn Jahre lang war sein Schaufenster jeden Monat mit Hakenkreuzen beschmiert, mit ›Scheißkerl‹ und ›Kollaborateur‹. Im Rathaus hatte man sich schon daran gewöhnt, dass er aufkreuzte, rot und mit dickem Hals. Mit Stockschlägen vertrieb er die Kinder, die sich seinem Laden näherten. Er brüllte den Bürgermeister an, er wollte, dass man diese Verbrecher, die das taten, zur Strecke brachte. Die Gemeinde bewilligte ihm einen neuen Anstrich seiner Fassade, aber mit der Zeit hatten sie im Rathaus genug davon. Der Bürgermeister hat von der Polizei verlangt, etwas zu tun. Schließlich hat sich der Streckenwärter dahintergeklemmt. Er legte sich zehn Nächte in einem Terrassengarten oberhalb des Geschäfts des alten Barusseau auf die Lauer. Eines Nachts hat er den Alten herauskommen sehen, mit einem Stuhl, einem Pinsel und einem Farbeimer, und dann sah er ihn die Hakenkreuze malen und ›Scheißkerl‹ in großen Buchstaben auf sein eigenes Schaufenster schreiben. Der Bürgermeister hat ihn aufgesucht, und der Alte hat angefangen zu heulen. Er hat erzählt, dass er im Krieg Schwarzmarktgeschäfte tätigte, den Deutschen Tipps gab und sie über die Widerständler aus seiner Ecke auf dem Laufenden hielt. Am gleichen Abend hat er sich aufgehängt.

Jedenfalls wird die Geschichte so erzählt. Und ich habe mich immer gefragt, als ich sie hörte, aus welcher Familie die Typen stammten, die am lautesten lachten.

Das Leben der Erwachsenen hier gewährt der Kindheit nicht viel Zeit. Mit zwanzig kriegen die Frauen Kinder, und der gängigste Scheidungsgrund ist ein Ehemann, der so stark zuschlägt, dass es nicht mehr zu verbergen ist. Ansonsten hält man sich an das, was man hat, denn R. gibt einem eine Chance, aber nur eine einzige. Wenn man sie verpatzt, ist es vorbei. Der Krebs dieser Stadt ist die Erinnerung. Aber wenn Sie meine Meinung hören wollen, ist die Gastronomie die wahre Plage von R. Haben Sie schon mal das Kartoffelgratin probiert?

Ich bin mit zweiundzwanzig weggegangen. Die junge Messenet. Skandal. Als ich zurückkam ... Aber Sie wissen ja, wie die Stadt heute aussieht. Phillips hat zugemacht. Geblieben sind zwei dahinsiechende Spinnereien und ein Tapisserie-Museum. Die Hälfte der Häuser steht leer, alles ist heruntergekommen, die Geschäfte in der Hauptstraße wechseln jedes Jahr den Besitzer, und die Hälfte der Läden steht zum Verkauf. Die Bevölkerung muss die älteste von ganz Europa sein, und die Jungen versammeln sich zum Komasaufen. Sie raufen nicht mehr, sie hängen sich am nächsten Baum auf. Die kleinsten Höfe haben hundertfünfzigtausend Hektar, und meine Familie besitzt den größten von allen. Es gibt drei Supermärkte, und die Fabriken haben geschlossen. Alles, was an Besitz geblieben ist, ist größer und hässlicher geworden.

Warum grinsen Sie? Beantwortet das nicht Ihre Frage?«

»All das erklärt, warum Sie weggegangen sind, aber ich wollte wissen, warum Sie wiederkamen.«

»Mein Vater war krank. Könnte ich einen Kaffee haben?«

»Brigadier, können Sie uns Kaffee bringen?«

»Die Krankheit Ihres Vaters ... Krebs, glaube ich?«

»Die Knochen. Aber wegen ihm bin ich nicht wiedergekommen. Es gab jemand anderen, den ich wiedersehen wollte.«

»Monsieur Parrot. Sie wollten es vor dem Brigadier nicht sagen?«

»Den Brigadier, wie Sie sagen, Marsault – ich kenne ihn seit dem Kindergarten. Er ist ein alter Freund von Thierry Courbier. Sein Vater war einer der rabiatesten Typen der ganzen Gegend, seinen Kindern und vor allem seiner Frau gegenüber. Als sie nach Saint-Vaury ins Sanatorium ging, haben die Leute hierherum gesagt, sie hätte eine Blutkrankheit. Ihr Mann hat sie ein einziges Mal besucht. Als er wieder abreiste, hat sie einen ganzen Schrank voll Medikamente geschluckt. Wahrscheinlich ist Marsault genauso böse wie sein Vater geworden. Vielleicht hat er seinem Alten ein Kopfkissen auf den Mund gedrückt, damals, bevor man ihn im Bett gefunden hat, von oben bis unten lila angelaufen. Die Leute sagten, es wäre der Alkohol gewesen. Aber das nächste Mal, wenn Marsaults Frau wieder bei einer Abschiedsfeier oder einer Grillparty der Polizei fehlt, schauen Sie doch nach, ob ihr Make-up nicht ein bisschen zu heftig ausgefallen ist.«

»Mademoiselle Messenet, es tut mir leid, dass ich Ihnen all diese Fragen stellen muss, wo Sie gerade eine so schwierige Zeit durchmachen. Sie sind erschöpft und mit den Nerven herunter. Vielleicht sollten wir die weitere Befragung verschieben?«

»Ich weiß nicht, was man Ihnen über mich erzählt hat, aber ich versichere Ihnen, dass selbst die notorischen Miesmacher die Wahrheit noch nicht erfasst haben. Und ich habe nicht die mindeste Lust, noch länger darauf zu warten, diesen Zirkus zu beenden. Wenn Sie glauben, ich übertreibe, schieben Sie es auf meinen Zorn oder auch auf die Trauer, wenn Ihnen das besser passt. Wenn Sie von hier wären, würden Sie nichts Kriminelles in eine Frau hineindeuten, die nicht weint, obwohl sie es tun sollte.«

»Ich deute nichts in Sie hinein, glauben Sie mir. Möchten Sie, dass ich Marsault auswechseln lasse?«

»Es stört mich nicht, dass er zuhört. So bin ich sicher, dass alle in der Gegend auf dem Laufenden sein werden. Glauben Sie, weil er Polizist ist, wird er nichts erzählen? Dann sind Sie entweder naiv, oder es gibt Gründe für Ihre Blindheit.«

»Wegen der außergewöhnlichen Ereignisse haben wir alle unsere Kräfte mobilisiert. Wir warten auf die Ermittler der Kriminalpolizei. Alle meine Männer sind am Tatort, und Brigadier Marsault ist heute Morgen der einzige Unteroffizier in Bereitschaft.«

»Selbstverständlich.«

»Wir können unter uns bleiben, wenn Sie das wünschen. Wir nehmen Ihre Aussage auf, wie ich Ihnen sagte. Sie müssen vor den Kriminalbeamten nicht noch einmal alles wiederholen. Sind Sie sicher, dass Sie weitermachen wollen?«

»Ich sagte Ihnen bereits meine Meinung dazu.«

»Gut. Sie sagten, Sie seien wegen Monsieur Parrot zurückgekommen. Ist das der einzige Grund?«

»Wollen Sie damit sagen, dass ein Typ wie Rémi als Grund nicht ausreicht, um hier leben zu wollen? Damit bin ich voll und ganz einverstanden. Das Problem ist, dass dieser Idiot nie von hier wegwollte.«

»Wir können weiter darüber reden, aber wenn es Ihnen nichts ausmacht, würde ich gern noch einmal auf das zu sprechen kommen, was Sie vor Ihrer Rückkehr gemacht haben.«

»Sie wollen über meine Vorstrafen reden?«

»Zucker?«

»Ja, danke.«

»Vor zwei Jahren, in Toulon, wurden Sie festgenommen und wegen Drogenhandels verurteilt. Kokain. Besitz mit der Absicht des Wiederverkaufs. Hundertfünfzig Gramm. Achtzehn Monate, davon zwölf auf Bewährung, ein Monat U-Haft. Sie haben schließlich eine Haftstrafe von drei Monaten im Gefängnis von Farlède verbüßt. Sie haben behauptet, nur als Zwischenträgerin fungiert und nie selbst gedealt zu haben. Haben Sie es wegen des Geldes gemacht oder um an Drogen zu kommen?«

»Das kommt auf das Gleiche heraus, nicht? Aber wenn Sie wollen, ja, ich habe es wegen der Drogen gemacht.«

»War das Ihr Traum, als Sie R. verließen?«

»Ja.«

»Entschuldigen Sie, aber Sie sind eine schöne Frau. Das Gefängnis dürfte nicht einfach für Sie gewesen sein.«

»Ich bin auch das Kind von Bauern. Ich hab mich durchgeboxt. Und in den acht Jahren, seit ich wegging, hat es nicht nur den Knast gegeben.«

»Rémi Parrot hat erklärt, ich zitiere, dass Sie immer viel zu schön waren für diesen Ort. Was bedeutet das Ihrer Meinung nach?«

»Das hat er gesagt?«

2

Zwanzig Jahre nach dem Unfall,
zehn Tage vor der Entdeckung
der zweiten Leiche

Die Leitbache entfernte sich von der Rotte, näherte sich dem Fluss und wandte dem Wasser den Rücken zu, die Schnauze im Wind. Sie hob den Kopf und nahm Witterung auf. Ein Tier von sieben oder acht Jahren. Hundertzwanzig Kilo. Vier Bachen von vier bis sechs Jahren, vier Überläufer, drei Würfe. Rémi zählte zwölf Frischlinge im grünen Licht des Nachtsichtgeräts, die dabei waren, nervös das Gras zu durchwühlen. Die Rotte war bei guter Gesundheit, was für die Intelligenz der Leitbache sprach. Die Weibchen umrundeten den Rehkadaver und warteten auf das Signal. Die Leitbache verließ ihren Posten am Fluss und trottete zu dem toten Tier. Ohne zu zögern, stieß sie ihm ihre Hauer ins Hinterteil. Mit einer einzigen Bewegung ihres Kopfes riss sie ein Stück Haut und Fell von zwanzig Quadratzentimetern heraus und legte die Muskeln frei. Die Mitglieder der Rotte taten es ihr gleich, und die Mahlzeit begann. Die Läufe des Rehs waren in die Luft gestreckt und zitterten, während Rüssel und Hauer seinen Hinterleib durchwühlten.

Allmählich durchdrang die Kälte seine Kleider. Rémi legte das Infrarotnachtsichtgerät langsam auf den Stamm neben sich und blies in seine Handflächen, um sie zu wärmen. Nach der Zählung hätte er jetzt wieder nach Hause gehen können, aber er beschloss, das Ende der Mahlzeit abzuwarten und den Kadaver zu untersuchen. Er rollte vorsichtig auf die Seite, streckte sich auf dem Rücken aus und betrachtete den Himmel, der zwischen den im Wind rauschenden, schwankenden Blättern sichtbar wurde. Er steckte die Hände in die Taschen seiner Jacke, schloss die Augen und schlief ein.

Der Wind hatte sich gelegt, als er die Augen wieder öffnete. Weit weg hörte er das gedämpfte Geräusch des Wehrs. Die Bäume rauschten nicht mehr. Der Fluss war an dieser Stelle fast bewegungslos, da er von dem kleinen Wehr der Fischzuchtanlage gestaut wurde. Rémi rollte auf den Bauch, tastete nach dem Nachtsichtgerät und richtete es auf das tote Reh. Die Frischlinge waren verschwunden, ebenso drei der Bachen. Die jungen Männchen, die Rüssel schwarz vom Blut, standen witternd neben dem Kadaver. Die Leitbache stand bis zum Bauch im Wasser und sah in seine Richtung. Er hielt den Atem an. Im Objektiv des Nachtsichtgeräts sah er ihre Augen: zwei grellgrüne Kugeln, direkt ihm gegenüber. Die Muskeln entlang seiner Wirbelsäule krampften sich zusammen. Er atmete tief ein, um die Spannungen in seinem Brustkorb zu lösen. Die Bache schnaubte laut. Sie blieb noch einige Sekunden reglos stehen, der Rest der Rotte wartete auf ihre Reaktion.

Auch Rémi wartete.

Sie drehte den Kopf nach links und nach rechts, streifte die Wasseroberfläche mit dem Rüssel, schlürfte zwei Schluck Wasser und zog sich in Richtung der Rotte zurück, ohne die Blickrichtung zu verändern. Die Überläufer ließen das restliche Fleisch des Kadavers links liegen, gruppierten sich, ohne einen Laut von sich zu geben, neu, und dann verschwand die Rotte hinter den Bäumen.

Rémi folgte der Thaurille bis zum Wehr, durchwatete sie

und ging am anderen Ufer weiter bis zu dem Ort, an dem die Wildschweine ihr Mahl verschlungen hatten. Einige Meter davor lauschte er in der Stille und knipste dann seine Taschenlampe an.

Es war noch Fleisch übrig. Nach den Raben und den Füchsen vertilgten es die Wildschweine gewöhnlich bis auf die Knochen. Doch das Verhalten der Leitbache war eindeutig gewesen. Es waren Tiere ohne natürliche Feinde, die eine Auseinandersetzung instinktiv vermieden.

Der Bock war nicht verletzt, wenigstens an den intakten Stellen des Kadavers nicht. Rémi hob die Lefzen an und öffnete den Kiefer. Er schätzte sein Alter auf drei oder vier Jahre. Er beleuchtete die Wirbelsäule, zog das Jagdmesser aus dem Futteral und untersuchte mit seiner Spitze einen Fleck im Fleisch. Entlang der Wirbel machte er einen dreißig Zentimeter langen Schnitt, schob Fell und Fleisch beiseite. Die Knötchen breiteten sich gleichmäßig auf der Muskeloberfläche aus, die Ausgangsnarben waren schwarz. Infektion. Eiablage und Schlüpfen der Larven waren im Sommer erfolgt. Hypodermose. Der Bock war geschwächt. Die ersten Parasiten des Frühjahrs hatten ihn zur Strecke gebracht.

Nur die Wildschweine hatten etwas von diesem Fleisch. Er zog seine Lederhandschuhe an, packte den Bock am Geweih und zog den Kadaver zehn Meter weiter, damit er nicht mit dem Flusswasser in Berührung kam. In ein, zwei Tagen würde nichts mehr von ihm übrig sein.

Er spürte die Kälte des Wassers. Nachdem er sich hingekniet hatte, zog er die Handschuhe aus, spülte das Messer ab und wusch sich die Hände. Dann bespritzte er sich das Gesicht und die von der Müdigkeit geröteten Augen. Bevor er aufstand, blieb er sekundenlang an der Stelle stehen, wo die Leitbache gestanden hatte, und beobachtete den Stamm, hinter dem er sich am anderen Ufer versteckt hatte.

Er ging wieder zum Wehr, durchwatete die Thaurille, ging fünf Minuten am anderen Ufer weiter, durchquerte den Wald, bis er zu einer Wiese kam, von wo es nicht mehr weit war zu seinem auf dem Forstweg abgestellten Toyota-Pick-up.

Am Steuer sitzend, schaltete er die Innenbeleuchtung ein, zog das Protokollheft aus dem Handschuhfach und sah nach der Uhr auf dem Armaturenbrett.

»Behördliche Bestandsregulierung. 25. 3. 2012, 2 Uhr 45. Thaurille, Nordufer. Rotte Nr. 4. Leitbache 6–7 Jahre, +/- 120 kg. Vier Überläufer, 12–24 Monate, vier Bachen (5–6 Jahre), zwölf Frischlinge. Route: durch Kommunen Saint-Feure/Pontgiraud. Parzellen AZ 35/36/41, Nord-West/Süd-Ost. Gartempe-Quelle/Ufer Thaurille, 200 m flussaufwärts vor Fischzucht-Wehr. Nahrung: Rehkadaver +/- 4 Jahre. (Todesursache: Parasitenbefall aus Saison 2011, Hypodermose.)«

Er verstaute das Heft wieder im Handschuhfach, schaltete die Innenbeleuchtung aus und fuhr los.

Die Scheinwerfer huschten über Wurzeln und Schlaglöcher. Er schaltete in den zweiten Gang, ließ dann den großen Diesel im Leerlauf, bis das starke Licht in schwankendem Auf und Ab über das Haus glitt. Er stellte den Wagen unter das Garagenvordach und zog den Zündschlüssel ab.

Ohne Licht zu machen, betrat er das Haus, zog die Schuhe und die durchnässte Hose aus, warf die Jacke ab und streckte sich in Pullover und Unterhose auf dem Bett aus. Der Schlaf, der ihn im Wald überfallen hatte, ließ nun auf sich warten.

Bis zum Morgengrauen blieb er auf dem Rücken liegen, im Geruch von Farbe und Lack. Seit dem Krankenhaus suchte ihn an neuen Orten Schlaflosigkeit heim. Er wartete darauf, dass es hell wurde, und sagte sich, dass er sich im Liegen immerhin ein wenig erholen würde.

Als das erste graue Licht hereinsickerte, stand er auf, und um den Schein zu wahren, machte er sich Frühstück. Mit einer Schale Milchkaffee vor der Nase roch er wenigstens das Haus nicht mehr. Mit dem letzten Schluck lauwarmen Kaffees spülte er die Tabletten herunter, stand auf, um die Schale in die Spüle zu stellen, und merkte, dass ihm schwindlig wurde. Einen Augenblick lang nahmen die Möbel die grüne Farbe des Nachtsichtgeräts an. Der Schlafmangel wurde langsam unangenehm. Weil er ständig müde war, brauchte er das Codein immer nötiger.

Er nahm eine gewaschene Uniform vom Wäscheständer. Nicht nur sein neues Haus, sondern auch die frischen Kleider störten ihn. Um die Benommenheit abzuschütteln und den steifen Stoff etwas weicher zu machen, nahm er das Beil und machte sich an den Holzhaufen vor dem Haus. Bei dieser Arbeit entspannte sich sein Körper. Eine Stunde lang beschäftigte das Geräusch des Beils, der die Eichenscheite spaltete, seinen Geist. Er schichtete das Holz an der Hausmauer auf und schützte es mit einem alten Stück Wellblech. Schweiß rann ihm übers Gesicht. Er wusch sich am Außenhahn und machte sich ein Sandwich, das er im Schatten der Veranda langsam aß.

Das Gelände war noch durchfurcht von Rodungs- und Trockenlegungsarbeiten; gerade erst waren Wasserrohre und elektrische Leitungen gelegt worden. Der Rasen, zwei Wochen zuvor gesät, begann zu keimen. Grüner Flaum färbte die dunkle Erde in diesem neu gestalteten Winkel des Waldes. Rémi hatte viele Bäume und Haselnusssträucher stehen gelassen, bis zu den Ginsterbüschen, die auf der Hügelkuppe wuchsen, dort, wo der Granit zum Vorschein kam. Um für das Haus, den Zufahrtsweg und die Kanalisation Platz zu schaffen, hatte er den Wald lichten müssen; die Sonne sollte das Haus bescheinen, und doch sollte es von der Wiese im Norden her nicht einsehbar sein, und es musste geschützt sein vor Wind und Regen, die in diesem südwestlichen Teil des Landes oft zu erwarten waren. Die Lage war gut, und das Haus aus massivem Holz konnte auf die heftigen Temperaturunterschiede der Region flexibel reagieren. In der Mittagssonne zeigte das Thermometer im Schatten der Veranda siebzehn Grad. In dieser Nacht, als Rémi aus dem Wald kam, hatte sich der Boden mit Raureif überzogen. Das Blockhaus hielt einiges aus, und der mit Holz geheizte Ofen genügte, um es warm zu halten; im Sommer würde es angenehm kühl sein. Es knackte morgens, wenn es sich aufheizte, und abends, wenn es abkühlte. Und Rémi gefiel es, diese Geräusche zu hören, mit denen sein Haus auf die Umgebung reagierte.

Die Terre Noire war immer ein schönes Grundstück gewesen, das sein Vater in den letzten Jahren gut in Schuss gehalten hatte. Das Haus, ein Quadrat mit einer Seitenlänge von je acht Metern, war aus an Ort und Stelle gefällten Douglasienstämmen zusammengefügt worden. Die zwei Hektar Wiesen oberhalb des Hauses gaben immer gutes Grünfutter ab; der junge Fernin brachte es ein, seit er das Gelände gepachtet hatte.

Rémi betrachtete die kleine Lichtung, auf der er nun wohnte, und sagte sich, dass die Spuren der Rodungen nach kurzer Zeit verschwunden wären. Das alles ist nur eine Leihgabe, sagte er sich. Die Schönheit des Ortes, mehr als sein Bedürfnis nach Komfort, rechtfertigte – oder entschuldigte –, dass er ihn in Beschlag nahm. Terre Noire war auch, obwohl er sich weigerte, diesem Umstand viel Bedeutung beizumessen, das letzte Stück des Parrot-Hofes.

»Ich will verkaufen«, hatte seine Schwester gesagt.
Rémi war ohne weitere Debatte einverstanden gewesen. Nur Terre Noire hatte er ausgenommen.

Als ihre Eltern gestorben waren, lebte Martine schon lange in der Stadt. Sie hatten ihren Besitz verkauft, als würden sie ein erlegtes Tier zum Schlachter tragen. Wochenlang hatten Courbier und Messenet sie hofiert, die sich um jeden Quadratmeter ausbeutbaren Boden rissen. Der Kampf der beiden Familien um Bauland hatte damals auch die Parrot-Enkel einbezogen. Es war eine Art kalter Krieg gewesen, und sie hatten versucht, sich so gut wie möglich herauszuhalten, ohne von der einen oder der anderen Partei als Geisel genommen zu werden. Rémis Haus war nun eine Enklave an der Grenze der Ländereien der beiden größten Grundbesitzer der Region.

Er breitete seine Papiere und Notizen auf dem Tisch aus.

Die Bestandskontrolle war mit der Überprüfung der Wildschweinrotte von dieser Nacht fast beendet. Er sah den Bericht für die Präfektur durch, dann faltete er die topografische Karte auseinander und plante seine Wege in der Region des Plateaus, indem er mit Bleistift Linien darin einzeichnete. Plötzlich verschwammen Höhenlinien und geografische Namen. Er nahm eine Tablette, bevor die Schmerzen ihn am Denken hindern konnten. Das Codein wirkte nach einigen Minuten. Er ließ die Karte liegen, zog seine Jacke an und ging zum Pick-up. Nachdem er die Plane über der Ladefläche abgerollt hatte, nahm er zwei Käfigfallen und einige Drahtschlingen herunter, um sie im Werkzeugschrank zu verstauen. Die Schlingen waren aus Kupferdraht. Handgefertigt, auf eine Weise, die er kannte. Der Draht war schwarz verbrannt: Es handelte sich um Elektrokabel, deren Plastikverkleidung in einem Zweihundertliterfass abgebrannt worden war. Die Wiederverwertung von Eisen und Kupfer, mit oder ohne Einwilligung der Besitzer, war eine Spezialität der Sinti, die zudem traditionellerweise die besten Wilderer der Gegend waren.

Er steuerte den Pick-up zwischen den Bäumen hindurch auf den Weg. Ein ähnlicher Wagen kam ihm entgegen; ein alter, rostzerfressener Lada, aus dessen offenen Fenstern verworrener Lärm drang: elektrische Gitarren und rauer Gesang. Rémi wich zur Seite der Bäume hin aus, die zwei Vorderräder des Lada blockierten auf dem trockenen Boden und wirbelten eine bräunliche Staubwolke auf. Als sie auf gleicher Höhe waren, ließ Rémi sein Fenster herunter. Einen Moment lang bohrte sich die Musik in sein Trommelfell, und die Wirkung des Codeins setzte aus. Er kniff die Augen zusammen. Der Staub verteilte sich im Wind, und die Musik hörte auf.

»Salut.«

»Salut.«

Die beiden Männer beobachteten einander aus den Kabinen ihrer Pick-ups heraus.

»Hast du fünf Minuten?«

»Kommt drauf an.«

»Los, dreh um.«

Der Lada fuhr wieder an und hielt am Blockhaus neben dem Holzstapel. Rémi schaltete in den Rückwärtsgang.

Jean saß auf den Verandastufen, als er ausstieg.

»Bier?«

»Frag einen Seemann, ob er das Meer wiedersehen will.«

Rémi holte ein Bier und eine Flasche Mineralwasser aus dem Haus.

»Wenn du mehr willst, musst du es kaufen gehen. Das ist alles, was du beim letzten Mal übrig gelassen hast.«

»Lass das, ich muss dir was sagen.«

»Okay.«

Jean schüttete das Bier in drei langen Zügen herunter.

»Du warst gestern nicht auf dem Pfarrfest von Sainte-Feyre?«

Rémi lächelte fast unmerklich.

»Wärst besser gekommen. Vielleicht hättest du den ganzen Quatsch beenden können. Oder vielleicht hätten wir es gemeinsam geschafft.«

»Was ist passiert?«

»Das ganze Kaff war da. Wenn die Courbiers die Runde zahlen, kreuzt die ganze Kommune auf, um sich zu bedanken. Den Nachmittag habe ich mir natürlich gespart. Karussells, Kinder im Sonntagsstaat, Kirchenchor und dieser ganze Kram. Aber danach gab's den Ball der TechBois.

»Klar, so ein Ball ist nicht besonders schön, aber doch kein Drama.«

»Praktisch alle Jungs von der Fabrik waren da, am Anfang mit Frauen und reichlich krähendem Anhang. Nach Mitternacht waren nur noch die ganz Tapferen da, und auch bei denen war die Luft raus. Thierry Courbier war dabei, natürlich mit fünfzehn Typen um ihn rum, die brav zu lachen anfingen, sobald er auch nur den Mund zum Gähnen aufmachte. Ich war mit Tonio da, der jeglichen Ärger schon eine Stunde vorher wittert – weil es ja auch überall Randale gibt, wo er hinkommt, dieser Idiot. Er sagt also zu mir: ›Ich hau ab, hier stinkt's.‹ Da waren auch schon ein paar Typen vom Lager Valentine am Eingang, die versuchten reinzukommen. Die Security der TechBois war genervt und wollte keine Sinti durchlassen. Tonio hatte recht, es roch nicht gut. Aber ich war mit Trinken beschäftigt, und außerdem war auch eine gewisse Neugier im Spiel. Ich hätte es mit der Stoppuhr in der Hand verfolgen können. Um eins ist Philippe aufgekreuzt. Hab ihn noch nie in diesem Zustand gesehen.

Betrunken, okay, klar, aber vor allem herausgeputzt wie ein Pfingstochse. Er steuert direkt auf Courbier zu und schreit, dass er seinen Vater sehen will. Er schreit noch lauter, dass man die TechBois schließen soll, diese Scheißbude, und so weiter. Du kannst dir ja vorstellen, was Philippe zu diesem Thema ablässt. Gut, wenn man unter sich ist, kann man solche Sachen sagen, aber es war der Ball der Courbiers, in Anwesenheit des Kronprinzen persönlich, dem er vor seinen ganzen Fans ins Gesicht spuckt. Courbier hat nicht einmal die Hand gehoben. Er hat ein Zeichen mit dem Kopf gemacht, wie so ein verdammter Mafiaboss im Kino, und drei Typen haben sich Philippe gegriffen. Holzfällertypen. Ich kenne einen von ihnen. ›Der Dicke‹ wird er genannt. Aber vor allem ist er eins neunzig groß. Dick eher im Bereich des Hirns. Sie haben ihn hinter den Festsaal geschleppt.«

»Was hast du gemacht?«

»Der Alkohol dämpft die Schläge, aber am nächsten Tag tut's trotzdem weh. Und dann war es auch keine Rauferei unter Besoffenen, es war die reine Wut. Hier kennen sich alle, aber nicht alle sind Freunde. Es gibt welche, die sich nicht mögen. Aber das war Hass, Rémi. Wenn ich mich eingemischt hätte, hätten sich sofort drei Typen von der TechBois auf mich gestürzt. Ich hab mich bei den Sanitäranlagen umgesehen. Als ich ankam, lag Philippe schon am Boden. Dann hab ich abgewartet. Es ist nicht schön, aber es gab nur die eine Chance: auf den Moment zu warten, wenn die Typen genug rumgeprügelt haben, um mit sich zufrieden zu sein – direkt bevor einer von denen einem Bewusstlosen mit dem Fuß ins Gesicht tritt. Philippe musste noch ein bisschen was einstecken. Als die drei dastanden, um wieder zu Atem zu kommen, bin ich zu ihnen gegangen. Der Dicke sagt zu mir: ›Was willst du, Jeannot? Verpiss dich.‹ Ich sag ihm, dass ich gar nichts will, nur dass sie jetzt nicht noch richtig Scheiße bauen sollen. Ich sag ihm, dass der Ökofritze sein Fett abgekriegt hat und dass niemand wegen so was am Ende in den Knast gehen sollte. Die Typen haben mich eine Weile angestarrt, aber mehr war eigentlich nicht nötig, angesichts der Abreibung, die sie Philippe schon verpasst hatten. Der Dicke hat mit mir geredet und mir dabei mit dem Finger auf die Brust geklopft. Es war ungefähr so, als würde er mit dem Hammer draufschlagen. Er sagt, ich hätte doch sicher kein Interesse daran, mich in diese Sache einzumischen, es wäre besser, ich würde den Hippie mitnehmen und nicht in die Bar zurückgehen. Und das hab ich dann auch gemacht.«

»Wie geht's ihm?«

»Er sieht nicht schön aus, aber es ist nichts Ernstes. Er ist ganz schön kräftig, der Ökofritze. Sollte nur keine Depressionen kriegen oder sonst was, wenn er wieder stehen kann.«

»Ist er in seiner Wohnung?«

»Da habe ich ihn heute Morgen hingebracht.«

Rémi lehnte sich gegen einen Verandapfosten und trank ein paar Schlucke aus der Wasserflasche. Der linke Wangenmuskel, der noch beweglich war, zog sich zusammen und hob den linken Mundwinkel an.

»Ich werde mal bei ihm vorbeifahren.«

Jean stand auf und ging langsam über die Veranda. Das Lärchenholz färbte sich durch die Wirkung des Sonnenlichts leicht gelblich.

»Du solltest lasieren, wenn du nicht willst, dass wir in zehn Jahren alles noch mal machen müssen.«

Er drehte sich zu Rémi um, der gedankenverloren dasaß.

»Mach dir keine Sorgen. Du weißt doch, dass es immer so ausgeht. Mit den Courbiers und den Messenets, mit den Typen aus dem Wald, mit den Jägern, mit allen. Du mit deiner

Uniform und deiner Hütte mitten im Wald, du bist einfach nicht mehr daran gewöhnt. Mach dir keine Sorgen.«

»Klar. Alles schön vergessen und begraben, bis zum nächsten Rausch und der nächsten Schlägerei.«

»Du bist doch von hier. Du weißt, wie es ist, Scheiße unter den Teppich zu kehren.«

Rémi hatte seine Mütze wieder aufgesetzt und ging die Stufen hinunter. Mit der Hand auf dem Geländer blieb er stehen.

»Darf ich erfahren, wovon du sprichst?«

»Was glaubst du?«

Rémi senkte den Kopf. Das Gesicht lag im Schatten des Mützenschirms.

»Sie weiß, wo ich wohne. Ich muss fahren. Du kannst bleiben, wenn du willst, aber wenn ich an meinen Kühlschrank denke, nehme ich an, dass du auch nicht lange bleiben willst.«

»Stimmt genau.«

»Wir müssen uns noch um den Werkzeugschrank kümmern, die Garage ist wirklich zu eng. Sag mir, wann du Zeit hast.«

»Bald, weil ich glaube, dass ich danach von hier abhaue. Ich nehme ein Flugzeug und fliege irgendwohin, wo es weniger Menschen und mehr Tiere gibt. Oder einfach dorthin, wo der Unterschied deutlicher zu sehen ist.«

»Was anderes. Ich hab wieder zwei Käfige und Schlingen gefunden, in der Nähe der Fischzucht. Sag Tonio, er soll das im Lager verbreiten. Die von der Jagdaufsichtsbehörde werden allmählich sauer. Die Sinti sind nicht immer verantwortlich für die Wilderei, aber auch wenn die Jäger ihnen alles zur Last legen, muss man zugeben, dass sie bei zwei von drei Malen recht haben. Das nächste Mal muss ich einen Bericht schreiben, und eine Kopie davon geht an die Gendarmerie.«

»Ich geb's weiter, für alle Fälle.«

Rémi stieg in seinen Pick-up und fuhr wieder auf den Weg, Jeans Lada direkt hinter ihm. In der Jackentasche klingelte sein Telefon. Er hielt es ans Ohr und sah Jean mit seinem Handy im Rückspiegel.

»Was?«

»Du kannst dich ja offenbar nicht entscheiden. Deshalb hab ich jetzt die Einweihungsparty organisiert. Ich hab alle für nächsten Samstag eingeladen.«

»Was heißt alle? Ich habe keine Lust, Leute zu sehen.«

»Keine Panik. Philippe, deine Schwester, ihre bessere Hälfte und ihre Kinder, Bertrand und Marie, Polo, Bertin und seine Frau, die auch mit ihrer Tochter kommen. Ich hab mit Tonio noch nicht geredet, aber ...«

»Vergiss es.«

»Wir haben was geleistet, das muss gefeiert werden. Ich bin gestern bei Michèle im Laden vorbeigegangen, um ihr die letzte Rechnung zu geben. Sehr hübsch, ihr Geschäft. Du solltest mal hingehen und dir ein Paar Netzstrümpfe kaufen.«

»Warum erzählst du mir das?«

»Weil ich sie auch eingeladen habe.«

Rémi bremste abrupt.

»Was?«

Jeans Geländewagen fuhr in den Graben und preschte mit gleicher Geschwindigkeit weiter.

»Ich hab ihr gesagt, dass du mich damit beauftragt hättest. Sie sagte, dass sie vielleicht vorbeikäme.«

3

Zwanzig Jahre nach dem Unfall,
neun Tage vor der Entdeckung
der ersten Leiche

Rémi raste in die Stadt und bemerkte erst beim Kreisverkehr am Pont Neuf, dass er achtzig fuhr. Als er heruntergeschaltet hatte, nahm er das ganze Ausmaß seiner Nervosität wahr.

Seit wann war er nicht mehr in der Stadt gewesen? Seit einer Woche? Zwei? Je weniger er dort war, desto besser ging es ihm. Er fuhr langsamer, verließ das Zentrum und bog in die Route du Mont ein, die zum Krankenhaus führte, zum Finanzamt, zur Gendarmerie. Nach der letzten Kurve, vor dem Neubaugebiet und der Gendarmeriekaserne, öffnete sich der Blick auf das alte R. und seine drei steilen Täler mit dem Fluss in der Mitte. Die Häuser aus Granit mit ihren Schieferdächern, dicht aneinandergedrängt an den Hängen, die terrassierten Gärten. Der kürzlich restaurierte Uhrenturm, die Hauptstraße. Die Ruinen des alten Schlosses oberhalb des Landratsamtes. Dem Rathaus gegenüber Michèles neuer Laden.

Auf die Hügel hinauf kamen Jugendliche, die knutschen wollten, Betrunkene, um die Nacht zu beenden, Drogenabhängige, um sich zwischen den Ginsterbüschen einen Schuss zu setzen. Man hatte einige Selbstmörder auf dem Turmhügel gefunden. Im Gesträuch lebten Hasen und Kaninchen, Dachse, Marder und Singdrosseln. Es gab zwei oder drei Wildschweinwechsel. Wenn man ein paar Stunden auf dem Ansitz wartete, hatte man gute Chancen, Rehe durchziehen zu sehen. Nachts wimmelte es von Igeln, und die Leute vom Lager legten Schlingen. Rémi hatte Stunden damit verbracht, in diesen Büschen und Wäldern Vögel zu beobachten. Die gleichen Vögel gab es nur hundert Meter vom Hof entfernt, aber er liebte es, Tiere zu belauschen und gleichzeitig die Geräusche der Stadt zu hören.

An einem Abend war er mit Michèle nach La Lune gekommen; sie waren fünfzehn oder sechzehn gewesen. Rémi war die ganze Strecke vom Hof mit dem Mofa gefahren, und er erinnerte sich nicht mehr, ob sie auch mit dem Mofa gekommen war, vom Haus der Messenets auf der anderen Seite des Gartempe-Tals bis hierher. Vielleicht war sie die drei Kilometer auch zu Fuß durch den Wald gelaufen. Es war der Anfang des Sommers, es hätte ihr ähnlich gesehen. Fünfzehn. Sie sollte im darauffolgenden Herbst ins Gymnasium kommen. Für ihn war es anders. Vor den großen Ferien hatte ihn der Schulleiter einbestellt. Rémi war der Gang in dieses Büro verhasst gewesen; er hatte den Eindruck gehabt, mitten in diesen sauberen Büchern und Papieren einen Geruch nach Stall zu verbreiten. An diesem Tag hatte der Schulleiter nicht von Raufereien gesprochen oder von seinen Fehlstunden wegen der Arbeit auf dem Hof, sondern von seiner Zukunft und von seinen »Möglichkeiten«. »Sie müssen aufs Gymnasium, Parrot.« Das hatte er gesagt. Als wäre das so einfach: »Sie sind ein guter Schüler, haben Sie schon einmal darüber nachgedacht, was Sie später machen wollen?« Die Frage hatte ihn sprachlos gemacht. Aber die Entscheidung hing nicht von ihm ab. Die Heuernte hatte begonnen. Im Herbst war er dann auf das Landwirtschaftsgymnasium gegangen.

Er hatte versucht, mit seiner Mutter darüber zu sprechen, an jenem Abend. Sie war rot geworden und hatte gesagt, er solle vielleicht warten, bis das Heu eingebracht wäre, bevor er das bei Tisch zur Sprache brachte. Er hatte keine Zeit gehabt, es zu tun.

Mit Michèle zusammen hatte er Stunden damit verbracht, die Stadt von oben zu betrachten, während es langsam Nacht wurde. Ihre schwarzen Augen waren auf die Straßen von R. geheftet, in denen die ersten Lichter aufflammten. Als sie davon sprach, diese verkommene Stadt verlassen zu wollen, hatte sich Rémis Herzschlag beschleunigt. Für ihn gab es kein Weggehen. Die Heuernte und das Landwirtschaftsgymnasium. Der Hof. Er hatte ihre Hand nehmen wollen, aber dann hatte er darauf verzichtet. Er konnte sie nicht zurückhalten. Sie würde gehen, und er würde bleiben.

Dieser Jugendliche, der tastend die Mauern erkundete, die ihn umgaben, er spürte ihn noch in seinem Innern, geduckt unter einem Busch, die Fäuste geballt. Russische Puppen. Stück für Stück hüllte die Zeit Teile seines Selbst in einen Schleier und entzog sie ihm. Je mehr man in der Zeit voranschritt, desto weniger Teile, desto weniger Mischungen umfasste das Selbst. An diesem Abend herrschte die Jugend, das Alter der Trennungen – zwischen Kind und Erwachsenem, Freunden und Bekannten, Dummheit und Intelligenz. Im Collège hatte man nicht mit allen gespielt, es hatten sich Gruppen gebildet, in denen es um Geistesverwandtschaft, um Ähnlichkeit der Neigungen und Interessen ging. In R. hatte das zu einer entscheidenden Wendung geführt.

Rémi war der einzige Spross einer hier ansässigen Familie, die nur auf drei Generationen zurückblicken konnte. Sein bretonischer Großvater war nach dem Krieg hierhergekommen, um Land zu kaufen, das die Regierung billig abgegeben hatte, um diesen durch den Exodus der Bauern entvölkerten Winkel wiederzubeleben. Aber der Legende nach hatte dieser Großvater Parrot auch deshalb die Bretagne verlassen, weil er sich dort zu viel Ärger eingehandelt hatte. Rémi hatte ihn nicht gekannt, aber ein paar Alte erinnerten sich noch an ihn. Parrot, rastloser Arbeiter, Alkoholiker, rabiater Hitzkopf. Wenn man die russische Puppe öffnete, stieß man nach dem Jugendlichen und dem Kind auf einen Großvater, der herumschrie, der soff und seine Frau schlug, weil er sie nicht verlieren wollte; auf einen Vater, dessen Freundlichkeit getränkt war von Wein und dessen Frau sich in einem erbärmlichen Zustand befand. Rémi schleppte in seinem Innern diese Vorfahren mit sich herum, die sich nie assimiliert hatten. Sein Einsiedlerleben und seine einsame Arbeit schien für alle hier das logische Ende dieser entwurzelten und erfolglosen Dynastie zu sein.

In jener Sommernacht oberhalb der Stadt hatte er keinen anderen Ausweg, keine andere Möglichkeit gesehen als den Hof, diesen Hof, der seinen Großvater getötet hatte und nun auch seinen Vater an der Gurgel packte. Es gab nur zwei Kinder. Ihn selbst und seine Schwester Martine, Lehrling in einem Friseursalon der Stadt. Es war sein Erbe als Mann. Mit fünfzehn war er kräftig genug für die Arbeit.

Einige Tage später war das vorbei. Die Ärzte erklärten, dass er nur dank seines robusten Knochenbaus überlebt hatte. Michèle und Rémi hatten noch nichts von ihren Schwächen und ihren Stärken gewusst.

Die Kurve mündete in die gerade Straße des Neubaugebiets. Die weiß verputzten Einfamilienhäuser wurden allmählich alt. Die Industrieziegel waren dunkel geworden und überzogen sich an den Schrägen der Nordseite mit Moos, an Türen und Holzzäunen blätterte die Farbe ab. Als er das Collège besuchte, waren die Kinder, die hier wohnten, in den neuen Häusern oberhalb der Stadt, die Könige. Wie das Büro des Direktors, ein Ort, den Rémi in seinen Bauernkleidern nicht zu betreten wagte. Am Ende der Straße sah er das dunkelblaue Tor der Gendarmeriekaserne.

Von dem kurzen Blick auf die Stadt im schwankenden Verlauf der Kurve blieb nur der Eindruck übrig, den er immer schon gehabt hatte – vielleicht von Michèle übernommen –, dass die drei Täler alles erstickten, was in ihnen lebte. Und dieser Satz, der ihm im Kopf herumging, bis er den Pick-up im Hof der Kaserne abstellte: »Es gab nur zwei Kinder.«

Marsault saß am Empfang. Als er Rémi Parrot erblickte, reagierte er auf eine Weise, die der Revierjäger zu ignorieren gelernt hatte. Sein Blick huschte hin und her, weil er keinen Haltepunkt in seinem Gesicht fand.

»Salut, Arnaud.«

»Salut, Rémi.«

Marsault. Clan Courbier. Als Jugendlicher große Klappe, Raufbold, Kindheitsfreund von Thierry Courbier. Wie fast alle Knirpse von R. war er damals in Michèle verknallt gewesen. Verheiratet mit der älteren Tochter vom Bistro Marcy. Ein, zwei Kinder. Polizist. Rémi fragte sich, ob er am vergangenen Samstag auf dem Ball war, als die Arbeiter der TechBois Philippe zusammengeschlagen hatten.

Rémi hatte seine Beziehung mit der Polizei nie geklärt. Er war vereidigt, besaß polizeiliche Befugnisse, besaß ein Paar Handschellen, eine Dienstwaffe, die er allerdings nur selten trug. In seinem Revier konnte er ermitteln, Verwarnungen aussprechen, Festnahmen veranlassen. Das alles genügte nicht, um sich den Polizisten nah zu fühlen, die hier Dienst taten. Er arbeitete mit ihnen zusammen, gelegentlich, nicht mehr. Der Ausdruck »Polizist der Natur« tat ihm in den Ohren weh.

»Ich hab den Plan für die Drückjagd mitgebracht. Der Jahresabschluss ist beendet. Es ist alles dabei. Parzellen, Posten, Zeitplan. Die Liste der Schützen ist noch nicht vollständig, Valleigeas kümmert sich darum.«

Marsault nahm die Papiere und prüfte die erste Seite. Es war ihm offenbar recht, die Dokumente vor Augen zu haben, um Parrot nicht länger ins Gesicht sehen zu müssen.

»Ja, bei Valleigeas dauert es immer etwas länger, bis er sich mal entscheidet.«

Die Übersetzung war einfach: Bei den großen Treib- und Drückjagden wollte jeder dabei sein. Das heißt, auf der einen Seite die Courbiers, auf der anderen die Messenets. Jeder eine Schusslinie und jeder mit Freunden, die darauf platziert werden wollten. Valleigeas, Feldhüter von Sainte-Feyre, war mit keinem Clan befreundet. Seit zwei Monaten musste er Anrufe und Einladungen zu Partys und Empfängen erhalten, bei denen man ihm Visitenkarten zusteckte und ihm als schlechte Scherze getarnte Ratschläge und Drohungen zukommen ließ. Valleigeas war nicht unentschieden, er versuchte nur wie viele andere, sich nicht mehr Feinde zu machen als notwendig, und die Sache hinter sich zu bringen, ohne Partei zu ergreifen.

»Fünfundachtzig Wildmarken! Lenoir wird keine einzige Tiefkühltruhe mehr zu verkaufen haben. Achtzehn Treiber, achtundzwanzig Schützen. Es wird auch keine Munition mehr geben.«

Marsault hob den Kopf nicht.

»Wirst du auch da sein?«

»Ja, am Sammelplatz. Keine Lust, zwischen die Linien zu geraten, wenn das Geballer losgeht.«

Marsault lächelte ohne Wärme. Er wusste, dass er es dabei bewenden lassen musste: Parrot gehörte weder zur einen noch zur anderen Seite.

»Und du?«

»Nein, kein Platz mehr. Und ich habe Dienst.«

»Siehst du, Valleigeas schafft es doch von Zeit zu Zeit, sich zu entscheiden.«

Marsault war sichtlich bemüht, keine Reaktion zu zeigen.

»Der Commandant hat gesagt, dass er dich sehen will. Er ist in seinem Büro.«

Rémi ging hinter dem Empfangstisch zur Treppe.

Er klopfte an die Tür und trat ein. Der Commandant musste sich auf sein Kommen vorbereitet haben, denn er suchte blitzschnell Parrots Blick und hielt ihn während des ganzen Gesprächs fest, ohne auch nur einen Zentimenter abzuirren.

Er bat ihn, sich zu setzen, doch der Revierjäger in seiner kakifarbenen Uniform blieb lieber stehen.

»Ist alles bereit für die Jagd?«

»Es fehlt nur noch die vollständige Liste der Schützen.«

»Ach, ja. Die Schützen, immer die Schützen. Nach welchen Kriterien werden sie wohl hauptsächlich ausgewählt, was glauben Sie, Monsieur Parrot? Was zählt? Ihre Liebe zur Natur, ihre Freundschaft mit den Nachbarn oder ihre Fähigkeit zu schießen?«

Die linke Hälfte von Rémis Gesicht lächelte.

»Eins von den dreien ist nicht in besonderem Maß erforderlich.«

Commandant Vanberten, dessen nordischer Name nicht den geringsten Bezug zu seiner äußeren Erscheinung eines Händlers aus Bordeaux aufwies, begann zu lachen. Es klang, als würde er in ein Taschentuch husten.

»Ich will nicht wissen, was.«

Auch wenn er seit hundert Jahren hier lebte, Alkoholiker geworden war und zehnmal den »Großen Wettbewerb der Kartoffelesser« gewonnen hatte, würde er nie als Einheimischer gelten.

»Monsieur Parrot, ich wollte mit Ihnen über einen Vorfall sprechen, der mir zu Ohren gekommen ist, anlässlich des Balls der Firma TechBois am letzten Samstag. Wissen Sie, worüber ich reden möchte?«

»Sie werden es mir sagen.«

»Philippe Mazenas, Beamter der Forstverwaltung, soll bei dieser Feierlichkeit überfallen und schwer verletzt worden sein. Können wir über diese Sache sprechen? Schön. Trotz der Bemühungen, die in dieser Brigade unternommen werden, damit ich nicht alles erfahre, was samstagabends passiert, weiß ich in diesem Fall Bescheid. Zudem bin ich in der Lage, zwischen einem Saufgelage und einer Vergeltungsaktion zu unterscheiden. Beteiligt waren besagter Förster und einige Arbeiter des größten holzwirtschaftlichen Unternehmens der Region. Ich kenne Ihre Haltung gegenüber den Beteiligten, und deshalb würde ich gern Ihre Meinung dazu hören. Glauben Sie, dass das Problem Kreise ziehen könnte? Dass es vielleicht sogar noch größer wird? Sie können frei sprechen, ich hole lediglich Informationen ein, und noch glaube ich nicht, dass Brigadier Marsault draußen steht und lauscht.«

Das höfliche Lächeln Vanbertens versuchte nicht, seine Intelligenz zu kaschieren, es war nur eine Ermutigung für die Langsameren.

»Ich weiß nicht, Commandant. Ich habe Philippe noch nicht gesehen. Zwischen ihm und den Betreibern der Fabrik ist die Lage immer gespannt gewesen. Er hatte getrunken, nehme ich an. Wahrscheinlich haben alle getrunken. Das sind keine mildernden Umstände, aber es ist eine Erklärung. Mehr kann ich Ihnen nicht sagen, aber ich muss heute noch bei ihm vorbeischauen.«

Vanberten überlegte einen Augenblick. Er scheute davor zurück, seine Antwort allzu vertraulich klingen zu lassen.

»Gut, Sie wissen nicht viel mehr als ich. Aber sollten Sie je erfahren – und betrachten Sie das bitte nicht als Denunziation oder Verrat –, dass das Ganze ernster ist als eine Rauferei am Ende eines Tanzabends, hätten Sie dann die Freundlichkeit, es mir mitzuteilen, Monsieur Parrot?«

»Das werde ich tun, Commandant. Sollten Ihre Männer weitere Auskünfte zur Jagd nächste Woche benötigen, zögern Sie nicht, mich anzurufen.«

Rémi salutierte und legte die Hand auf die Türklinke. Der Commandant rief ihn zurück. Er lächelte noch immer:

»Und Sie, Monsieur Parrot, sind Sie ein guter Schütze?«

Rémi drehte sich halb um, sodass Vanberten nur sein gelähmtes Profil sah, während das Lächeln sich auf der anderen Seite versteckte.

»Davon spricht man nicht, Commandant. Aber man muss es wissen.«

Rémi fuhr im zweiten Gang abwärts und ließ die Motorbremse seine Fahrt bis zum Zentrum verlangsamen. Er steckte das Mobiltelefon in die Halterung, schaltete auf Freisprechen und ging die Adressenliste durch. Nach dem dritten Klingeln hörte er Philippes Stimme. Rémi entschuldigte sich, dass er nicht schon längst vorbeigekommen war, und fragte, wo er sei. Philippe war beim Auszeichnen von Bäumen im Staatswald von Fénières, zwanzig Kilometer entfernt. Das hieß, er war fähig, seine Arme und Beine zu gebrauchen. Rémi kannte die Gegend und fragte, ob sie sich in einer Stunde dort treffen könnten. Der Förster legte auf, und der Revierjäger fuhr weiter bis zur Hauptstraße, drehte auf dem Parkplatz des Rathauses und blieb in der Passage, die zum alten Kino führte, stehen.

Jean hatte gut gearbeitet. Der Laden, ein ehemaliger Hundesalon, war sinnigerweise in eine Boutique für Kleidung und Unterwäsche umgewandelt worden. Michèle wusste immer, was sie wollte, und Jean, was er tat. Fassade und Schaufenster waren frisch renoviert und farblich so gestaltet, wie es die Stadt gerade noch vertrug. Die Abstandszahlung an den Vormieter war nicht umsonst getätigt worden, denn die Lage war ideal. Es handelte sich um den am meisten frequentierten Ort der Stadt: eine gute Chance, dass man hier Geschäfte machen konnte.

Hinter der spiegelnden Windschutzscheibe versteckt, lächelte Rémi, als er den verschnörkelten Schriftzug las: »Michèles Dessous«.

Rechts und links der Eingangstür zwei Schaufenster; das eine mit Kleidung, die den Sommer ankündigte, das andere mit Wäsche.

Mit einem Teppichmesser durchtrennte sie das Verpackungsband eines gerade gelieferten Pakets. Rémi beobachtete, wie sie rosarote und weiße T-Shirts auseinanderfaltete. Sie zwängte sich zwischen kopflosen Schaufensterpuppen hindurch und schob Garderobenhüllen zur Seite. Sie faltete zusammen, stapelte, versah die neuen Sachen mit Preisschildern.

Warum hatte es so lange gedauert, bis er gekommen war? Fünf Monate. Vielleicht um sicher zu sein, dass sie nicht nur vorübergehend eingezogen war. Möglich, aber als Grund nicht ausreichend. Es blieb die Angst. Sie so zu sehen, hier, in diesem Laden, in den sie zu gehören schien, erfüllte Rémi mit einer Erleichterung, die er sich nicht hatte vorstellen können. Er nahm seine Mütze ab, fuhr sich durch die Haare, holte tief Luft und legte die Hand auf den Türgriff. Doch er erstarrte, als er einen großen Mann in Barbourjacke, Hände in den Taschen, mit aufgesetztem Lächeln auf den Laden zumarschieren sah. Didier Messenet, Herr der Paraboot-Fabrik, Erbe des großen Viehhändlers und Michèles Bruder, wurde mit jedem Jahr, das ins Land ging, noch ein wenig arroganter. Seine Schultern waren trotz der Ausstaffierung als englischer Jäger und seinem ganzen vornehmen Gehabe gewölbt wie Bauernschultern.

Rémi ließ sich auf seinen Sitz zurücksinken, wartete, bis Didier im Laden war, und fuhr los. Als er am Schaufenster vorbeikam, hatte sich Messenet umgedreht und sah in Richtung Straße.

Rémi fuhr mit hoher Geschwindigkeit auf der neuen Nationalstraße, die nach Süden führte, auf die Kette der Puys-Berge zu; eine breite, schnurgerade Fahrbahn, die die ältere Straße mit ihren Kurven durchschnitt; aus diesen einstigen Kurven hatte man Rastplätze gemacht. Auf jeder Seite an den immer steiler werdenden Berghängen viele Hektar Douglasien, die Courbier hatte pflanzen lassen; daher der Spitzname dieses neuen Teilstücks glatten Asphalts: »Route Courbier«.

Im vergangenen Jahr hatten die Fällungen begonnen, und entlang der Fahrbahn hatten sich Berge von Holz und Rinde gestapelt, zehn Meter hoch, fünfzig Meter lang. Die Lkw der TechBois wurden damit beladen, woraufhin sie die Nationalstraße nahmen, die wunderbarerweise ein paar Kilometer weiter direkt in die Zufahrt zur Zellstofffabrik mündete, wo die gefällten Stämme zu Papierbrei und Pressholz verarbeitet wurden. Es steht jedem frei, den Zusammenhang zwischen dem Bau dieser Straße und Monsieur Marquais, dem Präsidenten des Regionalrats, engem Freund der Familie Courbier und Aktionär der ausführenden Tiefbaufirma, zu ignorieren. Courbier und Marquais waren so miteinander verfilzt, dass man im Einzelfall nicht mehr erkennen konnte, wer wem gerade einen Gefallen tat.

Die Fabrik wurde jedes Jahr größer. Ein neuer Schornstein, eine Lagerhalle, ein neues Sägegatter. An der Anlieferung Sattelschlepper mit Nummernschildern aus ganz

Europa. Das Werk beschäftigte ein Drittel der letzten Lohnempfänger von R. Ohne die TechBois wäre die Stadt wahrscheinlich untergegangen. Sie hatte jetzt einen Bürgermeister und einen König.

Als das Werk hinter ihm lag, verließ Rémi die Nationalstraße und bog in die Route du Plateau ein, die in Serpentinen hinaufführte zur Gemeinde Fénières. Der Bürgermeister des Dorfes galt in der Gegend als Widerständler, da er sich seit mehreren Jahren weigerte, der TechBois Gemeindewald zu verkaufen, und die Forstverwaltung weiterhin sowohl mit dem Unterhalt als auch mit dem Holzverkauf betraute. Fünf Prozent der Wälder in der Region gehörten noch den Kommunen. Von den übrigen fünfundneunzig Prozent gehörten achtzig der Familie Courbier. Man versteht den Widerstand des Rathauses von Fénières besser, wenn man weiß, dass der alte Messenet die Hälfte des Gemeinderats in der Tasche hatte. Philippe war das egal, er tat alles, um aus diesem geschützten Winkel ein Paradies der Forstlandschaft zu machen, der schönste Stachel im Fleisch der TechBois.

Rémi stellte seinen Dienst-Pick-up auf dem Besucherparkplatz ab, wo der Wanderweg begann, ein Rundweg von zwei Kilometern, der über die Pierres Jaumâtres zum Gipfel führte. Er verriegelte das Auto und machte sich mit langen Schritten auf den Weg. Sauber ausgeästete Bäume, umsichtige Markierungen, sorgfältige Landschaftspflege – während er aufstieg, bemerkte Rémi überall, wie gut Philippe arbeitete. Er erklomm die steile Kante des Spalts, der den größten der gigantischen Granitfelsen teilte, und kauerte oben auf dem Rand, um das schönste Panorama der ganzen Region in sich aufzunehmen. Im Süden und Osten die noch verschneiten Gipfel der Chaîne des Puys. Vor ihm das Plateau, der Abschnitt des regionalen Naturschutzgebietes, das bis zu dem höchsten Punkt, den Granitfelsen der Jaumâtres, ging, bevor es im Norden und Westen in eine weite hügelige Ebene überging. Die Ebene von der Landwirtschaft, das Plateau von Wald bestimmt. Zwei Territorien.

Der höchste Felsen der Gruppe wurde der »Drache« genannt, denn der elf Meter hohe Granitblock hatte einen Grat, rund wie ein Knochen und mit kleinen regelmäßigen Zacken wie eine Wirbelsäule. Am Rücken des Drachens konnte man den Lauf des Flusses ablesen, der diese tonnenschweren Steine umhergewälzt und abgeschliffen hatte, bis am Ende der Wasserspiegel so stark abgesunken war, dass sie, der Erosion preisgegeben, hier liegen blieben, auf dem Gipfel dieses Berges von siebenhundert Metern Höhe. Priester und Druiden waren einst hier heraufgekommen, und viele Jungfrauen und Ziegenböcke waren hier schon geopfert worden.

Rémi betrachtete die Grenzlinie, bevor er wieder abstieg. Die Messenet-Weiden, die zum Plateau hin abfielen; die Hochwälder und die abgeholzten Hiebflächen der Courbiers, die sich bis zum Naturschutzgebiet anschlossen. Direkt auf der Linie Fénières. Weiter weg, im Osten, die Gemeinde Banize und der Windpark der Messenets, den Rémi sogar von seinem Grundstück aus sehen konnte, am höchsten Punkt von Terre Noire.

Die Felsgruppe hatte etwas Beruhigendes. Sie intakt zu sehen, nachdem jahrhundertelang verheerende Kämpfe verschiedener Interessengruppen zu ihren Füßen getobt hatten, ließ die Provinzimperien der Courbiers und der Messenets fast lächerlich erscheinen. Doch Philippe lachte nicht darüber. Er kämpfte für die Natur. Rémi wollte das gern glauben, er vermied es daher, allzu tief in die psychologische Struktur des Aktivisten einzudringen. Für ihn selbst als Bauernsohn war die Natur etwas anderes. Die Bauern wissen, wie schnell sich ihre menschlichen Spuren verlieren. Die Erde ist ein Werkzeug, sie gibt dem, der die Kraft hat, sie zu bearbeiten.

Der Einsatz von Technik brachte die Gefahr mit sich, dass die Vielfalt des Lebens verkümmerte, doch die Natur, so hatte Rémi immer geglaubt, hatte es nicht nötig, dass man sie verteidigte. Sie würde die Menschen einfach vernichten, wenn sie sich eines Tages ganz von ihr abwendeten. Es war wie in diesem Animationsfilm, den er einmal gesehen hatte, ein Szenario mit wissenschaftlichem Hintergrund, bei dem die Menschen von einem Tag auf den anderen verschwanden. Binnen zwanzig, dreißig Jahren konnten alle Wiesen dieser Gegend vom Wald erobert sein. Die Wölfe, die aus dem Zentralmassiv einwanderten, würden in kürzester Zeit überhandnehmen. Die Hälfte der aus den Zoos entlaufenen Tiere würde sich an das hiesige Klima anpassen, und in nur hundert Jahren würden Giraffen die Bäume auf den ehemaligen Getreideflächen der Messenets kahl fressen. Bären, Wölfe und Tiger würden um das Privileg kämpfen, sich auf dem Gelände der Pierres Jaumâtre zu tummeln, in den vergessenen Wäldern der Courbiers. Die Raubtiere würden sich wie im Paradies fühlen unter den Herden von Rehen und Hirschen. Die Bewohner der Normandie, des Charolais und des Limousin würden ganz von selbst untergehen, sie waren zu gierig, zu unflexibel, es sei denn, sie fanden im Winter Wege, um abzuwandern in den Süden. Vielleicht würden robustere Völker aus den Karpaten im Herbst die Ebene der Beauce durchqueren; einige Generationen von ihnen würden sich aufreiben auf der Suche nach einem günstigen Weg, der weit in den Süden vorstieß, über die Pyrenäen hinweg in die immergrünen Täler Spaniens. Sie würden die hohen Berge der Alpen umgehen und östlich der Puys-Berge auf die Bären, die Wölfe und Rudel verwilderter Hunde stoßen. Denn nach den Erkenntnissen der Wissenschaft wären die Nachkommen unserer Haushunde in Zukunft die wahren Könige der Tiere. Weder die großen noch die kleinen noch die Rassehunde, sondern die mittelgroßen, die Mischlinge, die nicht mehr als zwanzig oder fünfundzwanzig Kilo wogen. Diese Hunde würden über Europa herrschen. Banden strohgelber Hunde. In dem Film kam als Beispiel auch Tschernobyl vor. Flächen, die Menschen zehntausend Jahre lang nicht betreten dürfen, wo aber die Natur nach ein paar fehlerhaften Generationen wieder kraftvoll Wurzeln geschlagen hatte. Fauna und Flora. All das konnte man gut von hier oben auf den Pierres sehen, wenn man ein Bauernsohn war.

Rémi stieg wieder vom Drachen hinunter und ging weiter. Er verließ den markierten Weg und drang in den Wald ein, um eine Stelle zu inspizieren, an der er letztes Jahr Pfifferlinge gefunden hatte. Trotz der Sonne in den letzten Tagen musste man noch die Eisheiligen abwarten, erst dann würden die Nächte weniger kalt sein, und man würde wieder Pilze sammeln können.

Zurück auf dem Weg, ging er an dem kleinen grünen Peugeot vorbei, Philippes Dienstwagen, folgte einer Reihe mittelgroßer markierter Eichen und pfiff, als er glaubte, in Hörweite zu sein. Dann wartete er schweigend auf Antwort. Er ging etwa hundert Schritte nach rechts, signalisierte erneut seine Anwesenheit, ging weiter und pfiff noch einmal. Endlich meinte er, eine Stimme zu hören, weit weg, aber kräftig. Er orientierte sich an dem Ton und sah Philippe schließlich am Ende einer Baumreihe. Er war in Arbeitskleidung, hatte das Handy am Ohr und schrie hinein. Als er Rémi hörte, drehte er sich um, wich zurück und schaltete mit weit offenen, wütenden Augen das Telefon aus. Eine Remington 750 Woodmaster hing an einem Gurt über seiner Schulter.

Philippes Gesicht war mit Striemen und Kratzern übersät. Sein rechtes Auge war dick geschwollen und bis zu den Wangenknochen schwarz umrandet. Ein tiefer Schnitt hatte seine Lippen aufquellen lassen. Seine linke Hand war verbunden, und er hinkte. Jean hatte nicht übertrieben. Philippe hatte heftige Schläge abbekommen. In den kurz geschorenen blonden Haaren war der Rand einer noch unvernarbten Wunde zu erkennen. Unter dem Dreitagebart verbargen sich weitere Wunden. Noch lange würde er diesem zerschlagenen Kinn kein Rasiermesser zumuten können.

Die körperlichen Wunden würden irgendwann verschwinden, aber Rémi war betroffen vom Zustand des Försters, von seinem hasserfüllten Gesicht.

»Salut.«

»Was willst du?«

»Nichts. Sehen, wie's gewesen ist.«

»Ich bin voll in Form.«

Rémis Blick war auf den Karabiner gerichtet.

»Was machst du mit dem?«

Er lächelte und streckte die Hand aus. Philippe ergriff sie und drückte sie fest.

»Du erwartest Besuch?«

»Ich will Ruhe haben, wenn ich arbeite. Das ist nur, um die Touristen zu erschrecken.«

»Jean hat mir erzählt, was passiert ist.«

»Tja, es wär mir lieber gewesen, er wäre etwas früher aufgekreuzt, aber es war schon gut, dass er überhaupt da war.«

»Was hast du eigentlich gewollt?«

Philippe wandte ihm den Rücken zu und ging hinkend weiter bis zu einer Eiche. Wenige Hiebe mit einer kleinen Axt, auf der Höhe von einem Meter fünfzig, weitere in Bodennähe. Die Markierung sah aus wie eine Wunde auf der dunklen Rinde.

»Ich hatte gesoffen.«

»Daran zweifelt niemand.«

Philippe hob den Kopf, betrachtete die Zweige der umliegenden Bäume, schätzte die Distanz, die sie trennte, und wählte die nächste Eiche aus, die gefällt werden sollte. Zwei präzise Hiebe mit dem Reißhaken.

»Vanberten hat mir Fragen gestellt.«

»Du hast zu viel mit der Polizei zu tun.«

»Ich quatsche nicht.«

»Was gibt es denn eigentlich zu verstehen?«

»Schau dich an. Ich gehe nicht mit einem Gewehr spazieren. Welche Munition?«

Philippe ging von Baum zu Baum und markierte die Stämme schnell und präzise.

»Wird dir nicht gefallen. Norma 7/64.«

»Großwild?«

»Auf einen groben Klotz gehört ein grober Keil. Willst du mir moralisch kommen?«

»Du willst lieber Strafe zahlen?«

Philippe ließ das Gewehr von der Schulter gleiten, setzte sich auf einen toten Baum und legte die Waffe neben sich. Als er die Knie beugte, schnitt er eine schmerzhafte Grimasse.

»Lass mich doch einfach in Ruhe.«

»Noch mal. Es geht nicht um mich. Ich führe keinen Krieg. Und ich glaube, du siehst die Dinge nicht mehr, wie sie sind. Du hast Courbier auf seinem eigenen Territorium angegriffen und hast eine Abreibung gekriegt. Nicht das erste Mal. Mit dieser Munition durch die Gegend zu spazieren, das sieht nach Eskalation aus.«

»Wie sieht's mit der kleinen Messenet aus? Hat ihr Bruder dir erlaubt, ihr Hallo zu sagen?«

Rémi setzte sich neben den Förster und zog sich die Mütze ins Gesicht, um seine Narben vor der Sonne zu schützen.

»Erklärst du mir, welchen Zusammenhang es da gibt?«

Er nahm die Feldflasche aus seinem Gürtel und bot sie Philippe an.

»Früher oder später wirst du in derselben Lage sein wie ich. Die Messenets und die Courbiers haben dein Leben schon längst versaut.«

»Ich bin nicht sicher, ob ich deinem Gedankengang noch folgen kann.«

Philippe sah Rémi Parrot an, dessen rechte Gesichtshälfte entstellt war von Narbengewebe und transplantierter Haut. Er trank einen Schluck Wasser und gab die Flasche zurück.

»Mein Fehler.«

Rémi stand auf und streckte die Hand aus. Philippe nahm das Magazin der halbautomatischen Waffe heraus und legte die drei Patronen in die Hand seines Gegenübers.

»Nimm das nächste Mal deine Dienstwaffe.«

»Wir haben nur eine im Büro. Christian ist mit Gentioux' Brigade ausgerückt, die Waldarbeiter haben Alarm geschlagen.«

»Ja, ich hab davon gehört. Zwei Maschinen?«

»Dieselbe Sache. Batteriesäure in den Tanks.«

»Sie werden deine Freunde vom Plateau bald schnappen. Bist du immer noch so oft mit ihnen zusammen?«

»Ist das ein Problem für dich?«

Rémi steckte die Patronen in die Tasche.

»Wir müssen die Autos der Waldarbeiter überwachen. Es wird nicht lange dauern, und alle hier werden bewaffnet sein.«

Philippe stand auf, das Gewehr in der Hand.

»Tja, möglich, dass es irgendwann mal richtig losgeht.«

»Genau.«

Rémi drehte sich um und ging los. Nach etwa zehn Schritten blieb er stehen.

»Jean organisiert ein kleines Einweihungsfest, nächsten Samstag.«

»Er organisiert das?«

»Ja.«
»Er hat mich schon angerufen. Ich komme. He, Rémi!«
»Was ist?«
»Danke, dass du gekommen bist.«

Rémi Parrot schob den Schirm seiner Mütze hoch und stapfte in den Wald.

4

Zwanzig Jahre nach dem Unfall, zehn Tage nach der ersten Leiche, sieben Tage nach dem Brand, vierzehn Stunden nach der Schießerei

»Um wie viel Uhr sind Sie gestern Abend eingetroffen?«

»Auf Terre Noire? Ich bin nach der Trauerfeier losgegangen. Es muss 18 Uhr gewesen sein. Es wurde gerade Nacht. Ich habe gewartet, bis die letzten Gäste gegangen waren und habe dann den Wagen genommen.«

»Sie hatten sich mit ihm verabredet?«

»Eigentlich nicht. Aber wir waren mehr oder weniger übereingekommen.«

»Das heißt?«

»Er ist zur Beerdigung gekommen. Wir haben nicht miteinander gesprochen, aber wir haben uns verstanden.«

»Sie haben sich frei gefühlt, es zu tun?«

»Das ist eine interessante Art, die Dinge zu betrachten.«

»Der Gedanke eines Polizisten, verzeihen Sie.«

»Klar, das ist nicht besonders schön.«

»Es war fast dunkel, als Sie eintrafen, und dann?«

»Wenn man von einer Beerdigung kommt, hat man keine große Lust zu reden. Nicht nötig, die Ohren zu verstopfen, Marsault, wir hatten nicht genug Zeit, um viel zu machen. Ich war gerade gekommen, als der erste Schuss fiel. Ich glaube, das Fenster in der Tür ist zerborsten.«

»Was war Ihre Reaktion?«

»Reaktion? Wir haben uns auf den Boden geworfen.«

»Meine Frage zielte darauf ab: Haben Sie gleich begriffen, was passierte?«

»Ich wusste, dass er auf der Flucht war, aber am Anfang, nein, ich habe nicht geglaubt, dass es das war. Als zum zweiten Mal geschossen wurde, habe ich mich in einer Ecke versteckt, und dort, ja, da habe ich mich allmählich gefragt, was eigentlich passiert. Und wer sollte es sonst gewesen sein?«

»Es gab zwei Schützen, haben Sie sie mit Sicherheit identifizieren können?«

»Überhaupt nicht, es war ja dunkel. Ich hab mich versteckt, das ist alles. Es konnte nur er sein. Was den anderen Schützen betrifft, da haben Sie vielleicht eine Idee, Commandant?«

»In diesem Stadium der Ermittlungen wissen wir noch gar nichts. Sie sind eine erbberechtigte Messenet, und Monsieur Parrot hat sich in letzter Zeit ziemlich viele Feinde gemacht. Sie beide gaben, wie soll ich sagen … gute Blitzableiter ab.«

»Sie haben schöne Ideen. Das gefällt mir, das mit dem Blitz.«

»Das freut mich. Aber dieses Bild erinnert mich an ein anderes, eins, das weniger romantisch ist. An den Brand der TechBois zum Beispiel. Sie haben nun Zeit genug gehabt, um mit kühlem Kopf darüber nachzudenken. Was halten Sie davon?«

»Ich denke das, was alle denken. Die Typen, die seit einem Jahr die Arbeiter dort blockieren und behindern, hatten genug davon, dass immer neue Leute kamen.«

»Das ist eine Spur, die wir verfolgen.«

»Gibt es noch welche?«

»Ich würde gern auf die letzte Nacht zurückkommen, wenn Sie erlauben. Sehen Sie, ich bin noch immer nicht sicher, ob ich verstehe, wer eigentlich das Ziel des Angriffs war: Sie oder Monsieur Parrot. Die Geschichte Ihrer Familie ist hinreichend bekannt, wie die der Courbiers. Die von Rémi Parrot weniger.«

»Du kannst die Finger aus den Ohren nehmen, Marsault, jetzt kannst du was lernen. Es gibt nur eine Sache, die die Courbiers und die Messenets immer bestens zusammen erledigt haben, und das war, die Leute wegzuräumen, die ihnen im Weg standen. Der Hof der Parrots war in keinem guten Zustand, als Rémi klein war, aber der Großvater, auch wenn er halb wahnsinnig war, war kein völliger Idiot. Er hatte gutes Land gekauft; zweifellos zu viel, als dass er sich so hätte darum kümmern können, wie es nötig gewesen wäre, aber das Ergebnis blieb dasselbe: Sein Besitz interessierte meine Familie und die Familie Courbier ebenfalls. Der Großvater war auch viel zu verrückt, als dass man über irgendetwas mit ihm hätte verhandeln, ihm Angst machen oder ihn in den Selbstmord treiben können. Am Ende hat er sich mit dem Saufen den Rest gegeben, aber darum geht es ja nicht. Courbier hatte die Bank in der Tasche. Mein Großvater hatte alles Übrige: Lieferanten, Viehhändler, Verwaltung. Die zwei Alten haben sich auf die Parrots gestürzt, haben ihnen auf jede erdenkliche Weise zugesetzt, obwohl am Ende niemand wusste, wer die Kartoffeln aus dem Feuer holen würde.

Zuerst musste der alte Parrot untergehen. Aber, wie ich Ihnen schon sagte, er war verrückt. Sein Hof war ein Wrack geworden, aber er hat ihn nicht aufgegeben. Er ist gestorben, Friede seiner Asche, und dann hat der Sohn übernommen. Rémis Vater war ganz vernünftig, aber er hat auch gern mal zu tief ins Glas geschaut. Und was in der Zeit der Großväter passierte, hat sich bei unseren Vätern fortgesetzt. Keine Kredite, keine Käufer für das Fleisch, immer am Rand der Pleite. Parrot-Sohn hat so viel ausgehalten, wie er konnte. Das Einzige, auf das er zählen konnte oder für das er ein wenig Hoffnung haben konnte, war sein Sprössling: Rémi. Zwei weitere Arme, um standzuhalten. Rémi hat mit zehn Jahren gearbeitet wie ein Ochse. Er ging zur Schule und arbeitete abends auf dem Hof, dazu die Wochenenden und alle Ferien. Sein Vater pichelte immer mehr. Mit fünfzehn musste Rémi das aufrecht halten, was vom Hof geblieben war.

Eines Tages, am Ende des Schuljahrs, bei der Heuernte, hat sein Vater den Traktor mit dem Heuwender gegen einen Baum gefahren. War besoffen. Rémi hat ihn in den Schatten geschleppt, damit er seinen Rausch ausschlafen konnte, dann wollte er den Traktor wieder flottkriegen. Die ganze Ausrüstung des Hofs war alt und verrostet, kein Geld für die Instandhaltung. Die Zapfwelle des Heuwenders hatte etwas abgekriegt. Rémi hat sie notdürftig repariert, aber als er anfuhr, hat sie immer wieder den Geist aufgegeben. Er versuchte es einmal zu viel, weil er auch mit Terre Noire noch fertig werden wollte. Sie erwarteten ein Gewitter, man musste fertig werden. Das Getriebe des alten Massey Fergusson muss schlappgemacht haben, die Zapfwelle ist wieder angelaufen, als er sich darüberbeugte. Ein Teil ist abgebrochen, flog durch die Luft und hat ihm den Kopf zerschmettert. Er hat sich zusammengekrümmt und lag auf dem Boden, als sein Vater ihn fand. Er hat ihn zwei Kilometer getragen, im Laufschritt. So wurde Rémi gerettet, aber er hat sich nie mehr davon erholt.

Rémi hat zwei Jahre im Krankenhaus verbracht. Da er noch in der Wachstumsphase war, musste er drei oder vier Jahre lang immer wieder unters Messer. Das dauerte, bis er zweiundzwanzig oder dreiundzwanzig war, mit dem bekannten Ergebnis. Entstellt, chronische Schmerzen.

Dann hat sein Alter den Löffel abgegeben. Seine Leber muss zehn Kilo schwer gewesen sein. Das Übrige ist den Bach runtergegangen. Seine Mutter war schon gestorben, Krebs. Das Ende kam, Rémi und seine Schwester haben den

Hof verkauft, nachdem die Courbiers und die Messenets sich zwei Generationen lang in ihre Familie verbissen hatten. Rémi hat nur Terre Noire behalten. Er hat sich sein Haus darauf gebaut. Was sagt Ihnen das nun, besteht da ein Zusammenhang mit dem Blitzableiter?«

»Ich glaube, dass wir auch über die Nacht vom 8. auf den 9. April reden sollten.«

»Allerdings.«

»Marsault, könnten Sie uns noch ein wenig Kaffee bringen?«

»Sofort, Commandant.«

»Er mag Sie nicht besonders. Ich kenne ihn, man sieht es ihm an.«

»Die Seelenzustände von Brigadier Marsault interessieren mich nicht. Er ist ein guter Mann, das genügt.«

»Sie meinen, dass er nützlich ist? Gibt es etwas, was Sie mir sagen möchten, ohne dass er mithört?«

»Wie kommen Sie darauf, Mademoiselle Messenet?«

»Weil Sie sehr wohl wissen, warum Courbier uns in dieser Nacht angegriffen hat. Und weil Sie nicht davon sprechen. Jeder weiß es. Aber für Sie ist es noch fraglich?«

»Genau.«

»Courbier hat auf Rémi geschossen, weil er zu hässlich ist, selbst für dieses Kaff hier.«

»Verzeihung?«

»Sie haben keine Vorstellung von dem Dreck und den Gemeinheiten, die hier üblich sind. Weil niemand davon spricht und der Schein immer gewahrt wird. Rémi Parrot mag sich mitten im Wald versteckt haben, seine Fresse ist immer noch viel zu gut sichtbar.«

»Sie meinen, dass Monsieur Parrot … das schlechte Gewissen der Bewohner dieser Region wäre?«

»Schlechtes Gewissen? Den Blitz lasse ich mir ja gern

gefallen, und ein schlechtes Gewissen ist auch eine Erklärung, ich bin mir nur nicht sicher, ob es so was in dieser Gegend überhaupt gibt.«

»Das lasse ich Sie beurteilen. Können Sie mir ein wenig von diesem Abend im Styx erzählen? Samstag ... der 31. März. Es gab einen ›Zusammenstoß‹ zwischen Thierry Courbier und Rémi Parrot, nicht?«

»Wenn Sie das so nennen wollen.«

»Weitere lokale Euphemismen dafür sind mir nicht bekannt. War es eine Schlägerei?«

»So weit würde ich nicht gehen.«

»War eine Frau, die zu schön war für das Styx, die Ursache dieser ... Aussprache?«

»Ich war gerade draußen, um was zu trinken.«

5

Zwanzig Jahre nach Terre Noire, acht Tage nach dem Brand, vier Tage vor der Jagd, Morgen des ersten Zusammenstoßes

Ein Rad des Einkaufswagens blockierte, er zog nach rechts und streifte die Warenregale. Je schwerer er wurde, desto schwieriger wurde es, ihn zu steuern. Rémi schob seitwärts, um den Kurs zu halten. Zwei Großpackungen Dosenbier, eine Flasche Picon, ein Plastikfässchen Bordeaux, mehrere große Tüten Chips, drei Kilo Kartoffeln und Alufolie, um sie in Asche zu garen. Er zögerte einen Moment vor dem Champagner, konnte sich nicht entscheiden und wählte dann eine Flasche von mittlerem Preis. An der Fleischtheke blieb er nicht stehen, seine Gefriertruhe war voller Wild. Er würde eine Rehkeule zubereiten, wenn das Wetter es erlaubte. Dann ging er noch einmal zurück und kaufte zwölf Schweinerippchen, die man auf der Veranda grillen konnte, sollte es regnen.

Während er den Einkaufswagen belud, dachte er an alles, was ihm fehlte, um Gäste angemessen zu empfangen. Keine Teller und kein Besteck für zwölf Personen. Also Plastikbesteck, Papierteller. Er hätte sich eine Liste machen sollen, um zu vermeiden, den Supermarkt dreimal von einem Ende zum anderen durchqueren zu müssen. Er ging zur Kasse und prüfte noch einmal seine Einkäufe. Die Kinder … Er hastete noch einmal zur Getränkeabteilung und nahm zwei Liter Fruchtsaft, eine Flasche Cola und Grenadinesirup mit.

Im Vorbeigehen legte er noch zwei Schokokuchen und eine Packung Bonbons in den Wagen.

Schweiß begann den Rand seiner ölverschmierten Toyota-Kappe zu durchtränken, die er tief in die Stirn gezogen hatte. Der Dreitagebart auf Kinn und linker Wange juckte ihn schon, seit er den Supermarkt betreten hatte. Als er an einem Stand mit CDs vorbeikam, sagte er sich, dass es gar nicht nötig sei, sich zu fragen, welche Musik ihm fehlte, um eine Party zu veranstalten. Er hatte keinen CD-Spieler, nicht einmal ein Radio. Die Kassiererin zuckte kurz zurück, bevor sie ihn mit einem Kopfnicken begrüßte.

»Salut, Rémi.«

»Sandrine.«

»Alles in Ordnung bei euch oben, in Banize?«

»Alles okay.«

Sie zog die Artikel rasch über den Scanner und hob den Kopf nicht, als sie weitersprach; sie war noch ganz rot vor Überraschung.

»Nächste Woche ist die große Jagd.«

»Ja. Ich hab gesehen, dass Julien auf der Liste der Treiber steht.«

»Alle Schützenstände sind besetzt, aber er wollte unbedingt dabei sein.«

»Grüß ihn von mir. Und die Kinder?«

»Machen uns ganz schön zu schaffen.«

»Denk ich mir.«

Sandrine hob endlich den Kopf und lächelte. Rémi hatte den Blick abgewandt.

»Schönen Tag noch.«

»Dir auch.«

Er legte einen Finger an den Mützenschirm, senkte den Kopf und schob den Wagen durch die automatische Tür, ging an der Schleuse vorbei, wo die Sonnenschirme und Gartentische standen, ging durch eine weitere Tür und stand wieder auf dem Parkplatz im Freien.

Ein Mann lehnte am Kühlergrill des Pick-ups der Forstverwaltung, mit gekreuzten Armen und zu ihm gewandtem Kopf, ein halbes Lächeln auf den Lippen. Rémi ging an ihm vorbei und nahm den Schmierölgeruch wahr, der von der Wachsjacke des Mannes ausging. Er ging um das Auto herum und begann, seine Einkäufe in die Kofferraumwanne einzuräumen.

»Unglaublich, ich seh dich wochenlang nicht und jetzt gleich zweimal in ein paar Tagen. Dass du was zu essen einkaufst, das verstehe ich, das passiert jedem. Aber ich hab immer geglaubt, dass deine Behörde dir die Uniform bezahlt. Das warst doch du neulich, nicht, auf Shoppingtour in der Hauptstraße?«

Rémi beendete das Einräumen und drehte sich um.

»Salut, Didier.«

Didier Messenet bohrte seinen Blick in die Narben des Gesichts und ließ nicht von ihnen ab, während er weitersprach.

»Großer Einkauf für einen Junggesellen. Machst du eine Party, oder was? Ach ja, wer hat mir das gesagt ... Die Einweihung deiner Hütte. Heute Abend?«

Rémi legte die Hände auf den Einkaufswagen und schob ihn auf Messenet zu.

»Entschuldige.«

Der jüngste Spross der Familie Messenet rührte sich nicht. Er fing den Wagen auf.

»Es scheint, dass du sogar meine Schwester eingeladen hast, stimmt das?«

»Ich verbiete niemandem zu kommen.«

»An deiner Stelle würde ich nicht mit ihr rechnen. Du wirst den Champagner mit deinem Kumpel, dem Ökofritzen, und diesem Trottel Jean trinken, der nicht immer auf den richtigen Ort achtet, wenn er saufen will. Das wär's, ich glaub, ich hab jetzt alle deine Freunde zusammen.«

»Lass mich durch.«

Messenet beugte sich vor, und seine Augen fanden schließlich doch den Blick des Revierjägers.

»Du kommst Michèle nicht nah, verstanden? Die Parrots haben immer unter sich gesoffen, und das ist eine gute Gewohnheit, du solltest es weiter so halten.«

»Deine Schwester macht, was sie will. Wenn sie nach Banize kommen will, werde ich sie nicht aufhalten, und du auch nicht. Lass mich durch.«

Didier ließ den Wagen los und breitete die Arme aus, um ihn passieren zu lassen.

»Sie ist nicht wegen dir zurückgekommen, das solltest du dir hinter die Ohren schreiben, mein hübsches Kind.«

Rémi blieb stehen. Er sah den hinteren Teil des Parkplatzes. Die Autos und die Kunden des Supermarkts waren verschwommen. Der Schmerz stieg von seinem Kiefer auf bis zu der Stahlplatte unter seiner Kopfhaut. Er zwinkerte, senkte den Kopf und prüfte seine Hände, die weiß geworden waren, als sie sich um den Griff des Einkaufswagens krampften.

»Verstanden?«

Rémi machte einen ersten Schritt, langsam, konzentrierte sich auf den zweiten, dann auf den dritten, hob den Kopf und ging weiter, ohne sich umzudrehen.

Am Ende des Vormittags klarte der Himmel auf, und es zeigten sich immer größere blaue Flächen. Die Erde erwärmte sich, das Haus dehnte sich aus und ließ eine Folge trockener Knarzlaute hören. In wenigen Tagen war der Rasen gewachsen, und der grüne Teppich, der das Haus umgab, wurde schon dicht und bedeckte die dunkle Erde.

Rémi hob ein paar Schritte von der Veranda entfernt ein Loch aus, einen Meter breit und vierzig Zentimeter tief, er wählte Steine aus dem Haufen, der bei der Rodung entstanden war, baute ein kleines Mäuerchen rund um die Feuerstelle, schlug die zwei Stützen des Spießes in den Boden, spaltete drei Holzscheite und zündete das Feuer damit an. Auf dem Rasen stellte er den Campingtisch auf, verteilte ringsherum seinen Anglerstuhl und die Holz- und Korbstühle aus dem Haus. Auf den Tisch legte er die Teller und das Besteck, die Gläser, die Chipstüten und die Bonbons.

In die Steckdose der Veranda steckte er das Kabel des kleinen Radios, das er schließlich doch noch gekauft hatte, im Haushaltswarengeschäft von Lenoir. Er suchte nach einem Sender, sah die Namen und Frequenzen auf dem kleinen digitalen Bildschirm vorbeiziehen und blieb bei Radio des Lacs, einem Lokalsender, der etwas ältere Hits und Lokalnachrichten brachte. Als das Feuer heruntergebrannt war, steckte er die Keule auf den Spieß, und nachdem er das Fleisch mit dem Messer eingestochen und Knoblauchzehen in die Haut geschoben hatte, befestigte er den Spieß auf den beiden Stützen. Dann bepinselte er das Fleisch. Mit geschmolzener Butter, einer Tasse Bier, Tabasco, Balsamicoessig, Salz, Pfeffer, Thymian, Rosmarin und Lorbeer. Die von den Jägern der Region am höchsten geschätzte Wildsoße.

Er stellte den Anglerstuhl in den Schatten der Veranda, spuckte auf den Schleifstein und legte ihn auf seinen Oberschenkel. Eine Viertelstunde lang, während er den Oldies im Radio lauschte, zog er die Schneide seines Jagdmessers über den feinporigen Stein, bis der Stahl wie ein Rasiermesser die Härchen auf seinem Unterarm schnitt. Er drehte den Spieß, trank zwei Bier, nahm seine Codeintabletten, drehte den Spieß, dachte an Michèle und versuchte, das Gesicht ihres Bruders auf dem Parkplatz des Supermarkts zu vergessen.

Martine und Jérôme kamen als Erste, mit ihren beiden Kindern. Juliette und François, fünf und sieben Jahre alt, waren Landkinder, die das Land nicht kannten. Martine war seit drei Jahren selbstständig. Mit ihrem Auto und ihrem Koffer voller Scheren und Shampoos fuhr sie die Höfe ab, schnitt den Leuten die Haare und sorgte für modische Frisuren. In diesem alternden Land waren überall fahrende Bäcker, Verkäufer von Tiefkühlkost, Alten- und Krankenpflegerinnen, Gemüsehändler, Kleiderverkäufer und Friseurinnen unterwegs. Martines kleines Geschäft lief nicht besonders gut. Jérôme war bei der Zellstofffabrik beschäftigt, er arbeitete an einem Sägegatter und bei der Beladung. Ihre Kinder gingen in R. zur Schule, trugen amerikanische Turnschuhe und wollten Onkel Rémi keine Küsschen geben. »Sagt Rémi Guten Tag.« Dieser Satz erschreckte sie, und auch Rémi fürchtete ihn jedes Mal. Er versuchte, die Prozedur zu verhindern, indem er seiner Nichte und seinem Neffen ein wenig die Haare zerzauste, bevor sie sich eilig davonmachten.

Martine war immer größer gewesen als die anderen Mädchen in der Schule. Trotz ihrer etwas groben Züge war sie freundlich und schüchtern und wurde rot, sobald sie das Wort ergriff; sie fühlte sich immer unwohl, weil der Übergang vom Leben auf dem Hof zu dem in der Stadt nie abgeschlossen schien. In ihrem kleinen Haus sah es aus wie in einer Kaserne; es war sauber geputzt wie ein Besitz, den man eines Tages seinen wahren Eigentümern zurückgeben muss. Ein Sofa und Sessel, die man möglichst nicht abnutzen durfte, ein Tuch über dem Fernseher, industriell gefertigte Möbel im Landhausstil und auf Hochglanz polierte Fliesen. Rémi bekam keine Luft, wenn er sich dort aufhielt.

Martine blieb neben dem Tisch stehen, ohne etwas zu trinken oder sich aus einer Chipstüte zu bedienen, die Arme über ihrer großen Brust gekreuzt. Sie hatte die blonden Haare und die rosigen Wangen von ihrer Mutter geerbt. Jérôme nahm ein Bier. Er kam aus dem Norden, aus einem Vorort von Lille und aus einer Arbeiterfamilie. Das erste Mal war er während seines Militärdienstes hierhergekommen, hatte im Truppenstützpunkt auf dem Plateau gewohnt. Einige Jahre später war er wiedergekommen; er hatte geglaubt, das Land sei nicht schlimmer als jede beliebige Vorstadt, wenn man arbeiten wollte. Er war ein ernster Mann, der nur an den Wochenenden trank. Seine Familie war groß, er wollte noch mehr Kinder, aber Martine berechnete zuerst die Kosten und Steuern, bevor sie das dritte in Angriff nahm. Sie hatten hier geheiratet, auf dem Standesamt von R., und für Rémi war es eine Qual gewesen mitten in dieser ganzen Familie, die aus dem Norden angereist war, um die Hochzeit zu feiern. Jérôme und er schätzten einander, ohne dass sie je viel miteinander geredet hätten. Sie sahen sich nicht oft. Jérôme wollte, dass er ihnen das Haus zeigte, er fand es gelungen und »nett«, während Martine schweigsam blieb und nicht begriff, wie man in so einem Haus leben konnte, einem kanadischen Blockhaus, das aussah wie die primitive Behausung eines Trappers im Wald. Vor allem sah sie ringsum immer Terre Noire, und der Anblick bereitete ihr sichtlich Unbehagen. Von den Parrots waren nur diese zwei Hektar geblieben – dazu zwei Gräber und sie beide.

Ihre Verwirrung, verstärkt durch eine krankhafte Furcht vor dem Übermaß – ganz natürlich bei der Tochter eines Alkoholikers –, fiel auf ihre Kinder zurück, die sich auf die Bonbons und die Getränke stürzten.

Nach einer halben Stunde begannen sich Juliette und François zu langweilen und fragten, wann sie wieder nach Hause fahren würden. Bei Onkel Rémi gab es keinen Fernseher. Die Rettung kam, als Bertin und seine Frau eintrafen, begleitet von einem etwa zehnjährigen Mädchen. Rémi erinnerte sich nicht mehr an den Namen des Mädchens, kannte es aber vom Sehen. Als sein Vater samstags Holz lieferte, hatte er es manchmal in der Kabine mitfahren lassen. Es half beim Abnehmen der Gurte und legte sie nachher immer ordentlich in eine Kiste. François wurde brav wie ein Lamm und folgte diesem Kind mit erhitzten Wangen überallhin. Die beiden Mädchen begannen, miteinander zu spielen.

Auch den Fabrikarbeiter und seine Frau führte Rémi durch sein Haus. Bertin fand es ebenfalls sonderbar, aber er fand anerkennende Worte für die Art der Verarbeitung des Holzes. Seine Frau tauschte mit Martine Neuigkeiten aus. Weil sie weit herumkam, war Martine für die anderen Frauen der Gegend eine hoch geschätzte Gesprächspartnerin; sie wusste alles, was im Umkreis von dreißig Kilometern passierte. Lieblingsgegenstand ihrer Gespräche war schon seit einigen Monaten und vor allem seit der Eröffnung von »Michèles Dessous« die Rückkehr der Tochter Messenet. Es folgten, nach Wichtigkeit geordnet, der Krebs des alten Messenet, der drohende Stellenabbau bei TechBois, die Frisur der Apothekerin in der Hauptstraße, die nächste Jagd, das Geld, das irgendjemand verschwendete und von dem man sich fragte, wo es herkam.

Bertrand und Marie kamen, gefolgt von Polo, als die Sonne sich anschickte, hinter den Bäumen unterzugehen. Bertrand arbeitete seit einem Jahr bei der Forstverwaltung. Er kam aus der Bergregion der Chaîne des Puys und teilte mit Rémi ein Büro bei der Abteilung ihres Départements. Seine Frau Marie hatte nach dem Einzug Schwierigkeiten, sich einzugewöhnen, obwohl die Gegend sich kaum von ihrer Heimat unterschied. Sie hatte die starren Züge, das schmerzliche und übermäßig herzliche Lächeln von Menschen, die durch eine innere Unausgeglichenheit zu chronischer Depressivität neigen. Bertrand ging mit ihr aus, wie man mit einer kranken Verwandten im Park spazieren geht. Ein einziges lautes Lachen neben ihr erschreckte sie.

Polo war ein Freund von Jean, der sich durch Gelegenheitsarbeiten ernährte. Er legte Leitungen und installierte Waschbecken und Toiletten. Als letzter Ankömmling war er beim Aperitif der Erste. Ein Mann, der viel gereist war, manchmal mit Jean zusammen, in Afrika, in Südostasien, auf alten zusammengeflickten Motorrädern. Die Tropen hatten ihn gezeichnet, das Fieber dort und die Frauen, er sah aus wie ein gewohnheitsmäßiger Kneipengänger in einer Strandhütte. Wie Jean war er ein passionierter Angler, aber er war für die Jagd auf Hechte schon lange nicht mehr früh genug aufgestanden. Polo lachte laut und rollte sich einen Joint mit Gras aus eigenem Anbau. Er sagte Rémi, dass Jean gleich nachkomme, dass er ihn eben noch im Styx gesehen habe, er sei im Aufbruch gewesen.

Rémi diskutierte mit Bertrand über die letzten Vorbereitungen zur Jagd und sprach über den Jahresabschluss, während er den Zufahrtsweg im Blick hatte; er wartete auf das Licht der nächsten Scheinwerfer, die sich dort zeigen mussten.

Die Rehkeule war fertig. Er schnitt gleichmäßige Stücke von dem aufgespießten Fleisch, die er auf einem Teller in der Mitte des Tisches aufschichtete. Martine füllte die Teller, und Polo verkündete, dass der Duft des Fleisches die Zuspätkommenden anziehe. Rémi drehte sich gespannt um und blickte zum Weg. Jeans Lada kam zwischen den anderen Autos zum Stehen. Barbaque, eine Mischung aus Foxterrier und ein paar anderen Rassen, sprang durch das offene Fenster.

Philippe fehlte noch.

Und wenn noch ein Auto kam, konnte es nur sie sein.

Jean, der Zimmermann, war, wenn überhaupt jemand diesen Titel beanspruchen durfte, der Hausfreund. Als Jugendlicher war er sogar einmal mit Martine gegangen. Auch mit Michèle war er eine ganze Zeit lang herumgezogen, als sie in das Alter kamen, in dem sie Drogen ausprobierten. Er hatte eine Flasche Champagner dabei, ein Baguette und eine Packung Meersalz.

Die Kinder spielten im Innern des Hauses. Polo fachte das Feuer wieder an, und sie setzten sich auf die Stühle und begannen zu essen und zu trinken. Das Radio spielte alte Hits, und der Alkohol löste die Zungen. Es war eine bunt zusammengewürfelte Mischung von Gästen, und doch entstand tatsächlich eine festlich-fröhliche Stimmung.

Martine, leicht beschwipst, näherte sich ihrem schweigenden Bruder.

»Terre Noire ... Es ist gut, dass du hier bist. Es ist ein schönes Fleckchen Erde.«

Rémi lächelte ihr zu; im Halbschatten fiel es ihm leichter, ihre Worte anzunehmen, die in der Familie Parrot einem Gefühlsausbruch gleichkamen.

Jean hatte dem Bier schon fleißig zugesprochen. Er nahm Rémi bei den Schultern und schob ihn zum Haus. Rémi ließ es sich gefallen; eher stützte er den Zimmermann, dessen Gleichgewicht schon nicht mehr ganz einwandfrei war, als dass er ihn begleitete.

»Ich bin zufrieden mit deinem Haus, mein Lieber. Wenn es hier drin erst mal ein bisschen mehr nach Socken und Unterhemden riecht, wirst du einen sehr schönen Dachsbau haben.«

Rémi trank einen Schluck Bier und spürte, dass der Alkohol auch bei ihm allmählich Wirkung zeigte, sein halb gelähmtes Gesicht fühlte sich weniger gespannt an. Jean war ausgelassen und betrachtete schwankend seinen Freund.

»Und der andere Scheißkerl?«
»Wie?«

»Der Ökoterrorist, ist er nicht da?«

»Noch nicht.«

»Ja, ist dir egal.«

»Was?«

»Du kommst mir vor wie 'ne Boje bei Seegang, mein Guter. Na, vielleicht hab ich den Seegang selber fabriziert. Aber die Gläser sind leer, sollen wir uns über die edlen Sachen hermachen?«

Sie nahmen die zwei Flaschen aus dem kleinen Kühlschrank, die aus dem Supermarkt und die, die Jean mitgebracht hatte, einen Bollinger Jahrgangschampagner.

»Die gehen auf Kosten der Cousins von Tonio. Die kommunale Landwirtschaftspolitik ist manchmal unergründlich. Und wegen dieser Fallen ... Frag mich nicht, wo sie eine Flasche von hundert Piepen herhaben. Als ich sie zuletzt gesehen hab, im Styx, haben sie auf dem Rathausparkplatz herumpalavert, Nino und zwei andere Valentines. Ich wollte losfahren, und Nino hat an meine Scheibe geklopft. Er hat mir die Flasche, das Salz, das Brot gegeben und mir wörtlich gesagt: ›Das ist für den Jäger.‹ Das Salz, sagte er, steht dafür, dass das Leben nie den Geschmack verliert, und das Brot dafür, dass es dir nie an etwas mangeln soll. Er hat noch gesagt, wenn es der Teufel will und es dennoch nicht klappt und du etwas bräuchtest, solltest du nur im Lager vorbeikommen.«

»Richte ihnen meinen Dank aus.«

»Klar, wenn ich sie je wiedersehe. Ich hatte das Gefühl, sie wollten unsere schöne Gegend verlassen. Tonio hat mir nicht gesagt, warum. Er hat nur Unsinn verzapft, in der Art von: ›Wir sind wie die Hunde vor dem Erdbeben, wir hauen ab, bevor jemand anders irgendwas spürt.‹ So ein Scheiß. Sie müssen irgendein Ding gedreht haben und gehen woandershin, wo die Bullen ihnen nicht auf den Fersen sind, das ist alles.«

Sie gingen mit den Flaschen ins Freie. Jean gab ihm einen Stoß mit der Schulter.

»Wenn ich du wäre, würde ich nicht auf sie warten.«

»Ich warte auf niemanden.«

»Genau, mein Alter, und wenn man sich schon volllaufen lässt, dann mit Stil. Gib mir dein Messer.«

Jean ging zum Feuer und riss das Stanniolpapier ab. Mit der Messerklinge köpfte er die Flasche nach allen Regeln der Kunst.

Als Bertrand einen Toast auf das neue Haus ausbrachte, hob Rémi mit den anderen sein Glas. Jean stieß mit ihm an und goss die Hälfte des Champagners auf den Rasen.

»Als ich vom Styx wegging, ist sie gerade gekommen. Nach der Art zu urteilen, wie sie sich an die Bar pflanzte, müsste sie immer noch dort sein. Los, hau ab, ich mach einen Striptease, um sie abzulenken.«

Rémi sah in sein Glas.

»Besser, ich gehe nicht hin.«

»Ich weiß, diese Kneipe ist nicht dein Genre, aber es geht um Michèle. Glaubst du, sie kommt dich einfach so besuchen, ohne dass du den Arsch hebst? Hau ab, bevor ich mich nackt ausziehe.«

Der Revierjäger nahm seine Kappe vom Garderobenhaken im Wohnzimmer, stellte im Vorbeigehen das Radio unter dem Vordach lauter und schlich sich zu seinem Wagen.

Niemand achtete auf ihn, außer Martine, die hinter ihm herkam. Jean stürzte sich auf sie und wollte sie zum Tanzen bewegen. Er war sternhagelvoll. Martine stieß ihn mit verlegenem Lächeln von sich und sah den Rücklichtern des Toyota nach, die sich auf der Zufahrt entfernten.

»Wohin fährt er?«

»Er wird nicht lange weg sein. Er kommt zurück.«

Martine beabsichtigte, sich einen Pullover überzuziehen.

»Er wird noch krank werden.«

»Lass deinen Pullover und tanz mit mir. Ich bin viel wärmer.«

»Du hättest ihm nicht auch noch zureden sollen. Michèle ist immer ein Mädchen gewesen, das Probleme macht. Sie ist nichts für ihn.«

»Das ist der Ruf des Herzens, dagegen kann man nichts machen. Man muss ihm folgen, koste es, was es wolle.«

»Was für ein Quatsch. Er sollte nicht in die Stadt fahren.«

»Hast du schon meine Tattoos gesehen?«

»Schon ungefähr tausendmal.«

*

1965 war auf der Straße vor der Bar de la Mairie ein Araber von vier Männern aus der Stadt zu Tode geprügelt worden. Der Prozess war eine lächerliche Veranstaltung gewesen. Die vier Angeklagten, die angeblich oder tatsächlich Mitglieder der SAC-Miliz von General de Gaulle gewesen waren, wurden zu Bewährungsstrafen und symbolischen Geldbußen verurteilt. Heute lebte kein Araber und auch sonst kein Ausländer mehr in R.

Der zu Tode geprügelte Mann war ein Gewerkschafter der CGT gewesen, der einer Ortsgruppe einen Besuch abgestattet hatte. In der gespannten Atmosphäre, die in der Zeit vor der algerischen Unabhängigkeit überall in Frankreich herrschte, hatte die »Arroganz« dieses Arabers – eines Marokkaners –, der zudem noch aus Paris war und gewagt hatte, im meistfrequentierten Café der Stadt etwas zu trinken zu bestellen, ihn das Leben gekostet: Er war noch im Krankenwagen seinen Verletzungen erlegen.

Die Bar de la Mairie hatte seither dreimal Namen und Besitzer gewechselt. Das Trottoir im Außenbereich war neu gepflastert worden, und die Tische und Stühle waren nicht mehr dieselben. Aber diejenigen, die die Geschichte kannten, tranken weiterhin lieber am Tresen ihren Kaffee oder ihr Glas Wein.

Rémi ging nie dorthin.

Die Bar war voll.

Michèle saß auf einem Hocker, und sie hielt ihr Glas mit beiden Händen.

Thierry Courbier, in Jeans und Anzugjacke, sprach mit ihr, mit dem Ellbogen auf dem Tresen und dem Rücken zur Tür.

Rémi hatte vor dem Durchgang zum Kino geparkt. Er beobachtete das Innere der Bar durch ihr mit Werbeplakaten für Pferdewetten und Lotto beklebtes Fenster. Drei Schritte vom Eingang der Bar entfernt hatte er auch Michèles Boutique im Blick. Etwa fünfzehn Minuten blieb er reglos sitzen. Stimmen, Musik und Gelächter drangen bis zu ihm, und je mehr Zeit verging, desto mutloser fühlte er sich. Courbier beugte sich so eifrig zu Michèle, als wollte er sie von etwas überzeugen.

Rémi senkte den Kopf, ließ den Wagen an und verließ seinen Posten. Er bog in die Hauptstraße ein und schaltete mit zusammengebissenen Zähnen in den zweiten Gang, bis die Titanschrauben in seinem Kiefer schmerzhaft zu vibrieren begannen.

Er war im Begriff, an dem Lokal vorbeizufahren, als er sah, dass Michèle aufstand und Courbier ihr Bier ins Gesicht schüttete, worauf Courbier Michèle an der Gurgel packte. Die Reifen des Toyota quietschten auf dem Asphalt. Rémi nahm die Hände vom Lenkrad und stieg aus, wobei er das Auto mitten auf der Einbahnstraße mit eingeschaltetem Licht und offener Tür stehen ließ. Er warf die Tische vor dem Eingang um und bahnte sich einen Weg durch die Menge der Gäste; als er die Glastür aufriss, zitterte sie in ihren Angeln. Courbier säuberte sich mit einer Hand das Gesicht. Mit der andern hielt er noch immer Michèle gepackt, die schrie, er solle sie loslassen. Der Revierjäger wirbelte Thierry Courbier an den Schultern herum und warf ihn gegen die Glastür, sodass sein Körper durch splitterndes Glas auf das Trottoir rollte.

In der Mitte der stummen Trinker erhob sich der Firmenchef der TechBois. Zwei oder drei Anwesende waren Angestellte des Werks. Rémi hielt sich am Türrahmen fest, die Arme vom Körper gelöst, die eine Hälfte seines Gesichts vor Wut verzerrt, die andere, vernarbte, reglos und starr.

Courbier kam auf ihn zu.

Durch die Kolonne der stehenden Autos, die von Rémis Dienst-Pick-up aufgehalten worden waren, bewegte sich im Laufschritt eine Gestalt. Didier Messenet warf sich zwischen die Kontrahenten.

»Was ist hier los?«

Niemand antwortete.

Didier sah in Richtung Tresen.

»Michèle! Komm her!«

Die Köpfe der Gäste senkten sich auf die Gläser in ihren Händen. Der Patron des Styx, zwei Hände auf dem Tresen, forderte Michèle auf, das Lokal zu verlassen.

Courbier und Parrot ließen sich nicht aus den Augen. Zwei Arbeiter des Betriebs von Messenet waren aufgestanden und zu ihrem Chef auf die Straße gegangen. Einige Arbeiter der TechBois, zunächst unentschlossen, stellten sich neben ihrem Chef auf.

Michèle strich über ihre zerknitterte Jacke, fuhr sich mit der Hand durchs Haar und ging auf Rémi zu, der noch immer wie ein Bär am Eingang des Styx stand.

Sie legte ihm die Hand auf die Schulter.

»Hör auf, Rémi. Geh wieder nach Hause.«
Courbier zitterte von Kopf bis Fuß.
»Tu, was sie sagt, hau ab.«
Auch Michèles Bruder beobachtete Rémi scharf.
»Lass sie durch, Parrot, sonst kannst du was erleben.«
Rémi machte einen Schritt auf Courbier zu und blieb einige Zentimeter vor ihm stehen, um Michèle den Weg frei zu machen. Als sie an ihm vorbeikam, packte ihr Bruder sie am Arm und wandte sich an Courbier.
»Jeder geht jetzt nach Hause. Es ist vorbei.«
Mit einer abrupten Bewegung befreite sich Michèle von der Hand ihres Bruders und forderte Rémi erneut auf zu gehen. Er sah sie an, ballte die Fäuste und ging zu seinem Wagen, ohne sich umzusehen.

Im Rückspiegel sah er, dass Michèle mit ihrem Bruder die Bar verließ und dass Courbier eintrat. Der Schmerz ließ ihn doppelt sehen. Das Lenkrad krampfhaft umklammernd, fuhr er bis zum Stadtrand, bog dann an der Kreuzung ab und durchwühlte die Türtasche. Unter allen möglichen Papieren fand er schließlich ein Röhrchen Codeintabletten. Er schüttete drei Tabletten in die Hand und schob sie sich in den Mund. Langsam löste sich ihre Bitterkeit auf, und er schluckte sie herunter.

Ein paar Kilometer fuhr er, ohne sich klar zu werden, wo er war. Der sinkende Spiegel des Adrenalins zusammen mit der Wirkung der Tabletten machte seine Lider schwer. Mit zwei Rädern auf dem Seitenstreifen blieb er stehen, schaltete den Motor aus, ließ den Rücksitz herunter und versuchte abzuschalten.

Die Uhr auf dem Armaturenbrett zeigte 3 Uhr 25, als er erwachte.

Als er zu Hause ankam, standen die Autos seiner Gäste nicht mehr da, bis auf den Lada. Er fand Jean schlafend auf der Veranda, auf drei zusammengeschobenen Stühlen liegend, in einer Hand eine Bierdose. Unter den Stühlen, ein Auge offen und den Bauch voll mit Bratenresten, hielt Barbaque recht faul Wache. Das Feuer glühte noch. Alles war sauber, das Geschirr gespült. Die Sachen, die die Kinder durchwühlt hatten, lagen wieder ordentlich an ihrem Platz. Rémi streckte sich auf seinem Bett aus und starrte an die Decke, bis die Sonne aufging.

Um 7 Uhr kochte er eine Kanne Kaffee, füllte einen Bierbecher mit dem starken Getränk und stellte ihn auf einen Hocker, ein paar Zentimeter von der Nase des schnarchenden Zimmermanns entfernt. Jean wechselte ohne Übergang vom Schnarchen zum Fluchen über die Unbequemlichkeit der Stühle. Bevor er zum Kaffee griff, trank er seine Bierdose aus.

»Wie viel Uhr ist es?«
»Viertel nach sieben.«
»Verdammt, nicht genug Zeit. Ich bin immer noch blau.«
Er stand auf und betrachtete missvergnügt die aufgehende Sonne.
»Du Hund hast also auswärts geschlafen?«
»Nicht ganz. Ich habe Courbier aus dem Styx geworfen.«
Jean wandte sich zu ihm, ein Auge geschlossen, das andere mit zitterndem Lid.
»Wenn du es nicht mehr brauchst, möchte ich die Nacht gern in deinem Federbett beenden. Es macht dir doch nichts aus? Ich bin mir nämlich nicht sicher, ob ich wirklich auf den Beinen bin. Und ob ich nicht vielleicht Stimmen höre.«

Rémi arbeitete den ganzen Morgen an seinem Haus. Er wählte den Platz für den neuen Schuppen, schaufelte Löcher für die Pfostenanker und richtete sie aus. Mit der Kreissäge sägte er Stützlatten zurecht. Er positionierte die Pfostenanker in den ausgehobenen Löchern und berechnete, was er weiter brauchen würde. Ein halber Kubikmeter Beton würde reichen. Fünf oder sechs Mischer voll.

Das Telefon im Haus klingelte, als er den Betonmischer gerade aus der Garage holte. Er lief hinein.

»Monsieur Parrot?«

»Ja.«

»Commandant Vanberten am Apparat.«

Rémi betrachtete aus dem Küchenfenster das Gras, das auf seinem Grundstück wuchs. Rasch überschlug er, was ihm an Ärger bevorstand wegen des gestrigen Abends. Die Polizei würde sich nicht einmischen, diese Geschichte würde nie bei Vanberten enden, aber er hatte sich geprügelt, mitten in der Stadt, und sein Dienstwagen hatte direkt vor dem Styx gestanden. Roland, der Forstamtsleiter, würde ihm die Hölle heißmachen – außerdem die Regionalverwaltung und die Kollegen. Ein Verweis, wenn es gut ausging. Aber seitdem man in den letzten zehn Jahren immer mehr Stellen abbaute und mit immer weniger Leuten immer mehr Arbeit bewältigen wollte, gab es immer Bedarf an weiteren Kürzungen, und es konnte noch weit schlimmer kommen.

»Commandant, es war eine Kneipengeschichte, sonst nichts, es wird keine Folgen haben, und alles ist ja auch schon wieder in Ordnung.«

»Das glauben Sie?«

»Wenn nötig, werde ich zu Courbier gehen. Wir werden die Sache klären.«

»Es ist sehr freundlich von Ihnen, dass Sie die Probleme Ihrer Freunde lösen wollen, Monsieur Parrot, aber ich fürchte, es ist ein bisschen zu spät.«

»Meine Freunde? Das geht nur mich und Courbier etwas

an, und es besteht nicht der geringste Grund, jetzt auch noch Michèle mit hereinzu...«

»Ich glaube, wir sprechen nicht von derselben Sache, Monsieur Parrot. Es sei denn, es gäbe eine Beziehung zwischen Ihrer Auseinandersetzung von gestern Abend und Monsieur Mazenas.«

»Philippe?«

»Es ist vielleicht noch zu früh, um zur Eile zu mahnen, aber wir bräuchten Ihre Meinung und Ihre Geländekenntnisse. Der Dienstwagen von Monsieur Mazenas ist vor einigen Stunden aufgefunden worden. In aller Eile verlassen, wie es aussieht. Aber vor allem: Haben Sie Monsieur Mazenas in jüngster Zeit gesehen? Seit Ihrem Besuch in der Kaserne?«

»Ja, ich habe ihn gesehen, am gleichen Tag, nachdem ich mit Ihnen gesprochen hatte ... Er hätte gestern zu mir kommen sollen. Warten Sie eine Minute, legen Sie nicht auf.«

Rémi legte den Hörer auf den Tisch und ging durch das Wohnzimmer. Er stieß die Tür auf und schüttelte Jean, der sich unter den Kissen vergraben hatte. Nach dem dritten Anlauf verstand er die Frage endlich.

»Was? Nein. Er ist nicht gekommen, als du weg warst.«

Rémi nahm den Hörer wieder auf.

»Er sagte, dass er kommen würde, gestern Abend, zu einem Essen bei mir. Aber er ist nicht gekommen. Das letzte Mal habe ich ihn am Dienstag gesehen.«

»Könnten Sie zur Route du Plateau kommen? Die Forststraße, die gleich hinter dem Eingang zum Park beginnt. Dort ist das Team von Gentioux.«

»Ich bin in einer halben Stunde da.«

6

Zwanzig Jahre nach der ersten Transplantation,
zehn Tage nach der ersten Leiche,
vierzehn Stunden nach der Schießerei

»Wovon haben Sie mit Thierry Courbier gesprochen, dass Sie dermaßen in Wut gerieten? Sie haben ihm ein Glas ins Gesicht geworfen, nicht wahr?«

»Nur den Inhalt, ich wollte ihn nicht entstellen.«

»Was wollen Sie damit andeuten?«

»Gar nichts.«

»Worüber haben Sie gesprochen?«

»Über alles Mögliche.«

»Das ist etwas vage.«

»Unsere Familien liegen seit drei Generationen miteinander im Streit. Das schafft Bindungen. Noch dazu sind wir zusammen aufgewachsen. Er sprach von der Vergangenheit. Seiner Version der Vergangenheit.«

»Ich hatte zu verstehen geglaubt, dass die Vergangenheit und die Geschichte Ihrer Familie Sie nichts mehr angingen.«

»Das glaubte ich noch, als ich zurückkam ...«

»Und?«

»Ich hätte nie gedacht, dass es so weit kommen würde.«

»Möchten Sie eine Pause machen?«

»Ja, bitte.«

»Marsault, begleiten Sie Mademoiselle Messenet nach draußen.«

»Nicht nötig, ich kenne den Weg.«

»Fühlen Sie sich besser? Wenn Sie morgen früh mit Ihrer Aussage weitermachen wollen, können wir das gern einrichten.«

»Bringen wir es hinter uns.«

»Ich möchte ein letztes Mal auf diese Diskussion mit Monsieur Courbier zurückkommen. Gab es im Laufe des Wortwechsels ein besonderes Thema, das Ihren Zorn erregte?«

»Ich habe den Eindruck, dass Sie die Antwort kennen. Täusche ich mich?«

»Antworten Sie trotzdem.«

»Rémi.«

»Monsieur Parrot.«

»Ja, Monsieur Revierjäger Parrot.«

»Bei kriminellen Angelegenheiten gehören die Gefühle zu den mächtigsten und geläufigsten Motiven. Ich kann die Aufzeichnung anhalten, wenn Sie nicht wollen, dass das in Ihrer Aussage zur Sprache kommt, aber es ist eine wichtige Frage, die ›Farbe‹ dieser Sache betreffend: Welche Gefühle verbinden Sie mit Monsieur Parrot?«

»Sie können das ruhig aufnehmen, ich verberge meine Gefühle nicht. Aber was die Farbe Ihrer Untersuchung betrifft – das ist nicht so einfach. In den acht Jahren, die ich weit weg von hier verbrachte, habe ich ziemlich viele Typen kennengelernt. Wenn man süchtig ist, verändert das die Beziehungen, die man hat. Sie sind nicht völlig zerstört, aber beschädigt. Interessen und Bedürfnisse und vor allem der Mangel an dem, was man unbedingt braucht, entscheiden über das, was man tut. Für einen Junkie ist der perfekte Mensch ein Dealer. Das haben, was man braucht, nie Mangel leiden. Die Freunde, die Bekannten, alle haben mit dem zu tun, was man haben will. Aber letzten Endes ist das ein gutes Mittel, um zu erfahren, mit wem man es zu tun hat. Es gibt keine Heuchelei mehr, kein Taktieren, sobald die Bedürfnisse befriedigt sind.

Ich habe mit ein paar Typen geschlafen, weil sie Dope hatten, Geld oder manchmal nur ein Bett. Anders, als man glauben könnte, bin ich nicht oft an schlechte Kerle geraten. Nebenbei gesagt, wenn man einsam ist, kann einem sogar ein schlechter Kerl fehlen. Aber ich bin getrampt, ohne Geld in der Tasche. Ich hatte eine Tasche mit drei Unterhosen und zitternde Hände. Ich bin in die Kabinen der Laster geklettert und hatte nie Probleme. Die Männer sind nervös, wenn sie mit einem hübschen Mädchen zusammen sind, aber wenn man weiß, wie man mit ihnen reden muss, holen sie nach fünf Minuten die Fotos ihrer Kinder raus, sie erzählen von ihrer Frau, ihrem Leben und machen einen Umweg von zwanzig Kilometern, um einen dort abzuliefern, wo man hinwill.

Jeder will irgendwas. Man muss aber wissen, ob nur das etwas zählt oder ob noch etwas anderes da ist, was die Mühe lohnt. Thierry Courbin und mein Bruder sind immer so gewesen. Typen, für die ihre Interessen alles sind. Bei solchen Typen beschränken sich die Gefühle, wie Sie sagen, auf die Bedürfnisse. Typen, geschniegelt und gebügelt, respektabel und respektiert, clean und zu allem bereit. Rémi ist das Gegenteil. Er ist immer so gewesen, aber seit er sein Monstergesicht hat, fast noch mehr. Er ist so gesellig wie ein wütendes Tier, aber er kennt keinen Egoismus. Mit so einem Gesicht musste er sich notgedrungen davon frei machen.«

»Das ist ein beeindruckendes Kompliment.«

»Ich sage nicht, dass er keine Bedürfnisse hat. Nur dass er seine Interessen nicht über die der anderen stellt und dass es ein echtes Glück war, einen Typen wie ihn zum Freund zu haben.«

»War Rémi Parrot also immer Ihr Freund?«

»Ich hab mit Männern geschlafen, um ein Dach über dem Kopf zu haben oder wegen einer Linie. Glauben Sie nicht, dass es nur logisch wäre, auch mit dem verlässlichsten Freund zu schlafen, den ich je hatte?«

»Sie glauben das wirklich, was Sie über Ihren Bruder gesagt haben?«

»Was ist Ihr Problem, Commandant? Fehlender Anstand? Ich hätte nicht das Recht, so etwas zu sagen?«

»Ich sammle Gefühle, und das ist ein beunruhigendes Gefühl, sonst nichts.«

»Beunruhigend? Sie sollten mal einige Zeit auf der Straße und im Knast verbringen. Ein Haufen Unbekannter ist mehr wert als die eigene Familie.«

»Was genau hat Ihnen Monsieur Courbier über Monsieur Parrot gesagt?«

»Sie wollen den genauen Wortlaut?«

»Wenn Sie sich daran erinnern.«

»Nein. Er fragte mich, ob ich die Absicht hätte, Rémi wiederzusehen. Aber mit anderen Worten.«

»Beleidigenden Worten?«

»Man kann nichts vor Ihnen verstecken.«

»Sie haben Rémi Parrot noch nicht wiedergesehen? Und doch sind Sie schon seit fast sechs Monaten wieder hier.«

»Er ist immer schüchtern gewesen, ich wollte die Sache nicht überstürzen.«

»Haben Sie ihn an diesem Abend wiedergesehen, nach dem Streit?«

»Nein.«

»Sie haben Rémi Parrot am Tag vor Philippe Mazenas' Verschwinden nicht wiedergesehen?«

»Nein.«

»Und danach? Bei welcher Gelegenheit?«

»Sie wissen, was passiert ist. Er ist am Montagabend zu mir gekommen, nach dem Tag der Suche im Val Vert.«

»Aus welchem Grund?«

»Er wollte mich sehen.«

»Worüber haben Sie gesprochen?«

»Er hat ein bisschen von Philippe geredet. Wir haben uns an früher erinnert. Er hat mich gefragt, warum ich nicht zu seiner Party kam, an dem Abend, als ich im Styx war.«

»Warum sind Sie nicht hingegangen?«

»Ich hatte keine Lust, die Leute zu sehen, die dort waren.«

»Keinen?«

»Seine Schwester. Wir haben uns nie besonders gemocht. Ich wollte auf eine bessere Gelegenheit warten.«

»Und er ist ins Styx gekommen.«

»Hm. Ich hätte zu seiner Party gehen sollen.«

»Gut, nachdem Rémi wieder weg war, haben Sie die Bar in Gesellschaft Ihres Bruders verlassen, nicht?«

»Er hat mich nach Hause gebracht.«

»Erinnern Sie sich an die Uhrzeit?«

»Ich würde sagen, zwischen elf und Mitternacht.«

»Er hat sie nur abgesetzt, oder ist er noch geblieben?«

»Er ist nicht mitgekommen.«

»Hat er Ihnen gesagt, wohin er als Nächstes hinwollte?«

»Wollen Sie ihm wirklich etwas anhängen?«

»Ich muss Ihnen diese Frage stellen.«

»Didier ist nie ein Mensch gewesen, der von dem sprach, was er tat, vor allem nicht mit seiner kleinen Schwester.«

»Also, Sie wissen nicht, was Ihr Bruder oder Rémi Parrot in dieser Nacht nach 24 Uhr getan haben?«

»Nein. Aber wenn es Sie interessiert, ich weiß auch nicht, wo Courbier war.«

»Ich frage Sie nicht, ob Sie wissen, was Monsieur Courbier mit seiner Zeit macht. Als Rémi zu Ihnen nach Hause kam, am Montagabend, dem 2. April, hat er Ihnen von Mademoiselle … Brisson erzählt? Aurélie Brisson.«

»Das Mädchen vom Plateau, Philippes Freundin?«

»Ja, eine Freundin von Monsieur Mazenas.«
»Nein. Er hat nicht von ihr gesprochen.«
»Also hatten Sie am 2. April noch keine Kenntnis von der Sache mit dem Val Vert?«
»Zu diesem Zeitpunkt nicht, nein. Ich habe erst später davon erfahren.«
»Wie war Rémi an diesem Tag?«
»Schüchtern.«
»Sonst nichts?«
»Rührend.«
»Er hat Philippe Mazenas' Verschwinden nicht erwähnt?«
»Wir hatten andere Dinge zu besprechen.«

7

Acht Jahre nach Michèles Weggang,
fünfeinhalb Monate nach ihrer Rückkehr,
erster Tag der Suche

Rémi hatte Jean in seinem Haus zurückgelassen und war in seinen Toyota gesprungen, das Holster mit der 38er Special samt Patronentasche am Gürtel seiner Uniform. Er fuhr über Forstwege durch den Wald, um so schnell wie möglich auf die Landstraße zu gelangen, die zum Eingang des Parks führte. Nachdem er sie erreicht hatte, fuhr er fünf Kilometer und bog auf die Straße nach Fénières ein. Mit achtzig Stundenkilometern kam er an einem großen Hieb vorbei, wo Arbeiter Bäume fällten. Dann gabelte sich die Straße, und er nahm einen älteren Weg, der genau nach Süden führte, auf den Mont des Pierres zu, auf dessen Gipfel sich die Jaumâtres befanden. Der Weg führte um die Felsengruppe herum und dann wieder abwärts in das Tal der Maulde und das Val Vert. Auf der holprigen, ungeteerten Strecke wurde Rémi in der Kabine des Pick-up gehörig durchgeschüttelt und geriet in der letzten Kurve fast ins Schleudern, bevor er auf den verbleibenden zwei Kilometern wieder auf dunklem, glattem Asphalt fuhr.

Der Eingang des Naturparks war durch ein breites Schild markiert, auf dem Name und Logo des Naturparks prangten. Ein großer Peugeot, der zu Gentioux' Gendarmeriebrigade gehörte, wartete an der Einmündung der Forststraße. Als der Beamte am Steuer Rémis Pick-up kommen sah, setzte er sich vor ihn, streckte die Hand aus dem offenen Fenster und signalisierte ihm, dass er ihm folgen solle. Die beiden Wagen rasten dahin. Der Polizist, übereifrig oder voller Stolz auf sein schnelles Fahrzeug, fuhr drei Kilometer wie ein Wahnsinniger. Erst als er in einen kleineren Weg einbog, der nach Osten führte, begann er, langsamer zu werden.

Ein weiteres Polizeifahrzeug wurde sichtbar. Es stand am Wegrand, und der Fahrer des Peugeots stellte sich daneben. Rémi hielt hinter ihnen.

Drei von Gentioux' Polizisten, die er flüchtig kannte, beugten sich über eine Karte des Parks, die sie auf der Motorhaube ihres Wagens ausgebreitet hatten. Lieutenant Lemoine telefonierte.

Rémi kannte den Brigadier nicht, dem er gefolgt war. Sie machten sich bekannt, und Rémi stellte seine Fragen. Die Augen des Mannes huschten über sein Gesicht, bevor er den Blick abwandte. Er zeigte auf den Weg, der sich nach einer Kurve, fünfzig Meter weiter, im Wald verlor.

»Der Wagen ist da unten.«

»Seit wann?«

Der Brigadier entschied sich für die Vermeidungstaktik und richtete seinen Blick auf die Umgebung seines Gegenübers.

»Man weiß es nicht. Heute Morgen kam ein Anruf. Spaziergänger.«

»Es hat vermutlich nicht lange gedauert, bis ihr angefangen habt zu suchen.«

»Es gab Hinweise.«

»Hinweise?«

Lemoine hatte sein Telefonat beendet und trat näher.

»Guten Tag, Rémi. Danke, dass du einfach so gekommen bist, an einem Sonntag.«

»Werktag oder Sonntag, auch für uns macht das keinen Unterschied. Was ist los?«

»Komm mit, wir werden sehen. Jérôme?«

Der Brigadier richtete sich ohne Eile vor seinem Vorgesetzten auf; seine Wirbelsäule war von der Schwerkraft gebeugt wie seine schlaffe Unterlippe.

»Das nächste Mal, wenn du auf dem Forstweg Rennen fahren willst, nimmst du dein eigenes Auto, verstanden?«

Der schmale Forstweg endete in einer Sackgasse einen halben Kilometer weiter entfernt, am See. Philippes Wagen stand in der Mitte des Val Vert, mit dem Heck zum See und dem Vorderteil zum Forstweg. Als hätte er etwas am Ufer zu tun gehabt. Die Türen waren verschlossen.

Lemoine zeigte auf den Boden.

»Pass auf, wo du hintrittst. Besser, wir wühlen den Tatort nicht auf.«

Rémi sah ihn mit einem halben Lächeln an.

»Den Tatort?«

»Sieh dir das an.«

Sie gingen noch ein paar Schritte weiter. Abdrücke von Schuhen, Rutsch- und Absatzspuren waren auf dem Boden zu erkennen. Dann, in der Mitte, eine Patronenhülse Kaliber 7/64.

»Der Motor war an, die Scheinwerfer ebenso. Die Batterie ist leer.«

Rémi spürte, dass sich sein Herz zusammenzog, oder vielmehr war es andersherum: Sein Blut schien sich bis zu den äußersten Rippen auszudehnen. Er sah den Wald ringsum und musste sich zurückhalten, um nicht laut Philippes Namen zu rufen.

Noch einmal betrachtete er die Spuren des Kampfes und die Patronenhülse.

»Philippe hat eine Remington 750. Das ist sein Kaliber. Habt ihr die Marke gesehen?«

»GPA. Nach der Kugel haben wir noch nicht gesucht. Die Spuren führen zum See. Auf den ersten Blick drei verschiedene Spuren, aber dazwischen sind auch die von den Spaziergängern. Das müssen wir noch untersuchen. Wir sind bis zum See gekommen, aber dann verlieren sie sich auf den Felsen.«

»Am Donnerstagmorgen hat es etwas geregnet. Das hier war später. Habt ihr die Forstbehörde angerufen?«

»Vor einer Stunde. Ich habe mit dem Forstamtsleiter gesprochen. Er sagt, dass Philippe am Freitagmorgen im Büro war. Seitdem keine Meldung mehr von ihm.«

»Die Scheinwerfer sind noch an, das heißt, es kann höchstens Freitagabend gewesen sein.«

»Das glauben wir auch. Du kennst ihn besser als wir. Gibt es jemanden, den wir anrufen können? Seine Freundin? Jemanden aus der Familie?«

»Ihr wollt die Familie schon auf das Schlimmste vorbereiten?«

»Nein, aber vielleicht gibt es Leute, die ihn nach diesem Freitag gesehen haben.«

»Ich kenne niemanden. Was hat sein Chef gesagt?«

»Dasselbe wie du, er kennt niemanden, außer Philippes Kollegen.«

Rémi sah zum See.

»Wir brauchen einen Suchtrupp.«

»Vanberten ist auch dieser Meinung. Er hat die Feuerwehr angerufen, damit sie Taucher schicken. Rémi, ich weiß nicht, ob es zu früh ist, um sich richtig Sorgen zu machen oder nicht, aber wir haben angefangen zu suchen. Kein Grund, sich verrückt zu machen, auch wenn alle wissen, was auf dem Fest der TechBois passiert ist. Vanberten hätte gern, dass die Jungs von der Forstverwaltung mitsuchen. Ihr kennt die Gegend hier gut.«

»Darf ich mir mal das Auto ansehen?«

»Klar, aber pass auf, dass du nichts anfasst.«

Das Innere des Wagens war ein Saustall. Einwickelpapier auf den Fußmatten, löchrige Handschuhe, Papiere, zusammengeknüllte Arbeitsklamotten, ein Paar mit Erde verschmierte Stiefel, das Ganze mit einer schmutzigen Staubschicht bedeckt. Ein Telefon lag auf dem Armaturenbrett über dem Tacho. Auf dem Beifahrersitz eine Schachtel mit Gewehrpatronen GPA.280 REM, hastig aufgerissen, sodass einige Kugeln in die Ritzen der Sitzbezüge gerollt waren. Daneben das Toughbook der Forstbehörde, ausgeschaltet. Ein Zettel mit dem Namen »Philippe« klebte auf dem kleinen Computer. Das Futteral des Remington-Gewehrs war offen, es lag, nach hinten geworfen, auf der Motorsäge auf dem Rücksitz. Daneben Ölkanister und in einer alten schmutzigen Holzkiste das Jagdmesser und der alte Militärrucksack.

Lemoine beugte sich vor und sah durch das Heckfenster.

»Was sagst du dazu?«

»Nichts. Außer dass es wirklich etwas gibt, was nicht stimmt. Zu wievielt werden wir sein?«

»Es kommen die von der Kaserne in R., unsere und die vom Plateau. Mit euch ungefähr zwanzig. Zur Verstärkung kommt auch noch die Feuerwehr.«

»Wir müssen Valleigeas anrufen, er hat die besten Hunde. Der alte Schäferhund von der Feuerwehr in R. ist nichts mehr wert, er säuft sicher genauso viel wie die Freiwilligen.«

»Ich kümmere mich darum. In einer Stunde sollten alle da sein. Was willst du machen?«

»Ich gehe zuerst dorthin, wo die Spuren enden, zum See.«

»Jérôme und Laurent werden mit dir kommen, ich rufe sie an.«

»Rufst du auch die Courbiers an?«

»Das Land gehört ihnen, wir müssen sie benachrichtigen.«

Der See des Val Vert war ein künstlich angelegter Speichersee, drei Hektar groß, ausgehoben in den Achtzigerjahren. Ein Erdwall, dreißig Meter lang und drei oder vier Meter hoch, füllte die sanfte Mulde zwischen den Hängen des in Nord-Süd-Richtung verlaufenden Tals. Auf jeder Seite des begehbaren Damms verkündeten Tafeln, dass in diesem privaten Gewässer das Angeln verboten war. Eigentum der Courbiers. Die Wälder auf den beiden Hügeln waren erst kürzlich ausgeästet, ausgewählte Bäume gefällt worden; man sah Stöße von geschnittenem Kaminholz im Abstand von je einem Meter schnurgerade aufgereiht. Das Wasser, am tiefsten Punkt des Tals am besten vor dem Wind geschützt, war glatt wie Haut. An den Uferflächen waren zum Teil Wiesen angesät worden, die ebenfalls gepflegt aussahen. Rémi betrachtete das helle Wasser, das den blau-weißen Himmel spiegelte. Die Bilder von Philippe in einer klaren Nacht, die in ihm aufstiegen, widersprachen dem friedlichen Eindruck des Sees. Er beugte sich über die letzten Spuren am Ende des Weges, der zwischen erodierten Felsen zum Wasser hin abfiel. Auf dem Granit – nichts. Er ging über die Felsen weiter am Ufer entlang, bis er nach ungefähr fünfzig Metern wieder auf einer Wiese stand. Dann begann er, die an das Wasser angrenzende Erde genauer zu untersuchen. Spuren von Rehen, die hier getrunken hatten, und der Eingang zu einem Bibergang. Er lief die Hälfte des Ufers ab, ohne auf menschliche Spuren zu stoßen. Dann traf er die Polizisten wieder, die das andere Ufer abgesucht hatten.

»Dort drüben am Ufer gibt es viele. Sie sind schon etwas älter. Sicher von den Jungs, die im Wald gearbeitet haben.

Wir müssen es noch genauer untersuchen, aber frische Spuren scheint es nicht zu geben.«

Brigadier Jérôme, Geländewagenfan, hörte seinem Kollegen mit der Ruhe eines Goldfischs im Glas zu.

»An meinem Uferstück nichts.«

Die letzten Tage waren so sonnig gewesen, dass die Wiesen kräftig wuchsen. Das Gras hatte sich aufgerichtet und musste seit Freitag einen Zentimeter höher geworden sein. Wenn jemand es niedergetreten hatte, konnten die Spuren jetzt nicht mehr zu sehen sein. Rémi musste sich die älteren Spuren auf der anderen Seite selbst ansehen.

Der reglose See trug die Geräusche von einer Seite zur anderen. Rémi hockte neben den Schuhabdrücken auf dem Boden, dann hob er den Kopf. Blaue Uniformen tauchten aus dem Wald auf und näherten sich dem See. Er pfiff und stand auf, während er den Polizisten bedeutete, nicht weiterzugehen, damit sie das Gras nicht niedertraten. Vielleicht gab es noch eine Chance, um die Richtung zu finden, in der sie suchen mussten. Wenn nicht, half nur noch eine systematische und groß angelegte Aktion. Und wenn die vielen Augen nichts sahen, blieben noch Valleigeas' Hunde.

Rémi schob die Erinnerungen an Philippe von sich; er musste einen kühlen Kopf behalten, und er brauchte jetzt seine ganze Energie und Erfahrung. Im Laufschritt kehrte er zu seinem Auto zurück. Die Fahrzeuge der Gendarmerie standen überall auf dem Weg, bis dorthin, wo er in die Landstraße einmündete. Nach und nach trafen auch Feuerwehrwagen aus dem näheren Umkreis ein. Vanberten führte das Kommando; er hatte rund um Philippes Auto schon gelbes Markierungsband anbringen lassen.

»Guten Tag, Rémi. Die Logistik ist wichtig, aber ich hoffe, sie wird unnötig sein. Wie ist Ihr erster Eindruck?«

»Nicht gut. Philippe ist ziemlich eigenbrötlerisch, es ist

schon passiert, dass er in den Wald ging und man ihn zwei oder drei Tage nicht zu Gesicht bekam, aber diese Spuren«, sagte er, indem er auf das Auto und den Weg zeigte, »das ist etwas anderes. Als ich ihn am letzten Dienstag sah, war er gerade dabei, Bäume auszuzeichnen, mit dem Gewehr über der Schulter. Ich habe seine Munition konfisziert.«

»Die Geschichte auf dem Fest?«

»Ja. Was sonst?«

»Ich habe keine andere Hypothese. Wir werden ihn finden. Wenn es um die Sache mit den Waldarbeitern geht, werden wir ihn finden.«

Gleichzeitig drehten sie sich um, als sie den schrottreifen Lieferwagen von Valleigeas kommen hörten. Die Heckscheiben waren durch Gitter ersetzt worden. Im Innern des Wagens bellten drei Hunde im Jagdfieber.

Valleigeas parkte am Ende der Reihe und stieg aus, er trug Gummistiefel und eine Jägerjacke.

Rémi ging ihm entgegen. Die beiden Männer begrüßten einander, und Rémi berichtete. Valleigeas nahm seine Mütze ab und kratzte sich den Schädel.

»Lieber Gott, ich mag das nicht, diese Geschichten. Schon zweimal haben die Hunde dieses Jahr Leichen gefunden. Einen, der sich erhängt hatte, und ein anderer, der mit zweihundertsiebzig Sachen über die Leitplanke flog. Lieber Gott, nein, ich mag so was nicht.«

»Du nimmst die Hunde an die Leine, wir treffen uns am Auto.«

Lemoine hatte Handschuhe übergestreift und den Kofferraum des Fahrzeugs der Forstverwaltung geöffnet. Er nahm die Arbeitskleider und breitete sie auf dem Boden aus.

Valleigeas kam mit seinen zwei Münsterländern und einem Jagdterrier. Die Hunde zerrten an der Leine und hatten die Schnauzen dicht an der Erde.

»Mit diesen Biestern kann man sich kaum halten, und wenn Blut da ist, lässt dieser Teufel von einem Terrier nicht locker, bis er was ausgegraben hat.«

Valleigeas führte die Hunde zu den Kleidungsstücken. Die drei Schnauzen senkten sich in den Stoff einer zerknitterten Uniformhose und eines Flanellhemds.

Martin, Philippes Chef, und Bertrand waren ebenfalls eingetroffen. Vor der geöffneten Seitentür eines der Einsatzfahrzeuge sprach Martin mit Vanberten. Auf der Rückbank lag eine Karte. Martins Händedruck war kurz und nervös.

Vanberten fragte, wer diese Gegend am besten kenne. Die beiden Männer beratschlagten.

Auch Bertrand schwieg, und es herrschte eine unangenehme Stille. Martin fuhr sich mit der Hand durch seine Bartstoppeln. Seit jenem Sonntag, der so schlecht geendet hatte, hatte er sich nicht mehr rasiert.

»Wer diese Gegend am besten kennt, ist Philippe.«

Bertrand räusperte sich und beugte sich über die Karte.

»Ich kenne sie auch. Wir müssen uns danach richten, wohin die Hunde gehen. Der Boden ist uneben, aber man sieht trotzdem ganz gut. Oberhalb des Sees gibt es auf etwas weniger als zwei Kilometern Wald, aber nicht zu dicht, und entlang der Maulde ist alles deutlich zu erkennen. An dieser Stelle ist sie nicht breiter als drei Meter, höchstens einen Meter tief, und es gibt fast keine Strömung. An den beiden Ufern abwechselnd kleine Baumgruppen und Wiesen. Die Bäume sind noch nicht völlig belaubt, also wird man genug sehen. Von hier – und hier – und hier gehen Wege ab. Auf dieser Höhe führt auch die Landstraße vorbei, hier, wo das Val Vert in den Naturpark übergeht. Wenn wir auf jede Seite der Maulde flussaufwärts nach Süden hin zehn Männer stellen, können wir nichts übersehen. Danach geht es aufwärts, es gibt Felsen und kleinere Wasserfälle; anfangs Lärchen, dann Tannen und die Abflüsse der Maulde. Überall Buckel und Mulden und unterirdische Wasserläufe. Wenn wir dort raufmüssten, wäre es komplizierter. Flussabwärts ist die Sicht fast einen Kilometer lang gut. Dann kommt man zu einem alten Douglasienbestand der TechBois. Etwa zwanzig Hektar aufrecht stehende Stämme, gefolgt von einem Einschlag vom letzten Jahr. Die Unebenheiten sind beträchtlich, aber ein oder zwei Leute pro Reihe werden reichen. Danach verbreitert sich das Val Vert, und es kommt Nutzwald auf zweihundert Hektar. Rémi, du kennst dich dort auch aus.«

»An der Maulde bergauf zu gehen, Richtung Plateau oder Nationalpark, das ist schwierig. Wenn wir bis zur Schonung von oben absteigen, ist es auch nicht viel besser. Wie viele sind wir?«

Vanberten hob den Blick von der Karte.

»Wir können noch den Zivilschutz verständigen, wenn nötig, aber bis jetzt sind wir ungefähr vierzig.«

»Wir brauchen mehr Leute. Zwei Gruppen von zwanzig im Süden und im Norden, das geht, aber damit haben wir die beiden Hänge des Val noch nicht erfasst, nur den Talgrund.«

»Ich werde den Zivilschutz informieren. Die Feuerwehr kann vielleicht noch ein paar Freiwillige organisieren. Und dann …«

Ein Schwanken machte sich bemerkbar, als derselbe Gedanke plötzlich in allen Köpfen war. Alle Männer, die um das Polizeifahrzeug standen, wussten um den Zwischenfall beim Fest der TechBois. Martin ergriff als Erster das Wort.

»Die Waldarbeiter könnten helfen, sie kennen die Gegend auch.«

Vanberten schlug einen militärischen Ton an.

»Ich erwarte den Anruf von Monsieur Courbier. Ich werde mit ihm darüber reden. Seine Leute haben immer Hilfe geleistet, wenn es nötig war.«

»Courbier senior oder Courbier junior?«, fragte Martin.

»Monsieur Courbier senior.«

Lemoine kam im Laufschritt und atemlos vom See.

»Die Hunde haben eine Spur gefunden. Flussaufwärts, nach Süden.«

Der ältere Courbier, fünfundsiebzig Jahre alt, traf ein, als die Suchtrupps gerade zusammengestellt worden waren. Zusammen waren es nun einundfünfzig Mann, aufgeteilt in vier Gruppen, zwei für jedes Ufer der Maulde, zwei weitere für die Hänge.

Der Alte fuhr einen uralten verbeulten und schmutzigen Citroën C15. Er stieg aus und richtete sich langsam auf. Schon ein halbes Jahrhundert trug er diese kakibraune Kunststoffhose, wasserdichte Stiefel und dieselbe Arbeitsjacke. Die Bescheidenheit dieses alten, reich gewordenen Bauern, der auf Holzwirtschaft umgesattelt hatte, stand in scharfem Kontrast zur Überheblichkeit seines Sohnes, den man nur im Anzug sah und der nur die teuersten Autos fuhr. Dennoch wussten diejenigen, die ihn kannten, Bescheid: Paul Courbier war der schlauste und durchtriebenste Geschäftsmann der Region, vergleichbar nur mit dem alten Messenet. Die beiden Alten hatten die Hälfte der kleinen Höfe der Gegend aufgekauft. Paul Courbiers Wort, so hieß es, war nur in einem einzigen Fall von Wert: wenn er geschworen hatte, jemandem den Garaus zu machen.

Der Alte hatte helle Augen mit schwer zu bestimmendem Ausdruck; sie waren das einzig Unwandelbare in diesem Gesicht, das jede Gefühlsregung zu imitieren verstand.

Mit gebeugtem Rücken, ernster und gequälter Miene näherte er sich der mobilen Einsatzzentrale. Vanberten war gerade dabei, über Funk das Signal zum Beginn der Suchaktion zu geben. Rémi und Bertrand studierten ein letztes Mal die Karte, bevor auch sie sich der Suche anschlossen.

Paul Courbier sah die drei Männer offen an und drückte ihnen matt die Hand.

»Meine Herren.«

Er sah sich um, dann bückte er sich unter dem Markierungsband durch, das den Wagen der Forstbehörde umgab, um, wie es schien, die Schäden abzuschätzen, die all diese Männer und Fahrzeuge in seinem Wald verursacht hatten.

»Also, was ist hier los?«

Vanberten gab ihm einen kurzen Bericht. Der Alte hörte schweigend zu.

»Wenn Sie Leute brauchen, sagen Sie es mir. Ich habe genug.«

»Wenn die Hunde nichts finden, werden wir den Umkreis der Suche ausweiten müssen. Wenn es so weit ist, werden wir zweifellos auf Ihr Angebot zurückkommen, Monsieur Courbier.«

Rémi und Bertrand verabschiedeten sich. Jeder von ihnen hatte ein Fernglas umgehängt. Im Laufschritt erreichten sie die Suchtrupps, die sich über den beiden Hängen des Val Vert verteilten. Weit vor ihnen hörten sie das Gebell der Hunde von Valleigeas.

Rémi entschloss sich, den östlichen Hang hinaufzusteigen und von oben das Vordringen der Männer an den beiden ansteigenden Ufern des Flusses zu verfolgen. Sie kamen langsam voran, und von Weitem stellte er sich die konzentrierten Gesichter der Männer vor, deren Köpfe sich regelmäßig nach rechts und links drehten.

Dann wandte er sich wieder flussabwärts zum See und zum Tal hin, das nach Norden hin immer breiter wurde. Die Sicht war ausgezeichnet. Eine Gestalt fiel ihm auf, hundert

Meter weiter unten, unmittelbar hinter dem Damm. Er setzte das Fernglas an die Augen.

Auf dem Damm stand Paul Courbier, die Hände in den Taschen seiner Jacke vergraben, reglos, den Blick auf das Val Vert gerichtet.

Die Hunde verteilten sich rasch. Etwa in der Mitte des Talgrunds zog jeder von ihnen in eine andere Richtung. Valleigeas rief sie zur Ordnung, doch die Tiere spielten verrückt. Schließlich musste er sie von ihren Leinen lassen, damit sie sich nicht in ihnen verhedderten. Der Münsterländer und der Terrier liefen nervös bellend im Kreis herum. Valleigeas kratzte sich den Kopf. Rémi ließ das Fernglas sinken und griff zum Funkgerät.

»Commandant? Parrot an Commandant mobil. Parrot an Commandant mobil.«

»Hier Commandant, sprechen Sie, Monsieur Parrot.«

»Die Hunde haben die Spur verloren. Wir gehen jetzt weiter nach Süden.«

»Verstanden. Geben Sie es weiter.«

Rémi änderte den Kanal.

»Parrot an die Suchtrupps. Wir bleiben in Reihen und machen in südlicher Richtung weiter, bis zum Wehr. Die Hunde haben die Spur verloren. Ich wiederhole, neuer Sammelpunkt am Wehr.«

Die Leiter der Suchtrupps antworteten und bestätigten die Anweisung. Rémi richtete sein Fernglas auf den anderen Hang. Direkt gegenüber, im Westen, sah er Bertrand, der mit den Händen auf den Hüften und angestrengtem Blick zu den dichten Reihen der Fichten hinaufsah, die sich im Süden anschlossen. Der Tag neigte sich dem Ende zu, und im Nadelwald herrschte bereits Dunkelheit.

8

Zwanzig Jahre nach dem Unfall,
Abhängigkeit, zweiter Tag der Nachforschungen,
zweiter Zusammenstoß

Die Hunde fanden die Spur nicht wieder. Valleigeas hatte drei andere Terrier gebracht, mit dem gleichen Ergebnis. In der Mitte des Tals begannen die Tiere zu zögern, auf ihren eigenen Spuren zurückzukehren oder im Kreis zu laufen. Philippes Spuren verschwanden irgendwo an der Maulde. Die Männer hatten trotz der Verwirrung noch eine Stunde weitergemacht, bis es dunkel wurde und Vanberten sie über Funk zurückrief. Müde und entnervt hatte auch Rémi an diesem Abend aufgegeben.

Man hatte der Familie Mazenas Bescheid gegeben und alle Kontakte und Bekanntschaften Philippes in der Region angezapft. Die Sorge war größer geworden, je öfter eine Nachforschung ohne Ergebnis endete. Spät in der Nacht hatten Vanberten, Bertrand und Rémi noch einmal alle Karten konsultiert, die in der Gendarmeriekaserne verfügbar waren, um sich jede Einzelheit des Gebietes einzuprägen.

Das Handy hatte nichts ergeben, der Akku war leer, als Vanbertens Männer es brachten. Die Speicherkarte wurde zur weiteren Untersuchung an die Präfektur geschickt.

Rémi konnte nicht schlafen. Er war nicht einmal in der Lage, im Bett liegen zu bleiben; immer wieder ging er ins Wohnzimmer, trank Kaffee und versuchte, von der Müdigkeit erschöpft, seine Tabletten hinunterzuwürgen. Um 5 Uhr morgens setzte er sich ins Auto und fuhr zurück zum Val Vert. Der grelle Strahl seiner Taschenlampe richtete sich auf jede Spalte, jeden Graben am Weg, aber die Hoffnung, dass Philippe irgendwo saß, erfüllte sich nicht.

Am Seeufer erwartete er die ersten Männer der Suchtrupps. Es wurde gerade erst hell. Dichter Nebel senkte sich langsam von dem dunklen Nadelwald zu ihnen herab. Er füllte das stille Tal und sammelte sich in schweren Schleiern über der Wasseroberfläche.

Die Männer teilten sich diesmal in zwei Gruppen auf. Arbeiter der TechBois, Angestellte der Forstbehörde und Freiwillige aus der Gegend waren zu der Mannschaft dazugestoßen. Siebzig Mann teilten sich in zwei Haupttrupps, die einen gingen an der Maulde entlang nach Süden, die anderen begannen die Suche im Norden an der abgeholzten Fläche im Wald. Mit den Hunden waren Jäger gekommen. Die Suche wurde intensiver, je weiter sich die Nachricht von Philippes Verschwinden verbreitete.

Vanberten hatte empfohlen, von den Umständen dieses Verschwindens nicht zu reden. Doch den ersten Polizeifahrzeugen folgten schon die lokalen Journalisten, die Fragen stellten über Indizien eines Kampfes, Kugeln und Blutspuren. An diesem Morgen war alles schon außer Kontrolle geraten.

Nachts hatten sich Polizisten bei der Bewachung des Geländes abgewechselt.

Rémi gehörte zur Südgruppe. Den ganzen Vormittag durchkämmten sie die unterirdischen Ausbuchtungen der Maulde, die Wasserlöcher und Höhlungen, die sich durch in der Strömung festsitzende Äste und Stämme gebildet hatten. Mittags nahmen sie sich den zerklüfteten Hang vor, und nachdem sie den Nadelwald hinter sich gelassen und sich auf einem überhängenden felsigen Hügel niedergelassen und ausgeruht hatten, machten sie sich wieder auf den Rückweg zum Val Vert, dreihundert Meter unter ihnen. Einen Kilometer Luftlinie weiter weg, am Seeufer: die winzigen Gestalten der Autos und der Menschen.

Ein schwindelerregendes Gefühl bemächtigte sich der Suchenden. Über ihnen erstreckte sich die Hochebene des Plateaus; vor ihnen lag das breite Tal. Sie waren so lächerlich wenige – nicht mehr als ein winziges lebendiges Etwas mitten in der unendlichen Landschaft. Und der Kreis der Taucher, der sich auf dem See zeigte, wirkte wie eine gigantische Saugglocke, in die Philippe sich hineingezogen fühlte.

Rémi dachte an die Polizisten, die an diesem Morgen Abdrücke von Schuh- und Reifenspuren rund um Philippes Auto genommen hatten. Mithilfe der digitalen Spuren hatte Vanberten zudem versucht, genau zu rekonstruieren, was Philippe bis zum Moment seines Verschwindens getan hatte. Inzwischen war es Nachmittag, und vom Süden und vom Norden kam das Signal: nichts.

Nun mussten Zeugen gesucht und vernommen werden; die offizielle polizeiliche Ermittlung wurde aufgenommen. Philippe Mazenas, Waldaufseher, Angestellter der Forstbehörde, war seit drei Tagen und drei Nächten verschwunden.

Über Funk bat Rémi um eine Verbindung zu Commandant Vanberten.

Die Untersuchung der Speicherkarte von Philippes Telefon hatte nichts ergeben, die Anrufliste war gelöscht. Man erwartete den Bescheid der Telefongesellschaft, um die komplette Liste seiner Gespräche zu erhalten.

Vanberten beantwortete Rémis Fragen und sagte dann, er müsse wieder an die Arbeit und werde ihn über alles Neue auf dem Laufenden halten.

Polizeiarbeit. Alles, was Rémi tun konnte, reduzierte sich darauf, noch ein wenig in der Gegend zu bleiben und weiterzusuchen. Sonst blieb ihm nur, auf Vanbertens Nachrichten zu warten.

Die Südgruppe verließ das Plateau. Die Reihen der Männer wurden länger, als sie sich über den Hang verteilten. Sie ließen jetzt mehr Abstand von einem zum anderen und gingen mit längeren und schnelleren Schritten. Sie glaubten nun nicht mehr ernsthaft, etwas zu finden, während Rémi sich weiterhin auf jeden kleinsten Buckel, jede auffällige Farbschattierung konzentrierte. Er dachte an Philippe. Vielleicht lag er irgendwo in einem Haufen Laub oder verrottender Erde, nur ein paar Meter weiter weg; und plötzlich erinnerte er sich an den Geruch von Blut, der sich mit dem Geruch einer gemähten Wiese mischte; an den Schmerz, der ihn durch seine Intensität wieder zu Bewusstsein hatte kommen lassen; an die wahnwitzigen Sekunden, in denen er zum Opfer des rotierenden Metalls geworden war. Während er mit einem Auge in den Himmel blickte, hatte er sich damals gefragt – wie Philippe vielleicht –, ob jemand ihm zu Hilfe käme oder ob er an dieser Stelle sterben müsste.

Kreuz und quer streifte er zwischen den Fichten umher. Immer wieder blieb er stehen, ging ein paar Schritte zurück. In seinem Schädel brannten die Augen, und das Gefühl, dass die Schrauben und Platten in seinem Kopf dem inneren Druck immer weniger standhielten und er demnächst explodieren würde, wurde stärker. Er nahm im Gehen drei Tabletten in den Mund und schluckte sie mit dem letzten Rest Wasser aus seiner Flasche herunter.

Als Letzter traf er im Tal ein, mit verstörtem Blick, Zweigen im Haar und Kletten an den Kleidern.

Alle Suchtrupps waren jetzt zurückgekehrt, und die allgemeine Stimmung war auf dem Tiefpunkt. Die ganze Zeit war Rémi bei jeder lauten Stimme aufgefahren, jedes Gebell, jedes Krachen des Funkgeräts hatte ihn erschreckt. Jetzt ging er grußlos zwischen den Männern hindurch zu seinem Auto, um die Augen zu schließen und nachzudenken.

Nach ein paar Minuten klopfte Bertrand an die Scheibe.

»Es wird bald dunkel. Vanberten ruft alle zurück.«

Bertrand war genauso müde und ratlos wie er selbst.

»Ruh dich aus, Rémi. Morgen früh machen wir weiter.«

»Ich fahre noch zur Kaserne. Vielleicht gibt es was Neues. Du musst die Präfektur anrufen, um Bescheid zu sagen, dass wir die Jagd morgen absagen.«

Sein Kollege senkte den Blick.

»Ich hab schon angerufen. Sie wollen sie nicht absagen.«

»Was?«

»Ich habe mit dem Unterpräfekten persönlich gesprochen. Der Präfekt besteht darauf, dass die Jagd stattfindet. Wegen der Genehmigung ...«

»Welche Genehmigung?«

»Des Reviers.«

Rémi versetzte dem Lenkrad einen Fausthieb.

»Ich spreche mit Vanberten.«

Er preschte davon und hinterließ eine Staubwolke, die bis zu den Bäumen aufstieg.

Vanberten versuchte vergeblich, Parrot zu beruhigen.

Er erklärte dem Revierjäger, dass er nichts dagegen tun könne. Er hatte selbst darum gebeten, die Jagd abzusagen, da die Hälfte der Männer, die die Suchtrupps stellten, daran teilnehmen sollten. Der Präfekt hatte entgegnet, es sei ganz einfach, andere Freiwillige zu finden. Der behördliche Abschuss stehe schon seit einem Jahr fest, alles sei vorbereitet, und es sei absurd, das Ganze noch länger hinauszuschieben – die Jagd diene schließlich der Landwirtschaft. In zwei Wochen wäre es zu spät, um die Wildschweinpopulation wirksam zu reduzieren. Man müsse die Arbeit der Landwirte schützen und dürfe keine weiteren Verzögerungen in Kauf nehmen.

»Die Arbeit der Landwirte? Machen Sie Witze? Die Jagd wird auf den Ländereien zweier Großgrundbesitzer abgehalten, das wissen Sie so gut wie ich! Von diesen beiden geht einer regelmäßig einmal in der Woche mit dem Präfekten essen. Wollen Sie Namen?«

Vanberten hatte wiederholt, dass er nichts machen könne. Die Jagd werde stattfinden, und auch Rémi Parrot werde daran teilnehmen müssen. Er versicherte, dass er so viele Freiwillige zusammentrommeln werde, wie nötig seien, damit die Suche im Val Vert dennoch zügig voranschritt. Und weil niemand anders ihm das zu sagen wagte, bat er Rémi, das alles nicht persönlich zu nehmen.

»Von jetzt an ist das alles Polizeiarbeit, Monsieur Parrot. Ihre Hilfe ist nützlich, und wir wissen Sie zu schätzen, aber man muss kühlen Kopf bewahren bei so einer Suchaktion. Sie sind zu nah dran, um gute Arbeit leisten zu können. Ruhen Sie sich aus. Rufen Sie mich morgen an, wenn Sie wollen. Ich werde Sie meinerseits kontaktieren, sobald wir die kleinste neue Spur haben. Übrigens haben wir seine Wohnung durchsucht, ohne den geringsten Hinweis zu finden. Es tut mir leid. Demnächst wird sich schon etwas finden. Sie werden sehen.«

Im Licht der Straßenlampen fuhr Rémi durch die Siedlung am Hang. Er telefonierte, während ein Einfamilienhaus nach dem anderen an ihm vorbeizog. Jede neue Fassade und jeder neue Vorgarten zeigte den vergeblichen Versuch der Bewohner, sich von den Fassaden und Vorgärten daneben zu unterscheiden. Es war wie eine bizarre Inszenierung seiner eigenen Gedanken, die Dunkelheit und Ohnmacht seiner Wut, die mit dem Licht der Möglichkeit zu handeln abwechselte. Er fuhr auf die Stadt zu, wo sich dieselben Lichter fortsetzten. Der Geruch nach Erde stieg auf und rief die Erinnerung an Philippe wieder wach, den die Erde jetzt irgendwo verschlang.

»Rémi? Hallo? Ich bin's, Jean!«

Rémi hörte die Stimme, ohne antworten zu können. Er hatte gerade ein Stoßgebet gen Himmel geschickt, dass Philippe keinen langen und qualvollen Tod gehabt haben sollte. Dass er nicht elend in einem Loch gestorben sein sollte, ein paar Meter von seinem Auto und seinem Telefon entfernt.

»Hallo?«

»Wo bist du?«

»Warum bist du nicht ins Val Vert gekommen?«

»Ich mag die vielen Leute nicht.«

»Es gibt Momente, in denen solltest du einfach die Klappe halten, Jean.«

»Lass mich. Ich bin da.«

»Im Val Vert?«

»Ich hab Bertrand getroffen, der mir sagte, dass das Gemetzel morgen nicht abgesagt wurde und dass du auch mitmachen wirst. Im Marcy hab ich Leute getroffen, die aus dem Val Vert kamen. Ich habe kapiert, dass sie jetzt alle aufgeben. Also hab ich Barbaque genommen und bin hergekommen. Ich habe auch zu essen und zu trinken für die ganze Nacht. Wo soll ich anfangen?«

»Warte, ich halte an.«

Rémi hielt am Bordstein und nahm das Telefon wieder auf.

»Hat dich die Polizei passieren lassen?«

»Glaubst du, ich hole mir von den Scharfschützen der Polizei die Erlaubnis, in den Wald zu gehen?«

»Bis jetzt haben die Hunde die Spur immer in der Mitte des Tals verloren, sieben-, achthundert Meter südlich vom See. Aber du hast doch nichts ...«

»Ich habe eine Jacke von Philippe gefunden, die er mal bei mir vergessen hatte, bei einer Party. Und du hast keine bessere Idee? Etwas, was dir durch den Kopf gegangen ist, irgendwas, damit ich in dieser dunklen Nacht irgendwo anfangen kann?«

»Die Hunde von Valleigeas sind im Kreis gelaufen, dann haben sie sich in alle Richtungen zerstreut, das ist alles, was ich dir sagen kann. Auf den ersten Blick war auf der Wiese nichts zu sehen, aber das ist normal, wenn es schon drei Tage her ist. An den Hängen auch nichts. Aber im Unterholz gibt es vielleicht noch etwas. Also, wenn du etwas anderes versuchen willst – ich würde senkrecht zum Talgrund losgehen, beide Seiten, Ost und West, von der Mitte aus.«

»Schade, dass nicht noch ein paar Leute da sind.«

Rémi dankte Jean, der ihn zum Teufel schickte und ihm sagte, dass er am nächsten Morgen auf Terre Noire vorbeikommen werde, um einen Kaffee zu trinken und dann schlafen zu gehen.

Rémi legte auf und rief Vanberten an.

»Sie brauchen sich nicht zu entschuldigen, Monsieur Parrot, ich verstehe Ihren Frust.«

»Etwas anderes. Jean Carnet ist im Val Vert, er will diese Nacht weitersuchen. Könnten Sie Ihren Leuten dort Bescheid sagen, dass sie nicht das Feuer eröffnen, wenn sie einen Typ finden, der am Seeufer eine Flasche Rotwein aufmacht? Und seinen Hund könnte man leicht mit einem Biber verwechseln.«

Auf der Fahrt zu seinem Haus versuchte er, die Geschwindigkeit zu finden, die zu seinem Zustand passte. Weder zu langsam, um weiter nachdenken zu können, noch zu schnell, damit die Fahrt nicht seine ganze Aufmerksamkeit beanspruchte.

Als er ankam, parkte ein kleiner roter Clio vor dem Garagenanbau. Auf dem Kofferraum prangten Sticker: »Atomkraft? Nein danke«, »Free Tibet«. Das blau-grüne Logo vom Schutzbund Nature et Forêts. Dazu Sticker diverser Ökofestivals. Rémi stellte seinen Wagen dahinter ab und warf im Vorbeigehen einen Blick in das Innere des Clio. Auf dem Rücksitz ein Wanderrucksack mit aufgenähten Länderabzeichen, Bücher in einer Pappkiste, auf dem Beifahrersitz ein Kleiderbündel. Am Rückspiegel baumelten ein indianischer Traumfänger und ein paar Fasanenfedern.

Auf der Veranda saß, mit dem Rücken zur Wand, eine junge Frau in einer dicken Daunenjacke. Sie hatte das Außenlicht eingeschaltet und zog an einer selbst gedrehten Zigarette. Fünfundzwanzig Jahre alt, blond, mittellanges ungekämmtes Haar, abgenutzte Wanderschuhe von guter Qualität. Outdoorhosen mit Seitentaschen und schwarzen Ölflecken, kurze oder abgekaute Fingernägel, Hände und Gesicht sonnengebräunt. Bergführerin. Das Ganze, plus Auto und Sticker, bedeutete: Diese Frau kam vom Plateau.

Sie warf ihre Zigarette über das Geländer, nahm einen großen Umschlag von der Bank und kam ein paar Schritte auf Rémi zu.

»Sind Sie Rémi Parrot, der Revierjäger?«

Rémi war zweifellos der am leichtesten zu beschreibende und am einfachsten zu erkennende Mensch der ganzen Region. Wenn man ihr von ihm erzählt hatte, konnte sie sich nicht irren. Doch die junge Frau war fahrig und zwinkerte ständig nervös mit den Augen. Auch der Joint, dessen Geruch noch unter dem Vordach hing, hatte sie offenbar nicht entspannen können.

Er bejahte, und sie streckte ihm mit leicht zitternder Hand den bekritzelten Umschlag hin.

Rémi warf nur einen kurzen Blick darauf.

»Wer sind Sie?«

»Aurélie Brisson. Eine Freundin von Philippe.«

Er nahm den Umschlag nicht. Sein Blick blieb auf sie gerichtet. Mit jeder Minute Schweigen, die verging, verlor sie weiter an Fassung. Ihre Augen mit den vom Gras und der schwachen Beleuchtungen erweiterten Pupillen glänzten verdächtig; gleich darauf begannen die Tränen zu fließen.

»Es geht Ihnen nicht gut.«

»Nehmen Sie das, bitte. Philippe hat mir …«

Ihre Unterlippe zitterte, ihre Züge entgleisten. Mit dem Unterarm fuhr sie sich über Stirn und Augen, dann versuchte sie, sich durch tiefes Einatmen wieder in die Gewalt zu bekommen.

»Ich weiß nicht, was drin ist. Philippe hat mir gesagt …«, zitternde Lippen, neuerliches tiefes Atmen, »er hat mir gesagt, ich soll Ihnen das geben, wenn etwas passieren würde.«

»Etwas?«

»Ich weiß nicht, was er gemeint haben könnte! Das hat er gesagt, und jetzt ist er verschwunden. Das ist doch etwas, zu verschwinden, oder etwa nicht? Nehmen Sie diesen Umschlag, verdammt!«

»Kommen Sie herein, es geht Ihnen nicht gut. Sie müssen sich hinsetzen und sich beruhigen.«

»Nehmen Sie endlich den Scheißumschlag!«

Rémi streckte die Hand aus und nahm das kleine Paket, das sie ihm immer noch hinhielt. Gleich darauf rannte die junge Frau die Stufen hinunter zu ihrem Auto. Rémi lief hinterher und konnte gerade noch verhindern, dass sie ihm die Tür vor der Nase zuschlug. Er legte eine Hand aufs Dach und beugte sich zu ihr hinunter.

»Sie sollten in diesem Zustand nicht fahren. Sie müssen sich ausruhen.«

Tränen quollen aus ihren Augen. Sie umklammerte mit beiden Händen das Lenkrad und sah zu ihm auf.

»Lassen Sie mich in Ruhe. Philippe wollte, dass ich Ihnen das bringe, das habe ich getan. Jetzt gehe ich wieder.«

»Haben Sie sonst nichts zu sagen?«

»Nein, nichts. Lassen Sie mich jetzt bitte fahren.«

Rémi schloss behutsam die Tür und trat einen Schritt zurück. Sie ließ den Motor an, stieß zurück, streifte dabei seinen Toyota, versuchte es noch zweimal, bis sie mit aufheulendem Motor und durchdrehenden Rädern das Grundstück verließ. Rémi sah den Stickern auf dem Heck nach und sagte sich, dass diese Frau, die da gerade die Flucht ergriff, ein paar Dinge in ihrem Leben zu verbessern hätte. Es war eine schlechte Angewohnheit, überall die Namen der Orte zu hinterlassen, wo man einmal gewesen war. Und mit den Flecken auf der Hose und dem Geruch nach Maschinenöl in ihrem Auto setzte sie noch deutlichere Zeichen, die die Besitzer von großen Forstmaschinen sicherlich höchst interessant finden würden.

Rémi setzte sich an seinen Tisch, öffnete den Umschlag und las dann eine Stunde lang Blatt für Blatt alle darin enthaltenen Dokumente gründlich durch.

Er steckte sie wieder in den Umschlag, den er unter seine Fleecejacke schob. Dann zog er den Reißverschluss zu und machte sich auf den Weg.

Er verließ sein Auto, überquerte die menschenleere Straße und klingelte an der Nummer 17 der Rue des Fusillés.

Es war ein Steinhaus, das verlassen aussah, wie so viele Häuser in R. Eine hohe, strenge Fassade aus grauem Granit mit drei Stockwerken. Die Fensterläden waren in schlechtem Zustand. Die weiße Farbe an den Fenstern blätterte ab. Eingeklemmt zwischen einem anderen Wohnhaus, das zum Verkauf ausgeschrieben war, und einer alten Wäscherei, die seit zwanzig Jahren leer stand, weckte Michèles Haus nicht einmal in Rémi frohe Gedanken. Die Fenster im ersten Stock waren erleuchtet. Er drückte noch einmal auf die Klingel, hörte aber kein Geräusch, und als ihm das Alter des Keramikschalters bewusst wurde, schlug er mit der Faust gegen die Tür.

Er hörte Schritte auf der Holztreppe. Die Tür quietschte, während sie über die Steinschwelle holperte, und gab ruckweise den Blick auf die schönste Frau der Gegend frei: Michèle, der einzige Mensch auf der Welt, der die Lust, Trost zu suchen, in ihm weckte. Sie erkannte ihn und blieb auf der Schwelle stehen. Hinter ihr das schwach beleuchtete Treppenhaus. Weder ihm noch ihr gelang ein Lächeln. Dann machte sie einen Schritt zur Seite, um ihn durchzulassen. Rémi trat schweigend über die Schwelle und blieb an der Treppe stehen, während sie die Tür schloss.

»Komm rauf.«

Die Wohnung war schlecht beheizt. Die nachlässig getünchten Wände und ein paar billige Möbel vom Flohmarkt genügten nicht, ein Gefühl von Behaglichkeit aufkommen zu lassen. Alles wirkte kalt und leer. Michèle besaß noch weniger Dinge als Rémi. Aus einem kleinen Kühlschrank, den Kindersticker in verblichenen Farben überzogen, förderte sie zwei Dosen irisches Bier zutage, öffnete sie und stellte sie auf den Küchentisch. Ein staubiger Lampenschirm mit gehäkeltem Rand hing an einem Stoffband von der Decke. Der größte Teil des Raums lag in trübem Halbdunkel. Rémi mochte den malzigen Geschmack des Biers nicht, trank aber einen großen Schluck davon, bevor er sprechen konnte.

»Du weißt Bescheid?«

Michèle sah ihn an. Sie hielt die Bierdose mit beiden Händen, die Ellbogen auf den Tisch gestützt. Die Häkelspitze der Lampe warf einen unruhigen Schatten auf ihr bleiches Gesicht mit den schwarzen Brauen und den dunklen Haarsträhnen auf der Stirn. Der zickzackförmige Schatten betonte ihre Lippen, lief über ihren Hals in den Ausschnitt ihres lockeren T-Shirts hinein.

»Meinst du das mit deinem Kollegen?«

»Wir arbeiten eigentlich nicht zusammen. Aber er ist mein Freund.«

»Ja, ich weiß Bescheid.«

Statt Michèle all das zu sagen, was er ihr nach über acht Jahren zu erzählen gehabt hätte, öffnete er seine Jacke und legte den Umschlag, den Aurélie Brisson ihm gebracht hatte, auf den Tisch.

Sie begann zu lesen. Er schob ihr ein Blatt nach dem anderen hin.

Katastereinträge, Gebäudepläne, Ansiedlungen auf einzelnen Parzellen, Straßenverläufe, Projektpräsentationen, Baugenehmigungen. Als sie fertig war, gab er ihr noch ein Blatt mit handschriftlichen Notizen. Namen von Immobiliengesellschaften, gefolgt von der Frage: »Eigentümer?« Verweise auf Gesetzestexte zum Umweltschutz. Ein Datum, zehnmal unterstrichen und gefolgt von mehreren Fragezeichen: »1983????«

Er beobachtete Michèles konzentriertes Gesicht und wartete darauf, dass sie den Blick von den Dokumenten hob. Doch sie las ohne Unterbrechung bis zur letzten Zeile, stand dann auf und holte zwei weitere Dosen irisches Bier aus dem Kühlschrank.

»Was bedeutet das?«

Rémi riss sich mühsam vom Anblick ihres Körpers los.

»Dass die Courbiers direkt an der Grenze des Nationalparks ein Tourismuszentrum errichten wollen.«

»Das habe ich begriffen. Aber was hat das mit dem Verschwinden deines Freundes zu tun?«

»Es reicht nicht, dass er ein glühender Naturschützer ist und dass man dieses Projekt nur monströs nennen kann?«

Michèle lächelte, und Rémi trank. Der Geschmack des Biers störte ihn immer weniger.

»Was ich nicht weiß, ist, wie Philippe das alles in die Hand kriegen konnte. Ich habe von diesem Projekt noch nie etwas läuten hören, und bei so einem Riesending müssten in der Gegend mindestens Gerüchte im Umlauf sein. Irgendwas. Aber nein. Kein Mensch hat je davon gehört, dass aus dem Val Vert eine Ferienanlage und ein Freizeitpark werden soll.«

»Ich bin erst seit ein paar Monaten wieder hier. Aber du müsstest etwas davon wissen.«

»Sie haben das Ganze unter Verschluss gehalten. Vielleicht sind die Pläne und die Genehmigungsverfahren noch nicht unter Dach und Fach. Und dann die Subventionsanträge, hast du das nicht bemerkt? Nichts vom Département. Es betrifft einzig und allein die Region.«

»Marquais.«

Rémi las den Abscheu auf ihrem Gesicht, der in ihr aufgestiegen war, als sie an die alten Geschichten dieser korrupten Gegend erinnert wurde. Eine Reihe von Fragen drängte sich ihm auf. Nicht zum ersten Mal. Warum war sie eigentlich von hier weggegangen? Und warum vor allem war sie zurückgekommen? Doch die einzige Antwort, die er hätte hören wollen – dass *er* der Grund ihrer Rückkehr war –, erschreckte ihn dermaßen, dass er nicht wagte, den Mund aufzumachen. Warum war sie zurückgekehrt in die Welt ihres Vaters, die Welt der Courbiers und Marquais', die Welt dieser Leute, die sie doch am meisten hasste? Es musste dafür eine Erklärung geben, etwas Irrationales. Vielleicht eine Sehnsucht nach dem Guten? Oder das Gegenteil. Unkontrollierbare und vergiftete Dinge, die sie zur Rückkehr getrieben hatten, ohne dass sie es wirklich wollte. Weil sich Wunde und Heilmittel am gleichen Ort fanden. Rémi spürte, dass seine Narben sich mit Blut füllten, und war froh, dass das Halbdunkel die bläulichen Schattierungen seines Gesichts verbarg, wenn er daran dachte, dass Michèle vielleicht deshalb zurückgekommen war, um all diese Männer, mit denen sie komplizierte Beziehungen unterhielt, unter die Erde zu bringen. Angefangen bei ihrem greisen Vater.

»Was ist neulich abends im Styx passiert, mit Thierry?«

Sie hörte am Ton seiner Stimme, dass das nicht die Frage war, die er eigentlich stellen wollte, aber es war ihr egal. Sie hatte immer seine Gedanken erraten. Das war einer der Gründe, warum er sich nie die Mühe gemacht hatte, ihr zu sagen, was er dachte.

»Thierry ist verrückt. Immer fehlt ihm irgendwas. Grundstücke und die Geschäfte der Messenets. Je mehr Geld, desto mehr Macht. Wenn er mich auf andere Weise angemacht und nicht ständig über Kohle geredet hätte, hätte ich ihm vielleicht nicht das Glas ins Gesicht geschüttet.«

Michèle nahm das letzte Blatt mit Notizen in die Hand. Rémi betrachtete ihre gepflegten, unlackierten Nägel.

Sie legte das Blatt vor sich und strich es glatt. Mit einem Finger strich sie über die dem Papier eingeprägte Jahreszahl 1983.

»Warum bist du dort gewesen?«

»Ich habe dich gesucht.«

Sie lächelte, ohne ihn anzusehen, den Blick noch immer auf das Blatt geheftet.

»Geht es dir gut? Wie ist es geworden, dein Haus auf Terre Noire?«

Rémi wurde von einer Welle der Erinnerungen überschwemmt, aus der Zeit vor dem Unfall, als er noch sein Gesicht hatte und sie sich heimlich getroffen hatten; als Michèles Eltern ihr verboten hatten, den Enkel der Parrots zu treffen, hatte er sich von zu Hause weggeschlichen; sein Mofa hatte er einen Kilometer weit geschoben, um keinen Lärm zu machen, und war dann erst losgefahren zu ihrem Treffpunkt.

»Es ist schön. Ich bin froh, dass wir dieses Land behalten haben.«

»Ich muss es mir mal anschauen.«

Sie schob die Blätter über das Bauvorhaben im Val Vert zusammen und steckte sie wieder in den Umschlag.

»Warum hast du mir das gezeigt?«

»Ich vertraue dir. Und ich weiß, dass dir diese Geschichten egal sind. Du bist die Einzige in der ganzen Gegend.«

»Stimmt. Und was willst du jetzt damit machen?«

»Ich weiß nicht. Ich muss noch mehr darüber erfahren.«

»Um die Fragen auf der letzten Seite zu beantworten?«

»Genau.«

»Jedenfalls beantwortet das schon mal eine Frage: Warum Thierry mir von seinem vielen Geld erzählt hat und darüber, was ich alles kriegen kann, wenn ich mich mit einem Kerl wie ihm einlasse. Dieses Projekt – das ist sein Thron.«

Rémi überlief es kalt, als er an das Val Vert und an Philippe dachte, der jetzt vielleicht schon dort in der Erde lag. Er dachte auch an Jean und seinen Hund, die in dieser Nacht das Tal durchsuchten, während er hier saß, unter der Lampe, und die Schatten auf dem Gesicht dieser Frau studierte.

Sie sah ihn an. Er lächelte.

Er glaubte, eine kleine Handbewegung Michèles wahrzunehmen – der zögernde Beginn einer Bewegung auf ihn zu.

Aus dem Treppenhaus hörte er Geräusche. Jemand schlug

gegen die Tür. Die Schläge wurden lauter. Rémi saß reglos da, ohne den Blick von Michèle abzuwenden. Sie stand langsam auf und deutete ein Lächeln an, das ihn auf später oder auf ein anderes Leben vertröstete.

Während sie die Treppe hinunterging, nahm er den Umschlag und zog seine Jacke wieder an. Er trank den letzten Schluck Bier und erhob sich. Die Stimmen unten waren laut. Wütende Stimmen. Er wollte nicht länger warten und beschloss, zu ihnen hinunterzugehen.

Michèle versperrte ihrem Bruder den Weg. Didier schrie, sie solle ihn durchlassen. Er habe das Auto gesehen, er wisse, wer oben sei, er wolle zu ihm.

Rémi kam die Treppe herunter, und als Didier ihn sah, hörte er auf zu schreien.

»Salut, Didier.«

»Was hast du hier zu suchen?«

»Ich wollte deine Schwester besuchen.«

Michèle versuchte dazwischenzutreten. Sie brüllte ihrem Bruder ins Gesicht, dass sie mache, was sie wolle, und dass er hier nichts verloren habe.

Didier sah ihr ähnlich. Er hatte dieselben scharfen Gesichtszüge, dasselbe dunkle Haar. Er roch nach Alkohol. Der Cognak- oder Calvadosgeruch hing im Treppenhaus. Er hatte die Fäuste geballt. Ein alter Hass arbeitete in ihm, der in der langen Zeit kaum abgekühlt war. Die Ähnlichkeit mit Michèle hatte Rémi immer beunruhigt. Dieser Kerl erinnerte ihn an Liebe und rief doch nur Abneigung in ihm hervor. Anders als sein Pendant Thierry Courbier versuchte Didier nicht, seine bäuerlichen Ursprünge zu verbergen. Vielleicht fehlte es ihm ja an Geschmack, vielleicht gelang es ihm nur deshalb nicht, sich wenigstens durch die Kleidung einen vornehmen Anstrich zu geben. Außerdem arbeitete er, ebenfalls im Unterschied zum Enkel des alten Courbier, noch immer auf den Ländereien der Familie. Sein Körper, lang und gut gebaut wie der von Michèle, zeigte die Spuren körperlicher Arbeit, sein breiter, muskulöser Rücken war leicht gebeugt.

»Hau ab. Du bist hier nicht erwünscht.«

»Das hat Michèle zu entscheiden.«

»Sie weiß nicht, was sie tut. Das hat sie nie gewusst, aber ich weiß es. Wir wollen niemanden von deiner Familie hier. Du hättest dein letztes Waldstück verkaufen und abhauen sollen. Dein Großvater hat es nicht begriffen, dein Vater auch nicht. Wie oft muss man es dir es noch sagen, dass du's endlich kapierst?«

Michèle warf sich ihrem Bruder entgegen, als er einen Schritt auf Rémi zuging.

»Hau ab! Ich wohne hier, und ich kriege Besuch, von wem ich will. Lass ihn durch!«

Didier blieb stehen. Er ließ Rémi nicht aus den Augen.

»Du kommst nie wieder her, verstanden?«

Über die Schulter seiner Schwester hinweg schlug er nach der Schulter des Forstaufsehers. Er suchte Widerstand, eine Reaktion, etwas, was er erreichen konnte, da seine Worte Parrot gleichgültig ließen. Rémi wich dem Schlag lässig aus und überschritt die Schwelle.

Messenet folgte ihm auf die Straße.

»Steig in dein Auto, verpiss dich! Wenn ich dich hier noch mal erwische, geht es nicht so glimpflich für dich ab.«

Rémi kam es vor, als wäre der Asphalt wärmer und weicher als die Luft.

Messenet lief hinter ihm her.

»Wenn sie zu dir geht, komme ich sie holen, und auf deinem Land gibt es keinen Zeugen, kapiert? Du bleibst schön in deinem Wald und zeigst deine dreckige Visage nicht in unserer Stadt!«

Rémi machte eine Kehrtwendung, und Michèle warf sich

auf ihren Bruder und bearbeitete seinen Rücken mit Faustschlägen.

»Hör auf! Du verlässt sofort mein Haus und lässt mich in Ruhe!«

Rémi packte Didier am Kragen, und als Didier sich befreite, verlor seine Schwester das Gleichgewicht und flog über den Bürgersteig. Der Revierjäger gab Didier einen Kopfstoß direkt auf die Nase, und der Knorpel krachte mit einem Geräusch wie beim Entbeinen eines Huhns. Die an der Schädelhöhle festgeschraubte Stahlplatte unter Rémis Stirnhaut bewirkte zusammen mit der Wucht des Stoßes, dass Messenet zwei Meter rückwärtstaumelte. Seine Fersen stolperten über das Pflaster, und er fiel hintenüber. Sein Kopf stieß mit einem Geräusch, das wie ein gedämpfter Glockenschlag klang, gegen die Granitfassade.

Mitten auf der Straße stehend, beobachtete Rémi den zusammengesunkenen Gegner, zwei Sekunden, drei, vier, unendlich lang. Michèle war wieder auf den Beinen und näherte sich langsam ihrem Bruder. Noch keine Panik im Gesicht, doch in einer sonderbaren Erwartung, als könnte das Schlimmste eingetroffen sein. Sie hockte sich neben ihn und nahm seine Hand. Didier öffnete langsam die Augen. Es war, als würde er einen Albtraum erleben, die Pupillen fanden keinen Fokus, sie rollten von oben nach unten, schielten. Er äußerte etwas Unverständliches, und Michèle zog ihre Hand zurück. Sie drehte sich zu Rémi um.

Er entfernte sich rückwärts, als er sah, dass einige Fenster in der Rue des Fusillés hell wurden. Dann drehte er sich um und stieg in sein Auto. Nach dem Kopfstoß war der Schmerz zurückgekehrt, hatte sich in ihm eingenistet wie eine Krake, deren Tentakel seinen Schädel fest umschlossen hielten.

9

Zwanzig Jahre nach dem Unfall,
neun Tage nach der ersten Leiche,
fünfzehn Stunden nach dem Schusswechsel

»Sie wussten also nichts von dem, was kommen würde? Der Brand, der Skandal mit dem Immobilienprojekt und das, was daraus folgte? Sie haben sich mit Rémi unterhalten, haben von Ihrer gemeinsamen Geschichte geredet, von der Vergangenheit. Ja? Ich frage mich nur, ob es möglich ist, beim Heraufbeschwören der Vergangenheit das Thema Ihrer beider Familien und der Rivalitäten, die seit so langer Zeit zwischen ihnen bestehen, zu vermeiden. Sie sagen, dass Ihre Eltern seit Ihrer Kindheit dagegen waren, dass Sie sich mit Monsieur Parrot trafen. Beweis: Als er zu Ihnen kam, ist es schlecht ausgegangen. Diesmal glaube ich nicht, dass wir eine weitere Klärung des Sachverhalts benötigen. Welchen lokalen Euphemismus würden Sie zur Beschreibung dessen empfehlen, was an diesem Abend zwischen Ihrem Bruder und Monsieur Parrot vorfiel?«

»Es ist eigentlich keine Schlägerei gewesen. Es hat nur einen einzigen Schlag gegeben.«

»Ihr Bruder ist verletzt worden.«

»Und? Was ändert das?«

»Mademoiselle Messenet, ich werfe Ihnen Ihre Gefühle für Rémi Parrot nicht vor. Aber es gibt Dinge, die ihn betreffen und die wir klären müssen. Deshalb ist es mir so wichtig, Sie selbst zu befragen; das haben Sie verstanden, nehme ich an. Was Sie oder die Bewohner von R. auch davon halten mögen – ich glaube, ich habe über das Leben hier eine, sagen wir, reflektierte Meinung. Es ist in Ihrem eigenen Interesse, das versichere ich Ihnen, mir zu sagen, wie sich das alles abgespielt hat. Wenn man die Angaben von allen Beteiligten vergleicht, ergeben sich stets Schwachstellen, man stößt auf wacklige Behauptungen des einen oder anderen Zeugen. Ich spreche nicht von Lügen, vielleicht nur von subjektiven Perspektiven. Ich hege durchaus Sympathien für Sie und Monsieur Parrot. Das sollte ich Ihnen vielleicht nicht sagen, aber noch einmal: Diese Befragung hat nur zum Ziel, diejenigen zu entlasten, die ihre Hand nicht im Spiel hatten. Dann wird man mit größerer Effizienz gegen die wirklichen Verdächtigen ermitteln können. Das ist die Gelegenheit, die ich Ihnen biete. Ich bitte Sie, schlagen Sie sie nicht aus.«

»Sie werden nie so schlau sein wie ein Bauer, trotz all dem, was Sie da jetzt anstellen.«

»Ich stelle gar nichts an, Mademoiselle Parrot. Ich will nur etwas wissen, statt nur etwas zu vermuten.«

»Und was vermuten Sie?«

»Dass Monsieur Parrot es sich nach der Entdeckung der Leiche womöglich in den Kopf setzte, selbst für Gerechtigkeit zu sorgen. Einen Freund auf solche Weise zu verlieren kann heftige und gewaltsame Reaktionen hervorrufen. Die Prämissen dieser Gewalt sind zahlreich, und sie stehen alle in Verbindung mit Ihnen. Wir befinden uns auf jenem Gebiet der Kriminalität, auf dem die Justiz mit besonderer Nachsicht ›Beziehungsdelikte‹ vermerkt. Auch ich betrachte solche Situationen mit Verständnis.«

»Sie sind nicht die Justiz.«

»Ich repräsentiere das Gesetz. Die Rechtsprechung wird folgen.«

»Fragen Sie Marsault, was er davon hält, was das ist, eine

Beziehung, hier in der Gegend. Oder fragen Sie besser seine Frau.«

»Was soll das heißen? Glaubst du, du kannst hier ...«

»Brigadier! Ich glaube, Sie sollten gehen. Die Suchmannschaften werden gleich da sein. Gehen Sie zu Lieutenant Lemoine und fragen Sie ihn – und nutzen Sie die Gelegenheit, um ein bisschen frische Luft zu schnappen.«

»Zu Befehl, Commandant.«

»Genau, geh zu deinem Kumpel, Marsault.«

»Brigadier! Gehen Sie jetzt.«

»Sie können eine Zigarette rauchen, wenn Sie Lust haben, Mademoiselle Messenet. Es stört mich nicht, und ich glaube, dass wir beide etwas müde sind. Haben Sie Durst oder Hunger?«

»Alles in Ordnung, danke.«

»Darf ich Sie so verstehen, dass Sie noch einmal etwas sagen wollen, ohne dass Brigadier Marsault Sie hört?«

»Nein. Ich kann diesen Typen nicht leiden, das ist alles.«

»Sie möchten nicht mehr, dass alle erfahren, was wirklich geschehen ist?«

»Was wirklich geschehen ist? Wovon reden Sie?«

»Während der drei Tage, die auf die offizielle Suchaktion folgten, vor dem Brand der TechBois, haben Sie da Monsieur Parrot gesehen?«

»Nein.«

»Waren Sie in der Brandnacht mit ihm zusammen?«

»Ich verstehe nicht, warum Sie jetzt von dem Brand reden. Ich dachte, Sie hätten die Verdächtigen schon festgenommen.«

»Wir müssen alle Zeugen dazu vernehmen, das ist nun einmal Vorschrift. Waren Sie mit ihm zusammen?«

»Nein.«

»Wann haben Sie Rémi Parrot wiedergesehen, nach dem Abend vom 2. April in Ihrer Wohnung?«

»Am Sonntag, glaube ich. Es war jedenfalls am Tag vor dem Brand.«

»Sie erinnern sich nicht an das Datum? An den Tag, an dem …«

»Ich weiß, was an diesem Tag passiert ist, Monsieur Vanberten. Entschuldigen Sie, dass ich mich nicht an das genaue Datum erinnere. Ich kann Ihnen sagen, dass die Beerdigung gestern war, dass jemand in dieser Nacht auf mich geschossen hat, aber fragen Sie mich nicht, was es bei der Trauerfeier zu essen gab.«

»Ihre Verwirrung ist ganz natürlich. Aber an diesem Tag, Sonntag, dem 8. April, erinnern Sie sich, worüber Sie geredet haben? Was wussten Sie in diesem Moment über das Projekt Val Vert?«

»Rémi kam, um mit mir über das zu sprechen, was er entdeckt hatte.«

»Das heißt?«

»Er hatte Informationen über das Projekt.«

»Könnten Sie Einzelheiten nennen?«

»Was wollen Sie wissen? Sagen Sie es mir einfach, dann gewinnen wir Zeit.«

»Ich möchte wissen, ob Rémi Parrot am 8. April genügend Informationen in der Hand hatte, um nicht nur Thierry Courbier, sondern auch Ihren Bruder des Mordes an seinem Freund zu verdächtigen.«

»Er hatte diese Schlüsse noch nicht gezogen. Er hatte nur den unterirdischen Gang gefunden. Darüber hat er mit mir geredet. Aber das ändert nichts.«

»Warum denn nicht?«

»Das wissen Sie sehr wohl. Wir haben die Nacht zusammen verbracht.«

»In der Nacht vom 8. April waren Sie mit Monsieur Parrot zusammen, ja?«

»Ja, ich war mit ihm zusammen.«

»Die ganze Nacht?«

»Die ganze Nacht. Holen Sie Marsault zurück, ich werde Ihnen noch mehr Einzelheiten erzählen, wenn Sie wollen.«

»Bitte, bewahren Sie Ruhe. Wir sind fast am Ende, es bleiben nur noch ein paar Fragen und Sie können nach Hause gehen.«

»Und Sie nicht, was? Wen wollen Sie nach mir grillen?«

»Eine letzte Frage zu diesem Thema. Wissen Sie, wo Rémi am Abend des Brandes war?«

»Das schon wieder? Nein, ich weiß nicht, wo er war.«

»Ihr Wiedersehensfest fand also am Sonntag, dem 8. April statt?«

»Wiedersehensfest. Sehr romantisch.«

»War es nicht romantisch?«

»Sich unter solchen Umständen zu lieben ist alles andere als das.«

»Sie müssen meine romantische Neugier befriedigen, Mademoiselle. Ich glaube, dass Sie wegen ihm wiedergekommen sind, aber dass das nicht die einzige Erklärung ist.«

»Woran denken Sie?«

»An nichts. Ich würde aber gern an Ihre Erklärung glauben.«

»Wie bitte?«

»Wenn ich Sie so betrachte, und soweit ich mir erlauben darf, darüber zu urteilen, würde ich sagen, Sie sind auch zurückgekommen, um sich zu rächen.«

»Um mich zu rächen? Sie urteilen nicht, Sie fantasieren. Weshalb sollte ich mich rächen?«

»Wegen einer Sache, die mir unbekannt ist. Eines dieser Geheimnisse, wie das von Monsieur Barusseau?«

»Ich bin zurückgekommen, weil mir, nachdem ich wegging, alles missglückt ist. Ich bin zurückgekommen, um Frieden zu schließen, wenigstens mit mir selbst, wenn Ihnen dieses Bild nicht zu lächerlich erscheint.«

»Ganz und gar nicht. Und nun?«

»Ein Schlachtfeld, von Toten bedeckt, ist das ein friedlicher Ort? Aber das ist es nicht, was ich wollte.«

10 Zwanzig Jahre nach dem Unfall, ein Toter

Rémi erwachte, ohne beschreiben zu können, was er sah. Ein noch dunkles Zimmer, eine Spur von Licht an dem kleinen Fenster, eine zusammengerollte Decke zu seinen Füßen, ein glänzender Schweißfilm auf seinem Bauch und seinen Beinen.

Träume bestehen aus komplexen Bildern, die mit wenigen Worten beschrieben werden können. Wenn man die Augen geöffnet hat, ist es das Gegenteil. Die Reisen, die er schlafend gemacht hatte, in Wäldern, die bewohnt waren von wilden und fantastischen Tieren, konnte er besser erklären als diese vier Wände, die er eigenhändig gezimmert hatte. Lange Schlaflosigkeit bereitete besser auf Träume vor als auf das Erwachen, und der starre Schmerz hinter seiner Stirn trug nur zu seiner Desorientiertheit bei.

Codein, Milchkaffee mit drei Stück Zucker, wie ihn auch sein Vater am liebsten mochte, in einer großen Schale. Er beugte sich darüber und trank den ersten Schluck. Als er sein Telefon einschaltete, war es 6 Uhr 15. Auf dem Bildschirm blinkte eine Zahl.

Jean hatte das erste Mal um 3 Uhr morgens angerufen. Man hörte den Wind im Hintergrund, und die Nachricht war von den Böen zerhackt, die den kleinen Lautsprecher überforderten. Jean sagte, er habe etwas gefunden. Eine

Spur, einen Gegenstand; er hatte irgendetwas gefunden, aber die Nachricht war am Ende nicht zu verstehen. Er hatte noch einmal angerufen, ohne eine Nachricht zu hinterlassen, eine Stunde später.

Rémi rief sofort zurück, erreichte aber nur Jeans Mailbox.

Dann rief er Bertrand an, der sich schon am Treffpunkt der Jäger befand. Bertrand sagte, alle seien schon da, die Treiber und die Schützen zum Aufbruch bereit.

»Entschuldige die Verspätung. Ich gehe jetzt los. Ist Messenet eigentlich auch da?«

»Warum fragst du? Hat es etwas mit dem Verband zu tun, den er um den Kopf hat?«

Als Rémi am Treffpunkt eintraf, machte sich die Gruppe der Schützen in der Mitte der abgestellten Geländewagen und Kleinlaster für die kommende Jagd bereit. In einiger Entfernung hörte man die Hundemeute. Valleigeas sollte mit den Schützen gehen, die sich im Westen aufstellten, entlang des Hangs, kurz vor dem Beginn des Lärchenwalds. Bertrand sollte die Schützen auf der gegenüberliegenden Seite aufstellen. Sie sollten sich im Osten des Jagdkorridors postieren, am Waldrand, vor einer Wiese, die entlang der Maulde mit Binsen und Schilf bewachsen war. Die dritte Schützenreihe schloss den Ring im Norden, bei einer Windung des Flusses. Etwas weiter flussabwärts war der Damm und noch weiter, zwanzig Minuten entfernt, der Fischteich.

Die Jäger lärmten. Sie stießen einander mit den Ellbogen in die Seite und klopften einander auf den Rücken. Andere, die sich seit vier Generationen spinnefeind waren, drückten sich kühl die Hand und ergingen sich in höflichem Small Talk. Diplomatische Subtilitäten hin oder her – wichtig war, dass man nie allein war. Man wählte zwei, drei Männer, mit denen man sich, ohne der Familie Schande zu machen, verbünden konnte; mit ihnen tauschte man Neuigkeiten ohne Wert aus, zog mit lächelnden Gesichtern über die Nebenstehenden her und verglich die mitgebrachten Waffen. Doch all die kleinen Grüppchen waren nur die Satelliten zweier Sterne, die zwei getrennte Welten beherrschten. Auf der einen Seite diejenigen, die sich durch Pflicht oder Verrat oder die Hoffnung auf Arbeit mit Thierry Courbier verbunden sahen. Auf der anderen diejenigen, die durch Neid, Verschuldung oder Tiermehl Verbündete von Didier Messenet geworden waren.

Rémi hörte Bruchstücke von Gesprächen. Man sprach heute nicht nur über das Wetter, über den Kurs des Fleischs und die Ökofritzen vom Plateau, sondern auch von dem Förster, der verschwunden war. Die Hälfte der anwesenden Männer hatten sich bei Vanbertens Suchtrupps abgemeldet, um nun auf Wildschweine zu schießen. Der Wetterbericht sagte gutes Wetter voraus. Rémi musste immer wieder an das Val Vert denken, an Jean, an die Polizisten, die immer noch die Wälder durchkämmten.

Messenet hatte einen Verband quer über dem Gesicht, der seine Nase schützte und die Hämatome unter den Augen zum Teil verbarg. Vor dem offenen Kofferraum seines Chevrolet-Geländewagens stehend, zog er ein doppelläufiges Gewehr der Spitzenklasse, ein Sagittaire von Verney-Carron mit Luxusverarbeitung von Saint-Hubert, aus dem Futteral. Eine Büchse, mehrere Tausend Euro wert, nagelneu, die bei seiner Entourage bewundernde Blicke und lobende Bemerkungen hervorrief. Die orangefarbenen Kappen und fluoreszierenden Jacken über dem Tarndress ließen eher an eine Arbeiterdemonstration oder einen Radwettkampf denken als an eine Jagdgesellschaft. In den Autos sah man angebrochene Rotweinflaschen und Wurstpakete.

Die Courbiers jagten seit Menschengedenken mit Benelli-Flinten. Courbier brach mit seinen Mannen zu der ihm zugedachten Stellung auf, das neue Montefeltro Beccaccia Kaliber 20 über der Schulter. Die Luxusverarbeitung – Goldbeschläge, persönliche Gravuren und der Nussbaumkolben – wetteiferte mit dem, was Messenet präsentiert hatte.

Didier war ganz damit beschäftigt, in seiner Rolle gegenüber dem Courbier-Clan zu paradieren, und ignorierte Rémi, so gut er konnte.

Der offizielle Vertreter der Staatlichen Forstverwaltung ging an den Männern vorbei, die ihn grüßten, und stieß zu Valleigeas und Bertrand, die sich über den Jagdplan beugten. Valleigeas war nervös und hörte nicht auf, mit dem Jagdhorn zu spielen, das über seiner Schulter hing. Wie Bertrand wirkte er erschöpft. Die Vorbereitung der Jagd und die Suchaktion hatten beide ans Ende ihrer Kräfte gebracht. Rémi lächelte Bertrand an, der ihm länger als üblich und mit eindringlichem Blick die Hand drückte. Auch er hätte vorgezogen, weiter nach Philippe zu suchen, statt hier zu sein. Die beiden Kollegen verstanden sich ohne Worte. Zu dritt wandten sie sich wieder dem Plan zu. Je eher sie hier fertig waren, desto eher würden sie die Suche im Val Vert wiederaufnehmen können.

Die erste Schützenreihe sollte die Tiere bejagen, die ihnen auf einem fünfzehn Quadratkilometer großen Gelände zugetrieben wurden. Es begann im Süden, auf den Maispflanzungen der Messenets. Die Jagd endete in einem natürlichen Trichter, und die Wildschweine kannten die Gegend. Wenn man sie zur Maulde trieb, würden sie ostwärts zum Hang ausweichen, die beste Fluchtmöglichkeit. Die Jäger im Osten, die dritte Reihe, würden nur auf die verirrten Tiere schießen; sie sollten hauptsächlich dafür sorgen, dass die Wildschweine zusammenblieben und sich in Richtung Lärchenwald bewegten. Rémi war Gruppenleiter der dritten Reihe.

Nachdem die letzten Instruktionen erteilt und entgegengenommen worden waren, trennten sich die drei Männer. Rémi ging zu seiner Linie, grüßte die Treiber auf ihren Posten, stellte sicher, dass die Sicherheitsabstände groß genug und die Schützenstände gut sichtbar waren.

Es war höchstens eine Stunde dafür angesetzt worden, dass die Wildschweine die Schützen erreichten. Die Abschussquote: fünfundachtzig Tiere, Keiler und Überläufer, Bachen von mehr als siebzig Kilo Gewicht. Wie immer würde es die Verkündigung eines Zwischenstandes geben. Es war schwer, das Alter der Tiere zu schätzen. Nach dem ersten Sauentreiben im Osten musste man sich neu platzieren und die Reihen im Tal neu aufstellen. Während der ersten Runde der Jagd gab es üblicherweise kaum Stellungswechsel. Nachdem die ersten Tiere erlegt waren, rannten die Schützen zu ihren Autos und fuhren zu ihren neuen Positionen. Wenn der Abschuss heute nicht erreicht wurde, sollte die Jagd morgen weitergehen.

Rémi nahm seinen Platz ein. In der Mitte der Linie war ein erhöhter Jagdsitz gebaut worden, ein leichter Hochstand auf Metallbeinen, zwei Meter vom Boden entfernt. Rémi kletterte auf einer Leiter mit Holzgeländer hinauf. Es war ein Ausguck am äußersten Rand des Rings der Schützen; wer hier saß, hatte die letzte Möglichkeit, jene Tiere zu töten, die es trotz allem geschafft hatten, die Maulde oder einen ihrer Zuflüsse zu erreichen. Rémi konnte mehrere Schützenstände sehen. Mit dem Fernglas erkannte er Thierry Courbier am Ende der östlichen Linie, Didier Messenet im Westen, jeder etwa hundert Meter von ihm entfernt.

Valleigeas' Horn ertönte. Ein lang gezogener Ton verkündete den Beginn der Jagd.

Bevor er sein Telefon ausschaltete, versuchte Rémi Jean zu erreichen.

Mailbox.

Er schaltete das Handy aus und konzentrierte sich auf das, was er hier zu tun hatte. Er legte seinen Repetierer bereit, ein Gewehr, das etwas leicht war für sein Kaliber, aber vielseitig. Eine Waffe, die er gut pflegte, wie sein Vater es ihn gelehrt hatte, aber selten benutzte. Rémi ging nur zwei- oder dreimal im Jahr jagen, mit Jean und Barbaque, und eigentlich nur, wenn er seine Tiefkühltruhe wieder einmal auffüllen musste. An offiziellen Jagden beteiligte er sich nur, wenn man ihn ausdrücklich darum ersuchte. Alle wussten, dass er das Jagen durchaus schätzte, aber nicht die Gesellschaft der Jäger, was ihn nicht gerade zum beliebtesten Revierjäger seines Distrikts werden ließ. Doch er respektierte hinlänglich die kleinen Traditionen der Jäger – wie auch der Wilderer – und legte sich nie offen mit den Jägern und ihren Verbänden an. Bei den offiziellen Jagden begnügte er sich mit untergeordneten Posten wie dem von heute, am liebsten dort, wo er nicht zu viele Tiere zu schießen hatte.

Er lud seine italienische Waffe und wandte den Blick zum Wald. Die Hunde begannen anzuschlagen, als sie versuchten, die Rotten im Dickicht auseinanderzutreiben. Dann sah er zu den zwei Linien und den erwartungsvollen Männern. Er dachte an Michèle, die die Jagd und all die damit zusammenhängenden Traditionen dieser Gegend inbrünstig hasste. Nur einmal hatte er sie mit einem Karabiner in der Hand gesehen. Sie hatte mit Schüssen Raben vertrieben, die Rehe und Lämmer angegriffen hatten, in der Zeit, als Müllabladeplätze unter freiem Himmel gerade geschlossen worden waren. Tausende von Raben waren dadurch ihrer Hauptnahrungsquelle beraubt worden und stürzten sich ausgehungert auf die Schafe in den Wiesen. Zu Hunderten saßen sie in den Bäumen oder unter den Dächern der landwirtschaftlichen Gebäude und attackierten von dort die kleineren oder schwächeren Tiere, die nicht schnell genug fliehen konnten.

Sie zielten mit ihren starken Schnäbeln auf ihre Augen oder stürzten sich auf ihre Hinterteile und pickten so lange, bis die Schafe zu Boden gingen und die Gedärme herausquollen. Dieses Gemetzel hatte mehrere Wochen gedauert. Michèle war vierzehn Jahre alt gewesen. Sie hatte im Schafstall des Hofes geschlafen und die Herde auf die Weide begleitet, und sie hatte auf alles geschossen, was Flügel hatte. Sie schoss gut, und Rémi hatte sie nie so wütend gesehen.

Die Hunde kamen näher. Die Gewehre wurden aufgenommen. Die Schützen konzentrierten sich. Die Jagd war perfekt organisiert. Ein großer Teil der Beute wurde hier gemacht. Mit ein wenig Glück würde Rémi noch vor Einbruch der Dunkelheit ins Val Vert zurückkehren können, dort würde er Jean treffen und mit ihm der Spur folgen. Er hatte noch nicht aufgegeben. Philippe war gesund und robust, er kannte den Wald. Er konnte sich von jungen Trieben und Pflanzen ernähren, wenn es nötig war. In seinem Sektor gab es genug Wasser. Er konnte lange durchhalten, auch drei Tage lang. Es gab Leute, die in hoffnungsloser Lage in den Bergen oder in der Wüste noch länger überlebt hatten. Es gab Leute, die mit gebrochenen Beinen Felsen hochgeklettert waren und den eigenen Urin getrunken hatten.

Zwei Schüsse hallten im Talgrund, die von den ersten Posten der Schützenreihe im Westen kamen. Die einzelgängerischen Keiler waren oft die Ersten, die vorbeikamen. Danach kamen die Rotten. Die Weibchen blieben länger zusammen, um die Frischlinge zu schützen. Rémi dachte an die Bache, die er am Fischteich aufgestöbert hatte. Intelligente Tiere gingen nicht so einfach in eine Falle, und es war nicht ungefährlich, sie zu bejagen.

Valleigeas' Horn verkündete, dass die von den Treibern verfolgten Tiere sich dem Ring der Schützen näherten.

Außer denjenigen, die sich aus dem Staub gemacht hatten, waren nun theoretisch alle Wildschweine eingekreist. Der Rhythmus der Schüsse beschleunigte sich fast gleichzeitig mit dem Signal. Messenets Linie lud genauso schnell, wie sie feuerte. Die letzte Jagd des Jahres – die Jagdsaison war fast beendet – bot die Gelegenheit, sich noch einmal richtig ins Zeug zu legen. Messenet schoss Wildschweine, die die Maisernte seiner Familie bedrohten.

Die Treiber hatten innerhalb des Rings die Hunde losgelassen, und die Wildschweine begannen, in alle Richtungen zu fliehen. Die Schüsse auf der westlichen Linie wurden immer zahlreicher, Rauchwolken stiegen über dem Laub auf. Durch das Fernglas sah Rémi zwei Bachen, gefolgt von etwa einem Dutzend Frischlingen, die in gestrecktem Lauf die Wiese überquerten und sich in die Maulde stürzten. Die Schützen waren zu jung und unerfahren gewesen, sie hatten sie passieren lassen. Weitere Tiere glaubten, dort sei ein Durchschlupf, und folgten den Bachen. Zwei Familien und ein einzelnes Weibchen wurden von Schüssen niedergestreckt. Am Rücken verletzt, schleppte sich die Bache klagend ins Schilf. Ein Jäger kam über die Wiese, um sie zu töten. Die Männer in den benachbarten Schützenständen riefen ihm zu, er solle zurückgehen auf seinen Platz.

Die ersten Schützen zogen sich in den Ring zurück, um vereinzelte Keiler zu erlegen, die orientierungslos umherirrten. Die ersten Tiere, die ihr Glück am felsigen Übergang der Maulde versuchen wollten, passierten die Schützenstände der dritten Reihe. Von seinem Ausguck aus sah Rémi, wie Keiler und Bachen, von Schüssen durchsiebt zu Boden sanken. Nachdem sie zwei Stunden gewartet hatten, waren die Männer so ungeduldig, dass sie auf alles schossen, was sich zeigte. Rémi brüllte sie von oben an, aber die Feuerstöße übertönten seine Stimme. Dann wurde er mitten im Gewühl auf einen Laut aufmerksam. Als wäre ein Steinchen auf das kleine Blechdach seines Stands gefallen. Das erste Anzeichen eines Hagelschauers. Er hob den Kopf. Er sah das Loch im Metall, noch ohne zu begreifen, als eine zweite Kugel an dem stählernen Pfosten abprallte, bevor sie sich pfeifend in der Landschaft verlor. Rémi rollte sich hinter der Brüstung zusammen, und eine dritte Kugel zerschmetterte den Handlauf des Geländers. Die Hunde waren hysterisch. Man hörte den Widerhall der Schüsse aus dem ganzen Tal, und mitten im Getöse machte sich Valleigeas' Horn bemerkbar, das das Ende der Jagd verkündete. Rémi umklammerte sein Gewehr und fragte sich, was er tun sollte. In die Luft schießen, sich aufrichten, die Schützen identifizieren, irgendwie antworten? Valleigeas signalisierte ein weiteres Mal das Ende der Jagd, und die Schüsse wurden weniger. Ein Keiler gab einen rauen Schrei von sich, der Hunderte Meter weit trug. Sein Todeskampf endete mit einer trockenen Detonation, und allmählich kehrte wieder Stille ein. Es dröhnte in den Ohren. Die ersten Stimmen ließen sich hören. Eine erste Zählung und Schreie: »Wir folgen ihnen! Wir gehen auf die andere Seite!«

Rémi setzte sich auf den Boden des Schützenstands, hob den Blick und betrachtete die Einschussstellen. Das Zittern stieg von seinen Händen in die Arme, die Schultern und bis in die Brust. Seine Fersen schlugen unkontrolliert auf das Holz. Er hörte den Lärm der Stimmen, die warm laufenden Motoren, Hundegebell. Das Telefon entglitt ihm, als er es aus der Tasche zog. Er hob es wieder auf, atmete langsam und tief in den Bauch, so wie er es tat, wenn er versuchte, seine Kopfschmerzen wegzuatmen. Es gelang ihm wieder, seine Finger zu bewegen, und er rief Bertrand an.

»Jemand hat auf mich geschossen. Du musst die Jagd beenden.«

Bertrand verstand nicht.

»Die wollten mich abknallen! Beende die Jagd.«

Rémi hob die Hand und berührte seinen Kopf. Er hatte zuerst geglaubt, der Schmerz käme von zu viel Adrenalin und vom übermäßigen Andrang des Blutes in seinem zusammengeflickten Körper, doch dann spürte er die Feuchtigkeit an den Fingern. Als er sie untersuchte, ergriff ein seltsames Gefühl der Fremdheit von ihm Besitz. Auch wenn es sein eigenes Blut war und auch wenn sich sein Körper seit all diesen Jahren erneuert hatte, neu zusammengesetzt hatte gemäß den eigenen genetischen Vorgaben, erschien Rémi dieses Blut als etwas überaus Seltsames. Als die Rettungskräfte damals auf dem Parrot-Hof eintrafen, hatte er schon die Hälfte seines Blutes verloren. Nach all seinen Operationen hatten Transfusionen seinen Körper zehn Mal mit dem Blut von anderen gefüllt. Sein linkes Ohr und die ganze linke Seite des Gesichts waren entstellt und ohne Empfinden.

Er tastete mit den Fingerspitzen nach der Verletzung. Es kam ihm vor, als würde ein Stück Ohr fehlen und als würde unter dem weichen Fleisch ein unbekannter Körper zum Vorschein kommen. Reflexhaft oder vielleicht wegen des allgemeinen Lärms gab er einen Schuss ab und hörte einen metallischen Ton. Das Blut floss an seinem Hals herunter wie ein warmes und träges Insekt, das sich schließlich in der Höhlung am Schlüsselbein verbarg. Am Fuß der Strickleiter riefen ihn Valleigeas und zwei andere Jäger. Valleigeas war bleich und fragte stammelnd, ob alles in Ordnung sei.

Der Klang von Hörnern und das Hupen von Geländewagen mischten sich im Tal, verkündeten das Ende der Jagd und verbreiteten die Nachricht von dem Unfall.

Bertrand säuberte die Wunde. Das Ohrläppchen war abgerissen, ein Splitter steckte in der Schädelhaut.

»Für den Moment geht es, aber du musst in die Ambulanz.«

Marsault kam schnell, zusammen mit zwei weiteren Männern von Vanberten. Nach der ersten Wundversorgung hörten sie sich an, was Parrot zu sagen hatte. Bertrand übergab Marsault die Liste der Schützen und ihre Aufstellung entlang der verschiedenen Linien. Aber als die Schüsse fielen – und niemand hatte bis jetzt bestätigt, dass sie Parrot gegolten hatten –, war die Jagd schon dabei gewesen, sich aufzulösen, und die Hälfte der Stände war nicht mehr besetzt.

Marsault tat sichtlich missvergnügt, was er zu tun hatte. Längere Zeit sah Rémi ihn mit Courbier reden.

Die Jäger fühlten sich nicht wohl in ihrer Haut. Der Zwischenfall – ob Unfall oder gezielt abgegebene Schüsse – wog schwer; wenn es ein gerichtliches Nachspiel geben sollte, würde das dem Ansehen aller Jäger schaden. Valleigeas hatte bekannt gegeben, dass achtundzwanzig Wildschweine erlegt worden waren, außerdem einzelne Stücke Rotwild. Marsault tat alles, um die Sache herunterzuspielen. Er hatte wenig Lust, sich heiklen Ermittlungen zu widmen.

»Bist du sicher, dass es kein Querschläger war? Oder jemand hat vielleicht einfach schlecht gezielt! Wir sind gerade vollauf mit der Suche nach Mazenas beschäftigt, wir haben keine Zeit, uns mit so etwas zu beschäftigen.«

Rémi sah ihn direkt an und sprach mit zusammengebissenen Zähnen.

»Drei Kugeln, auf ein Ziel von einem Meter mal zwei, Entfernung mindestens fünfzig Meter. Außerdem haben Wildschweine eine Widerristhöhe von sechzig Zentimetern. Ich war mehr als zwei Meter über dem Boden. Wenn du es nicht machst, werde ich selbst die Waffen und die Munition einsammeln.«

Marsault versuchte, so wenig wie möglich als Polizist aufzutreten, um all diese Männer, die er kannte, bei ihren Gefühlen zu packen; das war vielleicht nicht der korrekte Weg, aber immerhin gab es auf diese Weise weniger Probleme, als wenn er Nachbarn, Freunde oder Feinde der Familie als Tatverdächtige in einem Fall von versuchtem Mord behandelt hätte. Er beruhigte die Gemüter, indem er sagte, dass nichts Besonderes vorgefallen sei und er nur seinen Job mache. Eine Routinesache, nichts, worüber man sich aufregen müsse.

Bertrand sah Rémi zwischen den Geländewagen entlanggehen, direkt auf Courbier zu. Die Umstehenden teilten sich, machten ihm Platz und wandten sich ab. Courbier reagierte nicht, öffnete nicht den Mund. Daraufhin ging Rémi auf Messenet zu, und wieder wichen die Umstehenden aus und ließen ihn durch.

Sie hatten ihre Kappen tief ins Gesicht gezogen. Sie klopften mit den Stiefelspitzen gegen die Reifen ihrer Autos und versuchten, die erregten Hunde zu beruhigen. Alle in dieser Gegend wussten, dass Parrots Zorn etwas war, vor dem man sich zu hüten hatte.

Marsault saß im Polizeiwagen und war damit beschäftigt, Gewehre zu inspizieren. Auch er beobachtete, was geschah.

Jedes Gewehr wurde etikettiert und zusammen mit seiner Munition nummeriert. Die Namen der Eigentümer wurden notiert. Rasch machte unter den Jägern die Nachricht die Runde, dass jeder von ihnen sich in den nächsten Tagen in der Gendarmeriekaserne zu präsentieren hatte.

Rémi beobachtete Courbier und Messenet, die Marsaults Kollegen ihre Karabiner und ihre Munitionsschachteln übergaben. Bertrand folgte seinem Blick und sprach leise.

»Als ich herkam, waren sie fast alle schon da. Wenn irgendjemand etwas hätte verstecken oder seine Munition hätte austauschen wollen, hätte er genug Zeit dazu gehabt.«

Marsault sprach ein letztes Mal mit Courbier, der ihn zu

sich gewunken hatte; seine Geste war kaum höflicher gewesen als der Pfiff, mit dem er seine Hunde zu sich rief.

Als Rémi in die Kabine des Toyota stieg, kam Marsault hinter ihm her.

»Du musst mir deine Waffe geben. Ja, du auch.«

»Was soll das?«

»Deine Waffe. Und die Schachtel mit den Patronen.«

»Willst du mich verarschen?«

»So redest du nicht mit mir, Parrot.«

»Ich hab mich auf meinem Stand selbst angeschossen, ja? Und dann hab ich mir das Ohr abgerissen, damit es wahrscheinlicher klingt? Du hast von Tuten und Blasen keine Ahnung, Marsault, aber ich sage dir: Geh zu meinem Stand und schau, ob du nicht eine Kugel findest, und dann nimmst du das Verney-Carron von deinem Kumpel, das Benelli von Messenet und ihre Munition und vergleichst das. So kannst du vielleicht etwas herauskriegen.«

»Ich muss alle Waffen mitnehmen, sonst gibt's Ärger.«

Rémi sah über Marsaults Schulter den Chevrolet Blazer, der sich rasch in Richtung Berge entfernte.

»Weißt du, Marsault, wenn du mein Gewehr mitnimmst, bleiben mir immer noch meine Dienstwaffe und meine Handschellen. Ich hab's Thierry und Didier schon gesagt: Wenn ihr, du und die ganze Polizei, nicht eure Arbeit macht, kann ich es auch ohne euch erledigen. Es ist ein falscher Eindruck, auf den ihr euch verlasst, dass ihr hier alles machen könnt, was ihr wollt. Denn was schon lange so ist, muss nicht so bleiben. Zwei Kugeln sind über meinen Kopf geflogen. Die dritte galt auch nicht den Wolken am Himmel. Denk daran, wenn du nachrechnest. An dem Tag, an dem die Kartoffeln aus dem Feuer geholt werden müssen.«

Marsault hatte ein merkwürdiges Schielen entwickelt, während Parrot ihm diese Worte einhämmerte und sein violettes, mit Verbänden umwickeltes Monstergesicht ihm ganz nah war. Sein Blick floh in alle Richtungen.

Rémi setzte sich ans Steuer und schaltete den Dieselmotor ein.

»Ich gehe zu Vanberten, falls du mich nicht richtig verstanden haben solltest.«

Um siebzehn Uhr kam er aus der Ambulanz. Dr. Tixier, Hauptaktionär und Chirurg des Krankenhauses, hatte ihn persönlich untersucht und seine Wunde genäht. Er kannte seinen Patienten gut, weil Rémi seit zwanzig Jahren regelmäßig in seine Klinik kam. Auch wegen ihm hatte Dr. Tixier sich als Kopfspezialist landesweit profilieren können. Er hatte einmal gesagt, dass man weitere Untersuchungen machen müsse, dass mit der Zeit gewisse Schrauben und Platten vielleicht entfernt werden könnten. Doch Rémi hatte nicht mehr auf den OP-Tisch gewollt. Die plastische Chirurgie konnte ihm gestohlen bleiben. Noch einmal Monate der Rekonvaleszenz, Wochen, um wieder auf die Beine zu kommen, ans Bett gefesselt, hier oder bei sich zu Hause, unfähig zu jeder größeren Bewegung. Er zog es vor, sich weiterhin an das Codein zu halten.

»Notwendigerweise gewöhnt man sich daran, Herr Doktor.«

»Das ist nicht meine Philosophie, aber du hast die Wahl.«

Das hatte ihm der alte Arzt damals geantwortet. Rémi mochte Dr. Tixier. Ein Mann, der den Schmerz nicht liebte und ihm das bereits zweimal unbezweifelbar bewiesen hatte. Einmal beim Sterben seines Vaters, als er ihm eine ganze Morphiumspritze gegeben hatte. Ein anderes Mal beim Tod seiner Mutter. Rémi fragte sich, ob es auch für ihn einen Arzt wie Dr. Tixier geben würde, wenn er am Ende angelangt wäre.

Er fragte sich auch, warum er am Ende noch in dieser Gegend sein sollte. Ausgerechnet hier.

Und er dachte an Michèle.

Sein Telefon klingelte.

»Ich hab ihn gefunden.«

Rémi ließ die Hälfte der Parkkralle am Reifen des Toyota auf dem Parkplatz der Klinik, und als er drehte, prasselte Kies gegen die Glastür der Ambulanz.

»Fahr zum Eingang des Parks, wo die Felsen anfangen.«

Jean war betrunken.

»Dann weiter Richtung Val Vert, dreihundert Meter.«

Jean war kaum zu verstehen, er heulte und kotzte gleichzeitig.

»Vor dem ersten Steilhang fährst du nach links, zweihundert Meter weiter bergauf, dann folgst du dem Hang flussaufwärts, einen halben Kilometer.«

Wieder wurde ihm übel, und er unterbrach sich.

»Wirst schon sehen. Ein Wildwechsel. Dem folgst du.«

Er wartete dort. Die anderen Suchtrupps waren im Val Vert, sie baggerten den See aus und durchkämmten die Fichtenschonung.

»Ich hab ganz allein weitergesucht. Da hab ich ihn gefunden.«

Barbaque hörte nicht auf zu bellen.

»Komm mich holen, Rémi.«

Jean lehnte an einer Eiche und hielt seinen alten Militärrucksack in den Armen. Neben ihm eine leere Flasche. Sein Hund schmiegte sich an ihn und zitterte, als wäre er in einen Kübel mit eiskaltem Wasser gefallen. Jeans Gesicht deutete an, was er erlebt hatte. Eine bleiche harte Maske mit roten Augen, die Haut fahl und die Lippen zerbissen, das Kinn zitternd. Er starrte auf einen Punkt einige Meter vor ihm und hob langsam den Blick, als er Rémi kommen hörte. Er war so schmutzig wie sein Hund, die Fingernägel waren schwarz vor Dreck. Sein kahler Schädel war aufgeschürft, an den Wundrändern getrocknetes Blut, mit Erde vermischt. Der Zimmermann, abgemagert wie ein Drogensüchtiger, schien um zehn Jahre gealtert zu sein.

Rémi half ihm beim Aufstehen und war so vorsichtig mit ihm wie mit einem alten Mann. Mit schlaffer Hand zeigte Jean ihm die Richtung.

»Dort ist es.«

Barbaque lief ihnen einige Schritte voraus, blieb stehen, sah sie an, lief weiter und zögerte erneut.

Vor einem kleinen Hügel blieb der Hund stehen, und Jean erstarrte. Es gab nichts Besonderes zu sehen. Eine kleine, dicht bewachsene Erhebung über einem Felsen. Nur an einer Stelle kam der darunterliegende Granit zum Vorschein, neben einem Loch, das aussah wie der Eingang zu einem größeren Fuchsbau. Frische Spuren führten direkt daran vorbei. Spuren eines Hundes und Spuren von Wildschweinen, aber auch Fußabdrücke eines Mannes. Die Suchtrupps waren noch nicht bis auf diese Höhe gelangt.

»Barbaque hat angefangen, dort zu graben. Er ist reingegangen und war dann weg. Ich dachte, es ist die Höhle von irgendeinem Tier und habe nicht weiter darauf geachtet. Verdammt, Rémi, ich bin jetzt schon fast vierundzwanzig Stunden hier draußen. Ich habe zwei Stunden geschlafen. Ich hab kaum noch gewusst, was ich tue. Der Hund ist eine halbe Stunde unter der Erde gewesen, und ich bin eingeschlafen.«

Jean ließ Rémis Arm los und setzte sich auf den Boden. Sein Kopf fiel auf die Knie, und er nahm ihn in beide Hände und massierte seine Schläfen.

»Als er wiederkam, hat er nicht mehr aufgehört zu bellen. Ich hab nichts mehr kapiert, ich war so müde. Er hat sich hingelegt und angefangen, irgendwas anzuknabbern. Ich hab's nicht gesehen. Er hat es dann in Fetzen gerissen. Ich bin wieder eingeschlafen. Als ich die Augen wieder aufmachte, ich weiß nicht, wie lang danach, hab ich die Stücke gesehen.«

Er streckte erneut die Hand aus. Rémi beugte sich vor.

Barbaque hatte eine Kappe in Fetzen gerissen, eine grüne Kappe, auf der noch Teile des gestickten Baums auf dunklem Grün zu erkennen gewesen waren, der zum Logo der Forstbehörde gehörte. Rémi sah Jean an, seine schwarzen Fingernägel und seine Kleider, die Öffnung in der Erde. Er nahm seine Taschenlampe und folgte dem freigelegten Gang.

Er musste ein paar Meter kriechen, dabei schob er die Lampe vor sich her, bis der enge Durchlass sich zu einem niedrigen Stollen weitete. Wurzeln hingen herunter. Die Decke wurde von halb verrotteten und von Insekten und Pilzen befallenen Pfosten getragen. Erde war durch die Öffnungen gerieselt, wodurch sich die Durchgangshöhe verringert hatte. Einst hatte hier ein Mann seiner Größe bequem Platz gehabt. Rémi ging mit krummem Rücken weiter, tastete sich an den Pfosten entlang, während immer wieder Erdbrocken auf seinen Kopf fielen. Er folgte den Spuren. Schwer auszumachen, wie lange er sich auf diese Weise vorwärtsbewegte, vorsichtig tastend und den Boden prüfend, bis der Gang endlich höher und breiter wurde und er sich aufrichten konnte. Der Stollen war von rutschigem Lehm bedeckt und abschüssig. Rémi hatte den Eindruck, zum Talgrund hin abzusteigen, aber er war sich dessen nicht sicher, wie er auch nicht wusste, in welcher Tiefe er sich eigentlich befand.

Der Geruch allerdings wurde immer stärker.

Leichengeruch.

Aus Angst, überrascht zu werden, eine Vorstellung Wirklichkeit werden zu sehen, die ihn erschreckte, richtete er den

Strahl seiner Lampe weit ins Innere des Stollens hinein und ließ ihn über die Wände gleiten.

Zuerst Fetzen von Kleidungsstücken, über mehrere Meter verstreut. Er ging weiter, auf einen unkenntlichen Haufen zu. Das Licht schwächte sich ab. Seine Knie wurden weich.

Er übergab sich, genau wie Jean es getan hatte. Er senkte die Lampe, sodass die Gebeine im Dunkeln blieben, und machte sich im Laufschritt stolpernd und rutschend auf den Rückweg. Überall stank es nach Aas und nach den Exkrementen der Wildschweine.

Dem Hundegebell folgend, das er draußen hörte, gelangte er kriechend und nach Luft schnappend durch den engen Durchlass wieder an die Erdoberfläche. Die Taschenlampe hatte er verloren. Barbaque heulte und nahm Reißaus, als er wieder im Tageslicht stand.

Jean hatte seinen Platz am Baum wieder eingenommen und wagte nicht, ihm ins Gesicht zu sehen. Aus seinem Militärrucksack förderte er einen Rest Schnaps zutage. Er streckte seinem Freund die Flasche hin, und Rémi trank lustlos, um den sauren Geschmack aus seinem Mund zu bekommen. Der scharfe Alkohol erweckte seinen Magen zum Leben; die verkrampften Muskeln schmerzten.

Jean trank die Flasche leer, wischte sich über den Mund und hinterließ dabei eine Spur brauner Erde.

»Was ist dieser Stollen? Wusstest du, dass es hier so was gibt?«

Rémi schüttelte den Kopf, spuckte aus und ließ die Zunge in seinem trockenen Mund kreisen, um den Speichelfluss anzuregen. Er hatte es nicht gewusst. Der tätowierte Zimmermann erhob sich und machte auf zittrigen Beinen ein paar Schritte.

»Die Wildschweine haben einen Durchgang gefunden.

Aber Philippe ist nicht von dort ... Sie sind hier durchgelaufen.«

»Es sind nur die Knochen da. Wir können nicht sicher sein, dass er es ist.«

»Er ist es. Es kann niemand anders sein. Verdammte Scheiße ... Ich hab's nicht geglaubt. Ich glaub's immer noch nicht.«

Jean versuchte, sich eine Zigarette zu drehen, und gab auf, nachdem er zweimal die Blättchen zerrissen hatte.

Rémi tippte die Nummer der Gendarmerie in sein Telefon und verlangte Vanberten. Dringend.

»Es ist mir bekannt, was Ihnen während der Jagd passiert ist, Monsieur Parrot. Wir werden uns mit dieser Sache beschäftigen, sobald die Ermittlungen abgeschl...«

»Jean hat ihn gefunden.«

»Wovon reden Sie?«

»Philippe. Wir haben ihn gefunden.«

»Wo sind Sie?«

Jean war nicht in der Lage, auf die Fragen der Polizisten zu antworten. Der Alkohol, die Müdigkeit, die Nerven waren schuld, und der King-Size-Joint, den er kurz vor dem Eintreffen der Fahrzeuge der Gendarmerie geraucht hatte, machte die Sache nicht besser. Seine Aussage blieb unverständlich. Torkelnd war er aus dem Wald gekommen und hatte sich kurz darauf auf der Ladefläche von Rémis Dienst-Toyota schlafen gelegt. Zusammen mit seinem Hund hatte er sich unter einer Decke zusammengerollt, während die Dunkelheit von Blaulicht, Taschenlampen und Scheinwerfern erhellt wurde. Generatoren brummten, und im diesigen Schatten der Bäume hatten sich müde Männer schweigend an die Arbeit gemacht. Vanberten erwartete das Team des Erkennungsdienstes und die Gerichtsmediziner. Die ganze

Umgebung um den kleinen Hügel wurde markiert und im Umkreis von zehn Metern in Planquadrate aufgeteilt. Gelbes Absperrband wurde ausgerollt, und die Beamten näherten sich dem Ort so vorsichtig, als wäre eine alte Bombe im Stadtpark entdeckt worden.

Rémi setzte Vanberten ins Bild.

Das Netz der Stollen und Gänge zog sich noch weiter in die Erde hinein. Rémi war erschöpft. Er wollte nicht wissen, über welchen Gang Philippe eingedrungen war, wie er bis zu dieser Stelle gelangt war. Das war Sache der Polizisten, die jetzt zu ermitteln hatten.

Vanberten legte ihm die Hand auf die Schulter.

»Gehen Sie nach Hause, Parrot, versuchen Sie zu schlafen. Aber gehen Sie vorher noch zum Arzt.«

»Was?«

Wahrscheinlich hatten herabrieselnde Kieselsteine die Nähte aufgerissen. Die Wunde am Kopf war wieder offen, und das Blut tropfte auf seine Jacke.

Rémi schüttelte Jean sanft an der Schulter und sagte ihm, er solle sich nach vorn setzen. Er fuhr direkt nach Terre Noire.

Dort nahm er eine kalte Dusche. Seit Langem verzichtete er auf heißes Wasser, weil es die Schmerzen in seinem Gesicht verstärkte.

Jean stank, weigerte sich aber, sich zu waschen. Er öffnete den Kühlschrank und holte alle Flaschen heraus, die von der Einweihungsparty noch übrig waren.

11

Neun Tage nach der Mine,
sechzehn Stunden nach den Schüssen

»Hat Monsieur Parrot Ihnen von der Jagd erzählt?«

»Sie können sich einfach nicht entscheiden. Einmal Rémi, einmal Monsieur Parrot. Und jetzt machen Sie wieder einen Rückzieher.«

»Die Ereignisse überschlugen sich: die Schüsse auf Monsieur Parrot, die Entdeckung der Leiche von Monsieur Mazenas in der alten Mine. Ich würde gern verstehen, was dann passiert ist.«

»Sie sind nicht an mir interessiert, sondern an Rémi, daran, was er hätte tun können oder nicht.«

»Richtig.«

»Zu seinem eigenen Besten, nehme ich an.«

»Ich denke nicht in diesen Begriffen, das ist nicht meine Aufgabe.«

»Und doch lieben Sie die Romanze.«

»Verlassen Sie sich nicht auf meine Sympathien. Ich kann auch Beschuldigte sympathisch finden.«

»Über die Jagd hat Rémi nicht mit mir gesprochen.«

»Sie wissen genauso gut wie ich, dass er eigentlich nur zwei Leute dafür verantwortlich machen konnte.«

»Und zwar?«

»Und zwar? Thierry Courbier lässt seinen Freund Philippe am 23. März auf dem Ball von Sainte-Feyre zusammenschlagen. Derselbe Courbier greift Sie an, zumindest verbal, am 31. März. Parrot und er haben einen ersten Zusammenstoß. Am nächsten Tag, dem 1. April, findet man den verlassenen Wagen von Philippe Mazenas. Am 2. April prügeln sich Parrot und Ihr Bruder vor Ihrem Haus. Am 3. April, dem Tag der Jagd, werden auf Rémi Schüsse abgegeben. Er bedroht oder beschuldigt Courbier und Ihren Bruder. Am Nachmittag desselben Tages findet man die sterblichen Überreste von Philippe Mazenas in einem Gebiet, das Courbier gehört, am Ort eines Immobilienprojekts, dem sich Mazenas nur widersetzen konnte. Drei Tage später der Brand der TechBois. Achtundvierzig Stunden später ...«

»Das habe ich verstanden. Hören Sie auf damit.«

»Ich glaube nicht, dass Sie das verstanden haben. Wo waren Sie in der Nacht vom 6. auf den 7. April?«

»In der Brandnacht? Zu Hause, glaube ich.«

»Sie glauben?«

»Ja. Ich habe den Laden zugesperrt und bin nach Hause gegangen.«

»Und in der Nacht vom 7. auf den 8. April?«

»Wie bitte?«

»In der folgenden Nacht, bevor ...«

»Sie wissen sehr gut, wo ich in dieser Nacht war, das habe ich Ihnen schon gesagt! Hören Sie auf, mir ständig dieselben Fragen zu stellen.«

»Gut. Ich würde gern zu etwas anderem kommen, wenn es Ihnen nichts ausmacht.«

»Es wird Zeit.«

»Ihr Laden.«

»Und?«

»Das Hinterzimmer Ihres Ladens.«

»Ihre Frau, Monsieur Vanberten war noch nicht da, wenn Sie das beruhigt.«

»Sie haben keine Erlaubnis für den Verkauf dieser Artikel. Es ist illegal.«

»Weibliche Artikel. Das ist es, was ich verkaufe.«

»Wie immer Sie es nennen wollen.«

»Glauben Sie, das ist jetzt wichtig, nach alldem, was passiert ist?«

»Nein, aber es nährt gewisse Spekulationen, die ich anstelle, wenn ich an Sie denke.«

»Dass ich Dildos und erotische Filme verkaufe? Soll das meine Rache sein an den Verrückten in dieser Gegend?«

»Warum nicht?«

»Ich verkaufe das alles fast zum Selbstkostenpreis. Sie können mir nicht vorwerfen, dass ich Profit zu machen versuche.«

»Erklären Sie mir, was Sie in diesem Fall zu tun versuchen.«

»Ich mache den Frauen von R. Lust, von hier wegzugehen. Aber wie ich schon sagte, Ihre Frau gehört nicht zu meinen Kundinnen.«

»Diese Provokation verrät ein wenig von Ihrem Zorn, Mademoiselle Messenet.«

»Glauben Sie, das Schicksal der Frauen in diesem Kaff ist ein amüsantes Thema? Wenn man mit so einem Typen verheiratet ist, den man seit dem Kindergarten kennt, der einzige Typ Mann, den man je kennengelernt hat, so zärtlich und so kommunikativ wie ein Traktor, das ist echt kein Zuckerschlecken. Wie, glauben Sie, behandelt ein Ehemann, der seine Frau schlägt, zum Beispiel Marsault, diese Frau im Bett? Ich sage nicht, dass alle Ehemänner und die Bauern von hier ihre Frauen schlagen, aber beim Vögeln sind sie Nieten. Ihre Frauen gehen nicht weg, weil sie glauben, es wäre überall so, es wäre normal: entweder Schläge oder Langeweile. Ich verkaufe ihnen einen Vorgeschmack darauf, was man anderswo finden kann. Weil ich hoffe, dass sie das auf neue Ideen bringt. Und dass die Nächte hier vielleicht ein bisschen froher werden, wenigstens das. Es muss Ehemänner geben, die nichts dagegen haben. Vielleicht haben Sie recht, so räche ich mich ein wenig an diesen Leuten.«

»Ich weiß nicht, ob ich für Ihre Sache wirklich Sympathien hege, aber wie auch immer, wir sollten uns wiedersehen, um darüber zu reden. Wenn Sie gewissen Frauen hier auch dabei helfen, sich zu emanzipieren – andere sind entsetzt. Ganz zu schweigen von ihren Männern.«

»Marquais' Frau kommt regelmäßig in meinen Laden, und sie kauft nicht nur Unterhemden. Sie können sich nicht vorstellen, was die Frauen in meinem Laden so alles sagen. Finden Sie das lustig?«

»Ich bin froh, dass meine Frau nicht zu Ihren Kundinnen gehört.«

»Ich mache Pyjamapartys, wenn die neue Nachtwäschekollektion gekommen ist. Sie können ihr ruhig davon erzählen.«

»Ich glaube nicht, dass ich das möchte. Und ich denke, wir belassen es für heute dabei. Wenn die anderen Ermittler Sie noch einmal sehen wollen, werde ich Sie persönlich anrufen. Ich danke Ihnen für Ihre Geduld. Nochmals mein herzliches Beileid, Mademoiselle Messenet. Oh, Verzeihung … Ich habe doch noch eine letzte Frage. Das hatte ich vergessen.«

»Soll ich mich wieder setzen?«

»Bitte. Aber es dauert nur eine Minute. Sie haben gesagt, dass Monsieur Parrot Ihnen am … Samstag, dem 7. April … zum ersten Mal von der Sache mit dem Val Vert erzählt hat?«

»Ja.«

»Hat er Ihnen Dokumente gezeigt oder nur erzählt, was er wusste?«

»Er hatte Papiere.«

»Die Papiere, die Mademoiselle Brisson ihm gegeben hatte?«

»Ja.«

»Dokumente, die vorher im Besitz von Monsieur Mazenas waren?«

»Das sagte er mir.«

»Diese Dokumente – wie übrigens das ganze Projekt – wurden von allen Beteiligten geheim gehalten. Auch von Monsieur Marquais, den Sie gerade erwähnten.«

»Ich erwähnte seine Frau.«

»Pardon, seine Frau. Dieses Projekt so lange geheim zu halten, in einer Gegend, wo Neuigkeiten und alle möglichen Gerüchte so schnell die Runde machen, muss die größte Vorsicht und Diskretion erfordert haben. Wie hat sich Monsieur Mazenas, ein Angestellter der Forstbehörde, nach Ihrer Meinung diese Dokumente beschaffen können?«

»Das fragen Sie mich?«

»Ich möchte gern erfahren, was Sie darüber denken.«

»Ich denke nichts darüber. Es heißt, dass diese Typen vom Plateau, die Mitglieder der Ökogruppe, zu der auch Philippe gehörte, die Sache eigentlich aufgedeckt haben. So heißt es, und ich weiß nicht mehr darüber als Sie.«

»Ich befreie Sie jetzt, Mademoiselle Messenet. Ich werde Marsault wieder hereinrufen, er soll Sie zu Ihrem Auto begleiten. Marsault?«

»Nicht nötig.«

»Doch, Sie sind erschöpft. Marsault, begleiten Sie Mademoiselle Messenet und sagen Sie Mademoiselle Brisson, dass ich sie in ein paar Minuten rufen lasse. Auf Wiedersehen, Mademoiselle.«

»Auf Wiedersehen, Commandant.«

Die blonde Frau wartete am Empfang. Sie nagte an den Fingernägeln und hob den Kopf nicht, als Michèle an ihr vorbeiging.

Marsault ging mit Michèle auf den umzäunten Parkplatz hinaus und blieb stehen, bevor sie ihr Auto erreichten.

»Ich hoffe, dass er Sie das nächste Mal nicht laufen lässt.«

»Du kannst mich mal kreuzweise, Marsault.«

# 12

Zwanzig Jahre nach dem Unfall,
ein Lauffeuer

Die Parkwächter halfen dabei, einen Durchgang freizuschlagen. Eine Stunde lang kreischten die Motorsägen im nächtlichen Dunst. Das Geländefahrzeug konnte bis auf hundert Meter an den Höhleneingang heranfahren. Dann schickte man ein Quad der Forstbehörde, an dem ein Anhänger befestigt worden war. Der Eingang unter dem Felsen wurde vergrößert, der Gang war jetzt breiter und höher. Die Polizeitechniker hatten erst eine Menge Fotos gemacht und dann das, was von Philippe Mazenas geblieben war, auf eine Bahre geschafft, die man behutsam an die Oberfläche zog. Die Bahre wurde auf den Anhänger gehoben, und das Quad fuhr mit der Geschwindigkeit eines Leichenwagens über Steine und Wurzeln. Dann wurden die sterblichen Überreste in ein anderes Fahrzeug umgeladen. Der Geländewagen fuhr in Richtung Präfektur und Leichenhalle davon.

Die Autopsie würde ein schwieriges Unterfangen werden, denn die Wildschweine hatten fast nichts übrig gelassen. Ein Teil des Skeletts fehlte. Mit professioneller Zurückhaltung sprach Vanberten gegenüber den Journalisten von einer noch nicht identifizierten Leiche. Man könne zum gegenwärtigen Zeitpunkt nicht bestätigen, dass es sich tatsächlich um den Beamten der Forstverwaltung Philippe Mazenas handelte, der unter beunruhigenden Vorzeichen seit vier

Tagen verschwunden gewesen war, da man sein Auto über einen Kilometer vom Fundort entfernt entdeckt habe.

Es hatte einen betrunkenen und dickköpfigen Mann gebraucht, seinen Hund und ein paar Wildschweine, um ihn zu finden. Wenn die Wildschweine den Gang nicht benutzt hätten, hätten die Suchtrupps zehn Jahre an dem kleinen Hügel vorbeilaufen können, ohne etwas zu bemerken. Vanberten hatte sich zur sachkundigen Beurteilung der unterirdischen Gänge an einen Höhlenforscherklub in der Nähe gewandt. Die Forscher waren bereits etliche Hundert Meter weit eingedrungen – wegen der bröckeligen Abstützungen kamen sie nur langsam voran –, ohne einen Ausgang zu finden oder sagen zu können, nach welchem Plan die Mine angelegt worden war. Man versuchte auch herauszufinden, wann sie gebaut worden war, wozu sie diente und wer von ihrer Existenz wusste. In der Region hatte es einst zwar Kohleminen gegeben, aber dieses unterirdische Höhlensystem sah anders aus als die alten Bergwerke. Auch Uran war an zahlreichen Stellen abgebaut worden, allerdings eher im Norden des Départements. All diese Minen waren im Tagebau betrieben worden, und die letzten hatten schon Ende der Achtzigerjahre den Betrieb eingestellt. UraFrance, die Firma, die damals die Minen betrieben hatte, war zerschlagen und dem nationalen Mischkonzern der Atomindustrie einverleibt worden, dessen Archive – die Aktivisten des Schutzbundes Nature et Forêts konnten ein Lied davon singen – ungefähr so leicht zugänglich waren wie die der französischen Armee.

Vanberten blieb den Journalisten gegenüber vorsichtig. Auch Rémi erzählte er nicht alles – doch einige Überlegungen drängten sich auf: Das Land gehörte den Courbiers. Irgendjemand – zwei Leute, wenn man den Sohlenabdrücken neben Philippes Auto und in der alten Mine vertraute – kannte diese Gänge und einen weiteren Zugang, den die

Höhlenforscher noch nicht entdeckt hatten. Die Männer, die Philippe ins Innere der alten Mine geschleppt hatten, hatten ihre Spuren verwischt. Man wartete jetzt darauf, dass alle Gänge entdeckt und abgestützt wurden, damit man Suchhunde hineinschicken konnte.

Die Techniker und Gerichtsmediziner verschwanden allmählich wieder. Niemand machte sich wichtig, aber man spürte sehr wohl, dass die Angelegenheit an Bedeutung gewann, und wenn man beobachtete, wie die Polizisten sozusagen auf Zehenspitzen gingen, begriff man, dass versucht wurde, die Sache nicht hochkochen zu lassen, damit die Lokalpolitik nicht mit hineingezogen wurde. Philippe hatte zu denjenigen gehört, die man in der Gegend auch »die Fanatiker vom Plateau« nannte und verdächtigte, an allen Übeln schuld zu sein, unter denen Frankreich und die Region litten. Nach dem Vorbild radikaler ökologischer Bewegungen in Europa und Amerika, wie der *Earth Liberation Front*, war der Schutzbund Nature et Forêts eine rege und aufmerksam beobachtete Gruppe, deren Kampf sich mit dem politischen Ideal des Aufstands verband. Mittellos und in den Augen einiger geschwätzig, nährte die Ultralinke des Plateaus hinreichende Fantasien und Verdächtigungen, dass die Polizei sich für sie interessierte. Für den Nachrichtendienst des Départements war das Plateau ein gefundenes Fressen. Rémi kannte mehrere Mitglieder des Schutzbunds, hatte bei Umweltaktionen oder in den Bistros des Plateaus gelegentlich mit ihnen debattiert; die meisten hatte er über Philippe kennengelernt.

Vanberten entschuldigte sich bei den Journalisten und sprach einen Moment lang mit einem Gerichtsmediziner der Präfektur. Die kleine Gruppe am Höhleneingang wirkte wie ein Generalstab in einer Schlacht, der versuchte, die Zahl der Verluste zu ermitteln.

Rémi entfernte sich von der lärmenden Menschengruppe. Auf einem Fels an der Maulde nahm er sein Fernglas heraus und beobachtete sorgfältig das Val Vert. Die noch unentdeckten unterirdischen Gänge mussten sich am westlichen Ufer befinden. Die Größe des gesamten Systems war schwer zu bestimmen. Abschnitt für Abschnitt suchte er noch einmal das Gelände ab, angefangen von dem von den Wildschweinen gegrabenen Eingangsloch bis zum See, an dessen Ufer Arbeiter damit beschäftigt waren, den Wald zu lichten. Er dachte an das große Tourismusprojekt. Mit den Plänen und Zeichnungen im Kopf, die Philippe seiner Freundin Aurélie übergeben hatte, versuchte er, sich die Größe des geplanten Zentrums vorzustellen: An den von Bulldozern gelichteten Stellen sah er Bungalows vor sich, Restaurants, Boutiquen, Karussells und Klettergärten. Gleichzeitig suchte er nach Anzeichen für einen alten, noch unentdeckten Eingang in das Stollensystem.

Vanberten kam auf ihn zu. Rémi sah weiter durch sein Fernglas.

»Wo wollen Sie anfangen?«

»Zuerst bekommen wir den Autopsiebericht. Was Sie auch denken mögen, wir wissen nicht, woran er starb. Ich muss zugeben, dass es kaum noch Zweifel an seiner Identität gibt, aber wir müssen sicher sein. Dann können die Ermittlungen beginnen.«

»Was ist mit UraFrance?«

»Ich stehe in Verbindung mit der Verwaltung des Minenmuseums. Sie werden uns helfen, alte Pläne zu finden, falls es welche gibt.«

»Das Museum?«

»Das Museum von Bessines, wo früher Kohle gefördert wurde.«

»Glauben Sie, die werden Ihnen irgendwas geben?«

»Bessines ist auch Verwaltungssitz. Man betreibt Forschung. Sie haben die Informationen, die wir suchen.«

»Und wenn Sie mit einer Touristenkarte da unten spazieren gehen können, was werden Sie dann tun? Verdächtige befragen oder darauf warten, dass sie sich aus eigenem Antrieb bei Ihnen im Büro präsentieren?«

»Was auch immer ich tun werde, ich werde jedenfalls kühlen Kopf bewahren, was man von Ihnen, Monsieur Parrot, nicht behaupten kann. Ich weiß, woran und an wen Sie denken, aber das Verschwinden Ihres Freundes, die Sache auf dem Ball und die Schüsse auf Sie bei der Jagd gestern haben Sie auf eine Bahn gebracht, die vielleicht gefährlich ist. Außerdem wird nicht nur die Gendarmerie Ermittlungen anstellen. Die Präfektur und die Nationale Polizei werden auch ihren Teil tun.«

»Verschwinden, sagten Sie?«

Rémi ließ das Glas sinken und sah Vanberten an.

»Ihre Vorsichtsmaßnahmen sind ... ärgerlich, Commandant.«

»Und Ihre Gedanken machen aus Verdächtigen noch keine Schuldigen.«

»Werden Sie die Waldarbeiter befragen?«

»Ja, und auch diejenigen, die an besagtem Abend auf dem Ball waren, darunter Ihr Freund, Monsieur Carnet.«

»Da muss er erst mal nüchtern sein.«

»Wenn er so weit ist, sagen Sie ihm bitte, dass er zu mir kommen soll. Und danken Sie ihm für das, was er getan hat.«

Vanberten gab Rémi die Hand und fügte hinzu, dass ihm Mazenas' Tod sehr leidtue. Er riet ihm erneut, sich aus der Sache herauszuhalten. Seine Stimme verlor ihre Festigkeit, als er noch hinzufügte, dass er auch Philippes Familie verständigen werde.

Rémi kehrte nach Hause zurück und fand Jean unter dem Vordach sitzend; er mied die Sonne, die nach dem Nebel der kalten Nacht klarer und allmählich heiß wurde. Der Frühling war auf dem Vormarsch, auch wenn er hier immer noch langsamer Einzug hielt als in den benachbarten Regionen. Von Stunde zu Stunde wurde das Laub dichter und verschattete mit frischem Grün das lichte Blau des Himmels. Es war fast Mittag, und die Wärme, die der Nacht folgte, ballte sich im Südwesten zu dichten grauen Wolken, einer Gewitterfront. Jean, ein Bier in der Hand, folgte den Wolken mit dem Blick.

»Gibt's noch was zu trinken?«
»Nicht viel, und ich brauche mehr als du.«
»Ich hatte nur Angst, du würdest schon gehen. Du musst mir helfen.«
»Solange ich hier sitzen bleiben kann.«
»Wenn du mir zuhörst, reicht mir das im Augenblick.«

Rémi fuhr langsam, obwohl er Lust hatte zu rasen. Der Lada war ein Wrack und wäre auch mit viereckigen Rädern nicht besser gefahren, vor allem in den Kurven, die nach Faux-la-Montagne, dem Hauptort des Plateaus, hinaufführten.

Édouard wartete im Zinc, der Vereinsbar des Dorfes, wie abgemacht. Rémi fuhr langsam am Eingang des Bistros vorbei bis zur Place de la Fontaine, wo er hielt. Er wartete ein paar Minuten und sah im Rückspiegel den Vorsitzenden des Schutzbundes Nature et Forêts aus der Bar treten. Dann stieg Édouard zu ihm ins Auto, als wäre es das Selbstverständlichste der Welt. Er zeigte auf eine kleine Straße, die vom Hauptplatz wegführte.

Sie verließen das Dorf und fuhren etwa zehn Kilometer. An einer Kreuzung sagte Édouard, er solle abbiegen, und der Lada gehorchte ächzend und mit quietschenden Reifen.

Es wurde immer steiler. Rémi stellte auf Vierradantrieb um. Sie gelangten auf einen Gipfel voller Heidekraut, das gerade zur Blüte ansetzte, und hielten an. Édouard stieg aus. Rémi folgte ihm.

Das Revier, in dem Rémi arbeitete, endete an dieser Stelle. Das Gebiet weiter im Süden unterstand nicht mehr seiner Verantwortung. Er kannte diese Ecke, obwohl er seit einiger Zeit nicht mehr hier gewesen war. Das Plateau nahm hier immer grandiosere Proportionen an, die an eine bergige Region in Nordamerika erinnerte. In verschiedener Hinsicht.

An der höchsten Stelle befand man sich fast tausend Meter über dem Meeresspiegel, und man sah von oben nicht nur die Landschaft, sondern auch all das, was ihr bevorstand. Die kleinen Täler des Plateaus, die sich in regelmäßigen Abständen abzeichneten, waren kahl. Einer von zwei Hängen sah aus wie abgeschoren. Die braunen Flecken mitten in den Nadelwäldern ließen an räudige Stellen im Fell eines Hundes denken, und die Hälfte der Wälder war von diesen Flecken gezeichnet. Für Rémi war das keine Überraschung, aber er fragte sich, warum Édouard ihn hierhergeführt hatte. Vielleicht nur, um seinem kämpferischen Sendungsbewusstsein ein wenig Dramatik zu verleihen.

»Sie finden das normal, nehme ich an.«

»Die wirtschaftliche Nutzung der Wälder? Das ist eigentlich nicht mein Gebiet.«

»Klar. Die Forstverwaltung, die hier zuständig ist, hat mit der privaten Nutzung nichts zu tun. Der Amtsleiter kümmert sich um nichts und hat gar nicht das Recht, irgendwas zu tun. Und Sie? Sie sammeln die Strafgebühren ein, wenn jemand Kaninchen geschossen hat, die zu klein waren.«

»Wenn Sie das so sehen.«

»Kommen Sie mir nicht mit unterschiedlichen Sichtweisen. Die Natur kann man nicht einmal so, einmal anders sehen, je nach Perspektive, sie ist ein öffentliches Gut, und das, was eine Privatperson tut, zieht alle in Mitleidenschaft, die ringsum leben und nicht gefragt werden.«

»Ich bin nicht gekommen, um darüber zu reden.«

»Sie sind so eine Art Aufseher, Sie überwachen den Wald, oder etwa nicht? Ich werde nicht versuchen, Sie zu überzeugen, die Sache ist ohnehin verloren. Zeit damit zu verlieren, jemanden zu überzeugen, das können wir uns jetzt nicht mehr leisten. Wir sind dabei zu handeln.«

Rémi konzentrierte sich auf das, weshalb er hergekommen war, und widerstand der Lust, den Aktivisten beim Kragen zu packen und ihn ein bisschen durchzuschütteln. Nein, die Forstverwaltung konnte nichts gegen die Holzindustrie machen, die sich zum Schein ökologischen Grundsätzen unterordnete und damit viele Gesetze umging, die gemacht worden waren, um die hemmungslose Ausbeutung der Natur zu verhindern. Die Forstverwaltung war eine Institution geworden, die selbst Geld erwirtschaften musste, indem sie die ihr unterstehenden staatlichen Wälder ausbeutete. Mit Philippe hatte er schon über all das gesprochen, bei vielen Gelegenheiten. Rémi musste zugeben, dass ihn die Unverfrorenheit von Typen wie Édouard, der außer Büchern und seinem Gemüsegarten von zwanzig Metern im Quadrat nichts von der Welt kannte, auf die Palme brachte – auch wenn er sich seiner eigenen Divergenzen mit den tonangebenden Leuten der Gegend bewusst war. Der Vorsitzende des Schutzbundes Nature et Forêts hingegen kämpfte im Zeichen der universellen Wahrheit und machte keinen Hehl daraus, dass er für einen armseligen Typen wie Rémi von seiner luftigen Höhe herab nur Verachtung übrighatte.

»Philippe hat mir von Ihnen erzählt. Er sagte, Sie seien in Ordnung. Aber Philippe war verwirrt. Er arbeitete für die Forstbehörde, und er hatte auch Probleme mit dem richtigen Standpunkt. Die ganzen stinkenden Kompromisse, mit denen solche Kämpfe immer enden, und beim nächsten Mal fängt wieder alles von vorne an. Er war ehrlich, aber es gab zu viele Dinge, die ihn an die Welt banden, zu der Sie gehören.«

»Ihr werdet ihn schnell vergessen.«

»Der Kampf ist die Welt der Kameraden, Leute, die als Einzelne nicht zählen, sondern sich unseren Prinzipien und Idealen unterordnen. Philippe war kein Freund, sondern ein Kampfgenosse. Wir wissen nicht, warum er starb und wie es passierte, das heißt, das, was er tat oder tun wollte, hatte mit uns nichts zu tun. Sonst wüssten wir Bescheid. Ich sage Ihnen das, weil Jean mich gebeten hat, mit Ihnen zu reden, aber Sie sollten nicht damit rechnen, dass ich Ihnen mehr sage oder Ihnen vertraue.«

»Philippe ist ermordet worden. Gut möglich, dass er dabei war, etwas zu tun, was etwas mehr dem Ideal entsprach als eure kleinen Sabotageakte im Wald. Ihr Vertrauen ist mir scheißegal. Ich frage Sie, ob Sie irgendetwas wissen, was dazu beitragen kann, dass man seine Mörder überführt.«

»Wenn er tatsächlich eine Aktion machte, dann war das eine individuelle Sache, und wir sind gegen individuelle Sachen. Unser Kampf soll der Anfang einer größeren kollektiven Aktion sein. Ich verurteile individuelle Aktionen. Sie sind ohne Bedeutung, und man sieht ja an der Sache mit Philippe, dass das Individuum allein nichts ausrichtet. Wenn es verschwindet, verschwindet sein Vorhaben mit ihm. Wenn Philippe eine Spur verfolgte, ist sie mit ihm untergegangen. Das illustriert drastisch die Schwäche des Individuums.«

»Philippe hat mir von einer Frau erzählt, Aurélie, die zu Ihrer Gruppe gehörte. Könnte sie mir mehr sagen?«

»Aurélie? Die können Sie vergessen. Sie ist vor ein paar Monaten hier aufgekreuzt, weil sie nicht wusste, wohin, und sich mit irgendwas beschäftigen wollte. Hatte eigentlich keinen politischen Willen. Der Kampf führt zur natürlichen Eliminierung derer, die ihm nicht gewachsen sind. Sie ist gekommen, um ihrem depressiven Leben ein bisschen Sinn zu geben, sie glaubte, es tue ihr gut, sich für Bäume einzusetzen. Sie hat nie etwas kapiert, und seit ein paar Tagen ist sie weg, ohne ihren Eltern eine Adresse zu hinterlassen. Sie hat mit Philippe geschlafen, sie war romantisch, wenn Sie wissen, was ich meine.«

Rémi wusste es nicht. Er ging zum Auto zurück. Édouard sah ihm mit selbstzufriedener Miene nach.

»Ich gehe zu Fuß, Sie brauchen mich nicht mitzunehmen.«

»Ich glaube, ich wäre ohnehin allein losgefahren.«

Er brauchte eine gute Stunde, um R. zu erreichen, wo er etwas verspätet bei seinem zweiten Gesprächspartner eintraf. Wenn die Aktivisten des Plateaus sich weigerten, irgendetwas preiszugeben – wahrscheinlich wussten sie ohnehin nichts von dem Projekt im Val Vert –, so musste er einen anderen Weg einschlagen, um an Informationen zu kommen, und sich an einen Mann wenden, der weder Ideale noch Grundsätze kannte und für einen Skandal bereit war, alles zu tun. Ein Journalist mit einem Berufsethos, das den regionalen Gegebenheiten entsprach: Er behandelte alle gleich. Vielleicht war das Schielen, das Christophe Monneix eine schwierige Kindheit in der Gemeindeschule und danach eine komplizierte Jugend beschert hatte, die Ursache dieses Prinzips, das er hartnäckig anwendete. Monneix liebte niemanden, daher die Unvoreingenommenheit, die sein Markenzeichen wurde und seine Karriere förderte; neben einem Diplom in Journalismus war sie alles, was seriös an ihm war, was ihn nie im Stich ließ. Als lokaler Korrespondent arbeitete er seit fünfzehn Jahren selbstständig und hatte genug Zeit, um Archive durchzustöbern und überall herumzuschnüffeln, wo er nur konnte, und sich immer mehr Feinde zu schaffen. Seiner Verwandtschaft mit dem alten Barusseau verdankte er neben seiner Reputation als Kanalratte auch den Ruf, ein frustrierter Le-Pen-Anhänger zu sein. Als Neffe eines Kollaborateurs, abstoßend und geächtet, erhielt Monneix unweigerlich irgendwann Besuch von all denjenigen, die er angegriffen hatte und die nun kamen, um ihn um einen kleinen Gefallen zu bitten. In diesem Land der Feindschaften wurde er von vielen heimlich hofiert, was sein Credo stärkte: das Gleiche für alle. In einem Zeitungsartikel verrissen zu werden war nicht so schlimm, wenn der Gegner ebenfalls niedergemacht wurde. Monneix ließ alle ein, die bei ihm anklopften.

Die Wohnung lag im zweiten Stock des einzigen Hochhauses der Stadt, einem bescheidenen Block von sechs Etagen, der am Rand der ersten Felder stand und hoch genug war, dass man aus den Fenstern die Täler und das Zentrum von R. überblicken konnte. Zum großen Teil war das Haus von den Familien türkischer Waldarbeiter bewohnt. Man nannte sie Türken, aber in Wahrheit waren diese Arbeiter in R. Kurden. Monneix, der Fascho, lebte mitten unter ihnen. Auf seiner Wohnungstür war kein Hakenkreuz, keine beleidigende Parole. Die Nachbarinnen auf der Etage, die Köpfe verschleiert, Großmütter und Mütter, die man nie in der Stadt sah, lächelten höflich. Die »Türken« hatten ihre eigenen Regeln und ihr eigenes Leben, von dem man wenig wusste. Abgesehen von einer Familie, die in der Stadt zwei Imbissbuden unterhielt, arbeiteten alle Väter und Söhne im Wald, unter der Woche, abends, an Samstagen und Sonntagen. Auch die Frauen halfen dort aus, und in der Saison sammelten sie Pilze. Arbeitsam und diskret sah man nur ein paar Alte in den Bistros, wo sie ganze Nachmittage lang in aller Ruhe Kaffee tranken. Um keinen Neid entstehen zu lassen oder vielleicht um zu verhindern, dass man sich eingehender mit ihnen beschäftigte, wechselten sie alle sechs Monate oder im Jahresturnus das Lokal. Wenn einer der jüngeren Männer ein Problem hatte, wenn es eine Prügelei gab, einen Streit, sah man ihn am nächsten Tag schweigend und von zwei oder drei älteren begleitet zurückkommen, und die älteren versicherten den jeweiligen Kontrahenten, dass das nicht mehr vorkomme und dass alle Unkosten, falls es welche gab, bezahlt würden. Die zwei Imbissbuden, an denen sich die Bewohner von R. keineswegs regelmäßig sehen ließen, gab es schon seit drei Jahren, und sie wurden zweifellos von der kurdischen Gemeinde alimentiert, weil man Orte haben wollte, an denen man sich sehen lassen konnte, ohne dass Gerüchte aufkamen. Trotz all ihrer Diplomatie und trotz der Tatsache, dass sie mit der ganzen Welt in Frieden lebten, erreichte der Rassismus in R. bei den Wahlen einen guten nationalen Mittelwert.

Die »Türken« waren Jäger: die korrektesten Männer, die es gab, und die besten Fährtenleser und Schützen. Immer unter sich, zu zweit oder zu dritt, ohne Hunde, auf die überlieferte Art. Der Nationale Jägerverband, die Vertretung von Männern, die im Wald keine drei Kilometer ohne Auto und Handy zurücklegen konnten, hasste sie. Rémi kannte sie, und da auch er die Gewohnheit hatte, alle Menschen gleich zu behandeln, hatte er sich das Recht erworben, von den alten Kurden diskret gegrüßt zu werden, wenn er ihnen in der Stadt über den Weg lief. Er wollte gern glauben, dass das geschah, weil sie ihn für gerecht hielten, aber vielleicht grüßten sie ihn auch nur, weil sie ihn für eine Art Polizist hielten.

Kurden, die aus allen möglichen Gemeinden des Départements anreisten, versammelten sich regelmäßig in der Mehrzweckhalle, um dort ihre Hochzeiten zu veranstalten. Diese zahlreichen Familien mit ihren Kindern und ihren farbenfrohen Kleidern, die ihre Traditionen ehrten und entschlossen waren, mitten unter anderen gesellschaftlichen Gruppen nach ihren eigenen Vorstellungen zu leben, übten auf die lokale Bevölkerung eine unbehagliche Wirkung aus. Sie zeigten ihnen die aktuelle Version einer Lebensweise, die sich im Herzen Frankreichs längst verloren hatte.

Mit seinem furchterregenden Gesicht und seinem Gerechtigkeitsgefühl läutete Rémi an Monneix' Tür. Er sagte sich, dass er damit immerhin einiges mit dem Journalisten gemein habe. Sie kannten sich seit der Kindheit. Christophe war am Ende seiner Schulzeit, im Jahr des Unfalls, in seiner Klasse gewesen.

Der Besucher wurde mit einem unerschütterlichen Lächeln empfangen und in ein ordentlich aufgeräumtes Wohnzimmer geführt, in dem das Atmen wegen des dichten Zigarettenqualms allerdings etwas schwerfiel. Ein schmaler Horizont von zehn Zentimetern über dem Boden, darüber zwei Meter hoch der abgestandene stinkende Rauch. Christophe ließ sich in seinen Sessel fallen und wartete darauf, dass Rémi ihm die Hand hinstreckte. Vielleicht war es Vorsicht, weil er selbst so oft die Hand ausstrecken musste, ohne dass sein Gegenüber die seine aus der Tasche nahm. Rémi traf den Journalisten heute schon zum zweiten Mal. Monneix war morgens zusammen mit den anderen Journalisten im Val Vert gewesen, um Fragen zu stellen und Beobachtungen zu notieren. Rémi hatte sich einiges gedacht, als er ihn sah, aber er hatte gewartet, bis er zu Hause war, und ihn dann erst angerufen.

Wie schon am Telefon gab sich Christophe kühl und lächelte verstohlen. Er hatte ein dickes Fell, und er brauchte es in dieser Gegend, in der Körperkraft und Verwandtschaft alles galten und man ihm oft das Leben schwer machte. Monneix' Lächeln war so viel wert wie die Versprechungen von Paul Courbier; seine Treue dauerte nur so lange, wie er sein Gegenüber in der Zange hatte. Wenn eine Zeitung ihm mehr Mittel zur Verfügung gestellt hätte – wer weiß, wohin er gelangt wäre. Jetzt hatte er nicht einmal eine Anstellung. Doch sein Wandschrank, von dem man sagte, dass er voller belastender Dokumente sei, sicherte ihm seine Stellung als freier Journalist auf Jahre hinaus.

Der stumpfe und etwas irre Ausdruck, den ihm seine schielenden Augen verliehen, verbarg seine Intelligenz und sein Gedächtnis, das jedem Revisionisten Angst machen konnte. Michèle hatte einmal gesagt, dass R. gedächtniskrank sei. So gesehen war Monneix ein brandgefährlicher Infektionsherd.

Er musste sich von Qualm ernähren. Als Kind war er mager gewesen; als Erwachsener hatte er die schmalen Schultern eines Jungen.

»Was führt dich zu mir?«

Rémi zog aus seiner Jacke den Umschlag, den ein zu einem Haufen Knochen gewordener Naturschützer einer jungen Frau anvertraut hatte. Er legte die Papiere auf den braunen Rauchglastisch neben einen flachen Metallaschenbecher.

»Ich würde gern mehr über das hier erfahren.«

Monneix beugte sich vor, nahm die Papiere in die Hand. Seine linke Pupille jagte die rechte, blieb schließlich in der Mitte des Augapfels stehen und überflog die Dokumente mit beeindruckender Geschwindigkeit. Sein Lächeln wurde breit, als er die Blätter auf den Tisch zurücklegte.

»Du bittest mich darum, dir mehr über ein Immobilienprojekt zu erzählen, das von vornherein faul war? Und das direkt mit der Familie zusammenhängt, die deine Familie ruiniert hat?«

»Nein. Es ist komplizierter.«

»Heißt das, es ist interessanter?«

»Wenn du so willst, ja. Diese Dokumente waren im Besitz von Philippe Mazenas. Nach seinem Verschwinden habe ich sie bekommen.«

Monneix konnte seine Erregung kaum verbergen. Er zündete sich eine Zigarette an, die dritte nach Rémis Eintreffen.

»Du hast sie einfach so bekommen?«

»Durch einen Zwischenträger, aber das spielt keine Rolle.«

»Keine Rolle? Bei so was ist die erste Frage immer, wie und durch wen man etwas erhält.«

»Im Moment sehe ich nur diesen Zusammenhang: den zwischen diesem Umschlag und den Knochen, die man heute Morgen aus einem Loch im Boden geholt hat. Aber es gibt etwas, was nicht dazu passt. Ein paar Dinge fehlen.«

»Die Notizen?«

Monneix' Gier konnte ein Hindernis sein für das, was Rémi vorhatte, konnte Zeit rauben. Er schluckte eine Codeintablette. Der Qualm vernebelte den Raum und verursachte Kopfschmerzen.

»Ich bin nicht hier, um mich an den Courbiers zu rächen oder irgendwas in dieser Art. Ich will wissen, was mit Philippe passiert ist und warum.«

»Die Courbiers treiben deine Familie in den Untergang, Thierry greift dich in einer Bar an, und gestern schießen er oder Michèles Bruder auf dich bei der Jagd. Du bist den Kugeln nur knapp entkommen. Etwas weiter links und sie hätten dich voll erwischt. Und dann sagst du mir, das eine hat mit dem andern nichts zu tun?«

»Ja. Es ist etwas anderes. Ich bin nicht der Richter über die Vergangenheit. Mein Vater ist eher dem Suff zum Opfer gefallen als der Sache mit seinem Hof.«

»Und dein Unfall?«

»Es war ein Unfall. Noch mal, niemand hat meinen Vater zum Trinken gezwungen. Und übrigens habe ich ihm das auch nie zur Last gelegt. Ich will wissen, was passiert ist, und ich brauche Zeit.«

»Du und deine Familie, ihr seid immer korrekt gewesen. Nicht dass das in diesem Land viel ändern würde. Ich werde recherchieren, wenn das Mazenas' Fall weiterbringt, gut, aber jedenfalls gehört die Angelegenheit mir. Ich habe nicht dieselben Skrupel wie du. Selbst wenn das Projekt nicht faul wäre, ist es schon ein ziemlicher Knüller, ein gewaltiger Knüller sogar.«

Rémi stand auf und ging zu dem großen Glasfenster vor dem Balkon des Hochhauses. Die Außenwelt zu sehen gab ihm das Gefühl, besser atmen zu können.

»Du könntest Chefredakteur deiner Zeitung werden.«

»Das interessiert mich nicht, von hier ist die Sicht besser. Ich will nur, dass zwei oder drei Leute mir die Stiefel lecken oder sich die Kugel geben.«

»Schöne Aussicht.«

»Ja, sensationell.«

»Stimmt es, dass du eine Gruppe extremer Rechter anführst, die das Rathaus übernehmen will?«

Monneix stand nun auch auf und ging in die Küche. Rémi hörte, dass die Kühlschranktür geöffnet und wieder geschlossen wurde. Monneix stellte einen mit Alufolie bedeckten Glasteller mit Blumenmuster auf den niedrigen Tisch. Er nahm das Papier ab und betrachtete eindringlich den kleinen Berg türkischer Süßigkeiten darunter.

»Stimmt es, dass du schwarze Messen feierst, dass du keinen Schmerz mehr spürst und die Leichen deiner Eltern aus ihren Gräbern geholt hast, um sie unter deinem Haus zu beerdigen?«

»Voll und ganz.«

»Nur etwas stimmt nicht.«

»Was?«

»Es heißt auch, dass der Unfall dich ziemlich stumm gemacht hätte.«

Rémi legte seine Visitenkarte mit seiner Handynummer auf den Glastisch. Er drückte die schmale, lange Hand von Monneix mit den teergelben Fingerspitzen.

»Danke. Ruf mich an, wenn du etwas herausfindest.«

Der Journalist lächelte wieder.

Rémi ging zur Tür und legte die Hand auf den Griff.

»Weißt du über diese Sache mit Michèles Boutique Bescheid?«

»Das mit den Erotikfilmen und den Spielzeugen?«

»Ja.«

»Es ist die reine Wahrheit, und die Preise sind erschwinglich. Stört es dich?«

Rémi grinste.

»Nein. Ich will nur wissen, was an den Gerüchten dran ist. Es sieht Michèle ähnlich. Wäre doch schade, wenn sie sich in dieser Hinsicht ändern würde.«

»Finde ich auch. Rémi?«

»Hm?«

»Das mit Mazenas tut mir leid.«

Rémi legte zwei Finger an die Schläfe und verließ die Wohnung. Aus dem Treppenhaus schlugen ihm Küchengerüche entgegen.

Es wohnten in dem Haus auch einige französische Bedürftige, die man eher den sozialen Brennpunkten der Großstädte zugeordnet hätte als einem armen Landstädtchen wie R. Familien, in denen der Alkoholismus grassierte, jugendliche Mütter, Langzeitarbeitslose. Der Sozialdienst von R. hatte hier sein größtes Tätigkeitsfeld. Und ausgerechnet hier wollte Monneix leben.

Rémi setzte sich wieder in Jeans Auto, umrundete die Stadt auf der Route de l'horloge, der alten Landstraße von R., die in schlechtem Zustand war. Ein wenig bedauerte er dann, dass er nicht die Hauptstraße genommen hatte; er hätte einen Blick in »Michèles Dessous« werfen können.

*

Das Telefon klingelte um 10 Uhr morgens. Rémi nahm ab und hörte die Stimme von Roland, dem Forstamtsleiter, der ihm die Lage erklärte. Eigentlich betraf die Angelegenheit nicht seine Behörde, aber es lagen besondere Umstände vor. Die Polizei hatte schon mehr als genug mit der Affäre Mazenas zu tun, und die Waldarbeiter waren so wütend, dass man Schlimmes befürchtete. Rémi nahm seine Dienstwaffe und die Handschellen und verabschiedete sich von Jean, der sich gerade von seinem vierundzwanzigstündigen Rausch erholte. Er schlürfte eine stark mit Tabasco gewürzte Suppe, in die er ein halbes Dutzend Eier gerührt hatte.

Die beiden Harvester standen reglos mit ausgeschalteten Motoren in den Spurrillen. Zwei Polizisten aus Fénières versuchten, die Gemüter zu beruhigen. Ohne Erfolg. Ein brüllender Vorarbeiter der TechBois drängte sie zurück zu ihrem Fahrzeug. Einige Arbeiter, die Hände in die Hüften gestemmt oder sich am Kopf kratzend, standen vor den riesigen Maschinen, verblüfft und mutlos. Sie stritten laut darüber, ob es nötig sei, die Hydraulik herunterzufahren. Ein Fahrer, der die Arbeitskluft der TechBois trug, hatte aus der Kabine seiner Maschine einen Erste-Hilfe-Kasten geholt und verband die Hand eines Kollegen.

Die Harvester waren drei oder vier Jahre alt und hatten einen Wert von etwa hunderttausend Euro pro Stück. Solange sie neu waren, waren die Motoren versichert; niemand konnte ein Interesse daran haben, sie zu zerstören. Erst wenn sie sich schon teilweise amortisiert hatten, kamen sie für einen Anschlag infrage. Sie waren nicht mehr vollständig versichert, und es gab keine Garantie mehr. Totalschaden.

Diese hübschen Spielzeuge, die eine sechzig Jahre alte Fichte in weniger als einer Minute fällten, entästeten und zersägten, waren mit einem automatischen Vorheizsystem ausgerüstet. Am Ende eines Arbeitstages programmierten die Fahrer ihre Maschine so, dass sie eine Stunde vor Arbeitsbeginn am nächsten Tag hochfuhr. Wenn sie ihr Tagwerk begannen, waren die Motoren und das hydraulische System bereits warm. Vierhundert Liter Öl waren zweimal so effizient, sobald sie die richtige Temperatur erreicht hatten. Es war eine sehr praktische Technologie, falls nachts nicht gerade ein paar Leute kamen, die Batteriesäure in die hydraulischen Tanks schütteten. Die Maschinen fuhren hoch, ohne dass jemand eine Ahnung von der Sabotageaktion hatte.

Hunderte von Dichtungen der Schaltkreise wurden von der Säure zerstört, und aus den beiden Harvestern tropfte und rann es überall, und niemand konnte der Öldusche Einhalt gebieten. Die Säure hatte die ganze Maschine angegriffen.

TechBois hatte dieses Jahr schon fünf Motoren verloren. Jedes Mal hatte man auf das Plateau gezeigt. Mit gutem Grund, ohne Zweifel. Aber dieses Mal war es anders.

Die Polizisten erklärten es Parrot, der allmählich begriff, warum man ihn hatte kommen lassen, obwohl seine Kompetenzen nichts mit den Angriffen auf die schweren Forstmaschinen zu tun hatten. Der Mann mit den hängenden Mundwinkeln – Rémi erkannte ihn, er war am Tag der Entdeckung von Philippes Wagen im Val Vert gewesen – umriss das Problem.

»Einer der Fahrer hat das hier auf dem Weg gefunden,

halb verdeckt unter einer Reifenspur. Zehn Meter von den Maschinen entfernt.«

Er hielt Rémi ein Kupferkabel mit einer kleinen Schlaufe hin. Ein handgefertigtes Ding. Eine Schlinge. Die Spannungen zwischen Waldarbeitern und Sinti hatten in der Gegend eine lange Geschichte. Und auch wenn dieses Ding absolut nichts bewies, würde sich die Wut daran aufheizen. Rémi drehte die Schlinge hin und her und atmete tief ein. Was wollten sie von ihm wissen?

»Jeder weiß, wer diese Schlingen legt. Aber wir müssen sicher sein.«

»Sicher?«

»Dass wirklich sie es waren.«

»Sie wissen so gut wie ich, dass das gar nichts bedeutet. Man findet diese Dinger überall. Andere legen sie auch. Es ist völlig normal geworden, dieselben Schlingen zu machen wie die Sinti, damit man ihnen die Schuld geben kann.«

»Klar, aber wir wissen, dass sie mit den Waldnutzern nicht auf gutem Fuß stehen.«

»Das wissen Sie also?«

Der Polizist steckte in der Klemme. Der kürzeste Weg zwischen einem Problem und der Abwesenheit einer Lösung war ein Sündenbock. Er brauchte einen, bevor der unbekümmerte Umgang der Polizei mit Sabotageakten zu einem Lynchmord führte. Ein Waldarbeiter stieß mit der beschlagenen Spitze seines Stiefels gegen die Tür des Polizeifahrzeugs und brüllte, dieses Mal sei es genug. Es war »der Dicke«, derselbe, der Philippe auf dem Ball verprügelt hatte. Ein anderer hatte das Telefon am Ohr. Er war dabei, weitere Kollegen zusammenzutrommeln. »Diesmal wissen wir, wer's war!« Rémi ging zu dem Dicken und sagte, es nütze doch nichts, sich die Schuhe kaputt zu machen, indem man gegen ein Auto trat.

»Du hältst dich raus, Parrot. Wir wissen genau, dass du zu den Sinti hältst und sie sogar auf deinem Gebiet wildern lässt. Diesmal wird uns keine Polizei davon abhalten, uns um diese Sache zu kümmern.«

»Zahlst du etwa die Raten für den Harvester?«

»Geh mir aus dem Weg.«

»Und wenn nicht?«

»Provozier mich nicht.«

»Wenn du mich anrührst, gehst du in den Knast. Aber du weißt so gut wie ich, dass das noch nicht das Ende ist.«

Trotz der Gefahr, die von dem Dicken mit seinem Schlägergesicht ausging, gelang es dem Revierjäger, ihn auf Abstand zu halten, und er säte in seiner Zuhörerschaft genügend Zweifel, dass der Waldarbeiter schließlich von ihm abließ. Doch damit war es noch nicht getan.

Die Männer der TechBois stiegen in ihr Geländefahrzeug und reihten sich in eine wütende Kolonne ein, die den Matsch des Weges aufwirbelte und das Wasser in den Pfützen hoch aufspritzen ließ. In der Nacht hatte es endlich ein Gewitter gegeben. Rémi hatte eine Stunde lang die Blitze beobachtet, die über der schwarzen Landschaft niedergingen; er hatte auf der Veranda gesessen und an das Stollensystem im Val Vert gedacht. Das in den Boden eingedrungene Wasser würde die Spurensuche nicht einfacher machen.

Die Polizisten folgten den Waldarbeitern auf dem Fuße. Rémi rief Jean an und sagte ihm, er solle Tonio warnen. Die TechBois-Arbeiter waren auf dem Weg ins Lager, und sie führten nichts Gutes im Schilde.

Er fuhr ins Val Vert.

Die Höhlenforscher begannen zu murren. Schon seit zwei Tagen schliefen sie in einer Forsthütte, mussten sich ihr Essen auf dem Campingkocher zubereiten, auf die Befehle von Polizisten hören und sich stundenlang in den gefährlichen und stinkenden Gängen der alten Mine aufhalten. Eine ganze Anzahl von Tieren war dort unten verendet. Der Geruch von Schimmel und Verwesung war unerträglich. Rémi unterhielt sich eine Weile mit ihnen und erfuhr, dass die Polizei noch immer keine Informationen über die Mine erhalten hatte, geschweige denn einen Plan oder irgendetwas anderes, was Licht in diese Sache bringen konnte. Die Parkaufsicht schien nicht das Geringste von dem Höhlensystem zu wissen. Wegen des Regens war die Suche unterbrochen worden, und die Höhlenforscher wollten zurück nach Hause.

»Das Wasser hat die Hälfte der Gänge überschwemmt, die wir schon aufgenommen haben. Es läuft überall hinein, und von oben fallen uns riesige Brocken feuchter Erde auf den Kopf. Das Holz ist verrottet, wir können in jedem Moment verschüttet werden. Vorläufig gehen wir nicht mehr hinunter, zuerst muss es wieder einigermaßen trocken sein. Wir machen erst einmal Schluss.«

Die Markierungen waren noch an Ort und Stelle, aber sonst war alles menschenleer. Gelbes Absperrband flatterte im Wind; der Eingang der Mine war von quergestellten Stämmen versperrt. Rémi stieg noch einmal ins Val Vert hinunter.

Das Wasser des Sees schwappte träge gegen den Damm. Aber der Sonnenstrahl fehlte, der aus dem Tal ein Paradies gemacht hätte, wie man es von den bunten Titelseiten der Illustrierten der Zeugen Jehovas her kannte – diese Bilder von grünen Wiesen mit Blumen und Bächen und Kindern, die Löwen streicheln. Rémi ging am Ufer entlang und versuchte noch einmal, die Lage der unterirdischen Gänge zu bestimmen. Er kletterte den Hang hinauf.

Es musste einen anderen Zugang zu dem unterirdischen Höhlensystem geben. Irgendjemand musste diesen Zugang kennen, er musste benutzt und wieder zugedeckt und getarnt worden sein. Danach musste man suchen: Irgendeine Veränderung in der Landschaft musste auf den Zugang hinweisen. Als er ein junges Eichenwäldchen durchquerte, bemerkte er etwas. Es war so offensichtlich, dass er fast lachen musste. Dieses Wäldchen wuchs auf einer alten Hiebsfläche. Die Bäume, die ihn umgaben, waren noch nicht alt – keiner älter als etwa dreißig Jahre.

Er brauchte nicht nachzurechnen. Er kannte das Pflanzdatum dieses Waldes bereits: 1983.

Er ließ sich vor einem abgesägten Stamm nieder. Eine Eiche, die zu nahe an einer anderen gewachsen war und im Lauf der Jahre nicht genug Sonnenlicht abbekommen hatte; ihr Stamm war dünner als der der meisten anderen. Er wischte die feuchten Späne zur Seite, die die Motorsäge hinterlassen hatte, und betrachtete eingehend die Jahresringe. Er hätte sie zählen können und wäre wieder auf das Jahr 1983 gekommen. Damals war er sechs gewesen. Grundschule. Ein kleines Mädchen, dunkelhaarig, fröhlich. Wann hatte sie aufgehört, fröhlich zu sein?

Er stand auf, zählte am Hang vier große frische Haufen Stapelholz und zwei frische Stöße Brennholz, groß genug, um den Zugang zu einem unterirdischen Gang oder einer Höhle zu verbergen. Diese Höhle musste so geräumig sein, dass sie eine Leiche aufnehmen konnte. Hier musste man suchen! Rémi dachte nach. Entweder er trat mit Vanberten und seinen Männern in Verbindung, oder er versuchte es auf eigene Faust. Er rief noch einmal Jean an. Die Stimme des Zimmermanns wurde von Sirenengeheul und Schreien überdeckt. Jean schrie ebenfalls.

»Hier ist was los! So eine Prügelei hab ich seit dem Gymnasium nicht mehr erlebt!«

Es musste sinnbildlich gemeint sein, denn Jean hatte nie ein Gymnasium von innen gesehen.

»Die Bullen haben alle Hände voll zu tun. Thierry Courbier ist aufgekreuzt, vielleicht wollte er die Leute beruhigen, aber er hat doch sehr lange dafür gebraucht. Als er da war, wurde mit Schusswaffen gedroht. Der Dicke hat was abgekriegt. Am Kopf. War kein schöner Anblick.«

»Wir müssen über etwas anderes reden. Wir treffen uns bei mir.«

»Ich werd mir noch ein Bierchen genehmigen. Dann komme ich.«

Nicht nötig, sich zu beeilen.

Rémi verließ den Wald, der auf einmal melancholisch wirkte. Er vertraute Vanberten und wusste, dass er ein guter Polizist war, aber das Val Vert schien einen eigenen Willen zu haben. Friedlich und schweigend lag es da; und nicht anders als seine Besitzer schien es so schnell wie möglich vergessen zu wollen, was passiert war. Die Arbeiter waren ins Lager der Sinti gezogen. Das Schweigen des Waldes hatte die Stimmen der Vernunft verschluckt. Aus Argumenten waren Schläge geworden.

13

Zwanzig Jahre nach dem Unfall,
fünf Tage nach der zweiten Leiche,
vierzehn Tage nach den Schüssen, Rémi

»Wie geht es Ihnen, Monsieur Parrot?«

»Wie geht es Michèle?«

»Sie hält durch. Diese junge Frau verdient Ihr Interesse, sie hat eine erstaunliche Persönlichkeit und eine robuste Konstitution, bewundernswert, nach all dem, was ihr in den letzten zwei Wochen widerfahren ist.«

»Sie ist stark.«

»Ja. Ich weiß nicht, ob sie, wie Sie es ausdrückten, zu schön ist, um hier zu leben, aber sie ist wirklich reizend.«

»Sie haben ihr drei Stunden lang Fragen gestellt. Verdächtigen Sie sie in irgendeiner Weise?«

»Nicht so schnell. Ich würde die Dinge gern noch einmal in chronologischer Folge rekapitulieren.«

»Und womit wollen Sie anfangen?«

»Mit Ihnen, Monsieur Parrot. Mit Ihnen, natürlich.«

»Sie wissen schon alles.«

»Das behaupten zu wollen wäre ebenso anmaßend wie unrichtig. Es gibt noch viele Dinge, die ich erfahren muss, Ihre Person betreffend. Sie scheinen, wie soll ich sagen … hier zum Mobiliar zu gehören. Und doch sind Sie kein Mensch, über den man alles weiß. Man stellt sich eher Fragen über Sie.«

»Fragen Sie ruhig. Es war trotzdem nicht nötig, mich herkommen zu lassen.«

»Der Angriff, dem Sie und Mademoiselle Messenet in dieser Nacht ausgesetzt waren, verlangt, dass wir Sie hier vorladen. Das wissen Sie sehr wohl, ich brauche es Ihnen nicht zu erklären. Aber Sie können die Befragung fast als ein informelles Gespräch betrachten.«

»Fast? So ungenau sind Sie nicht oft. Handelt es sich um eine Zeugenbefragung oder um ein Verhör?«

»Sie wissen sicherlich, was ich Ihnen antworten werde.«

»Man fängt mit einer Aussage an. Dann hängt es davon ab, was der Zeuge erzählt.«

»Ich nehme also Ihre Aussage auf, wenn dieser Begriff Ihnen hilft, sich zu erinnern. Dasselbe habe ich auch schon Mademoiselle Messenet erklärt.«

»Sie sind eigentlich kein ermittelnder Beamter, oder? Die echten Ermittler kommen erst heute Abend.«

»Ich bin der Commandant dieser Gendarmerie. Ich habe polizeiliche und ermittelnde Aufgaben.«

»Hat Michèle Ihnen geglaubt, als Sie ihr das sagten?«

»Ich denke nicht. Aber das hat sie nicht davon abgehalten, mir von Ihnen zu erzählen. In Wahrheit habe ich erst vor Kurzem einige Erkenntnisse gewonnen. Wussten Sie, dass sie R. nur verlassen hatte, weil sie keinen anderen Ausweg mehr sah?«

»Trotzdem muss sie noch etwas Hoffnung gehabt haben. Schließlich hat sie es geschafft wegzugehen.«

»Aber nicht die Hoffnung, mit Ihnen zusammen wegzugehen. Ich glaube, sie hat Sie ziemlich verkannt, denn sie sagte, Sie würden nie von hier weggehen.«

»Das hat sie gesagt?«

»Das waren ihre Worte.«

»Wenn sie mich heute fragen würde, wäre ich meiner Antwort nicht mehr so sicher.«

»Jetzt heißt es aber erst mal abwarten. Nicht jahrelang,

wie damals, aber wenigstens, bis die Ermittlungen zu Ende sind und Sie in Sicherheit leben können.«

»Gut, dass Sie das sagen.«

»Das hier ist kein Streit um Worte, Monsieur Parrot. Ich betone noch einmal, dass ...«

»Dass meine Aussage mehr Zeit kosten könnte als vorgesehen?«

»Möchten Sie etwas zu trinken oder zu essen?«

»Wasser, das genügt.«

»Für Ihre Tabletten?«

»Für den Speichelfluss.«

»Haben Sie ein Problem mit Ihrer Medikation?«

»Ein Problem?«

»Das Codein ist ein starkes Mittel.«

»Sie sprechen von Abhängigkeit?«

»Ich habe mit Doktor Tixier gesprochen. Er war, um ehrlich zu sein, nicht sehr kooperativ.«

»Was hat er gesagt?«

»Dass in Ihrem Fall, falls eine Codeinabhängigkeit vorliege, sie erstens legal und zweitens notwendig sei. Sie könnten ohne den Stoff nicht leben. Ihr Arzt hat mir außerdem gesagt, dass Sie durchaus auch ein stärkeres Medikament nehmen könnten. Sie leiden trotz der Einnahme dieses Mittels unter Schmerzen?«

»Es ist erträglich.«

»Und deshalb lehnen Sie neue Operationen ab, die den Schmerz definitiv erträglicher machen würden? So hat Doktor Tixier es mir erklärt.«

»Ich habe achtundzwanzig chirurgische Eingriffe über mich ergehen lassen, zwischen dem fünfzehnten und dem dreiundzwanzigsten Lebensjahr. Ich will das nicht mehr.«

»Sie müssen die Dosen nicht erhöhen?«

»Nein.«

»Schwierigkeiten mit Ihrem Verhalten?«

»Sie wollen wissen, ob ich normal bin? Ist das hier eine psychiatrische Untersuchung oder eine Zeugenbefragung?«

»Ich bin kein Spezialist, aber die Frage stellt sich trotzdem. Sie stehen im Mittelpunkt von Ereignissen, die seit den letzten zwei Wochen eine traumatisierende Qualität angenommen haben, um es vorsichtig auszudrücken; doch Sie scheinen, genau wie Mademoiselle Messenet, ganz Herr Ihrer selbst zu sein, wirken relativ entspannt. Ich habe mich gefragt, ob das Codein eine solche Wirkung hervorbringen könnte.«

»Wenn man es, wie ich, so lange nimmt, schwächt sich der morphinähnliche Effekt des Codeins ab. Die chemische Verbindung funktioniert nur als Analgetikum. Es gibt sogar paradoxe Wirkungen.«

»Das heißt?«

»Codein kann zu Schlaflosigkeit führen.«

»Sie leiden unter Schlaflosigkeit?«

»Ja. Ein Opiat, das den Schlaf verhindert. Aber die Konsequenzen sind manchmal dieselben. Der Mangel an Schlaf lässt einen ebenso abstumpfen wie andere Drogen.«

»Sie trinken?«

»Sie hätten meine Krankenakte von Doktor Tixier verlangen sollen.«

»Sie trinken regelmäßig?«

»Nein. Nach den Kriterien dieser Gegend könnte ich Mitglied eines Temperenzvereins sein.«

»Sie sind sehr gebildet für jemanden, der aus dieser ländlichen Welt stammt.«

»Mir bleibt die Spucke weg, wenn Sie das sagen. Glauben Sie, alle Leute auf dem Land sind Rohlinge und Idioten?«

»Ich sagte gebildet, Monsieur Parrot. Ich würde nie den

Fehler machen, Landwirte als dumme Menschen anzusehen. Die Courbiers und die Messenets sind gefürchtete Geschäftsleute geworden, obwohl sie eigentlich nie in die Schule gingen. Sie – Sie sind gebildet.«

»Ich habe fast acht Jahre in Krankenhausbetten verbracht. Da habe ich gelernt, am Lesen Geschmack zu finden. Als ich den Unfall hatte, wollte mein Vater mich gerade aus der Schule nehmen. An dem Tag habe ich sogar mit meiner Mutter darüber geredet. Ich wollte aufs Gymnasium. Sie hat mir geraten, mit diesem Gespräch bis zum Ende der Heuernte zu warten, mein Vater war dann ruhiger und weniger betrunken. Am Ende hatte ich so viel Zeit, wie ich wollte, um Bücher zu lesen. Reichlich Zeit auch, um nicht dem Suff zu verfallen. Einerseits wegen meinem Vater und dann auch deshalb, weil es nicht viele Gelegenheiten zum Ausgehen und Feiern gibt, wenn man als Jugendlicher im Krankenhaus liegt. Ich trinke von Zeit zu Zeit. Zum Vergnügen, nie deshalb, um ein Problem im Alkohol zu ertränken, wenn es das ist, was Sie hören wollen.«

»An dem Abend, an dem Sie mit Thierry Courbier eine Auseinandersetzung hatten, am Samstag, dem 31. März, in der Bar Le Styx – hatten Sie da getrunken?«

»Es war der Tag meiner Einzugsparty. Ich hatte getrunken, ja.«

»Mehr als üblich?«

»Sollte ich, wenn ich Ihnen die genaue Menge nenne, einen Anwalt anrufen?«

»Nein, Monsieur Parrot, ich versuche zu erfahren, in welcher inneren Verfassung Sie waren, als das alles anfing.«

»War das der Anfang?«

»Glauben Sie nicht?«

»Und der Ball der TechBois?«

»Ja. Wir könnten auch davon reden. Aber sagen Sie mir trotzdem: In welcher Verfassung waren Sie an diesem Abend im Styx?«

»Ich war nicht betrunken.«

»Gemäß den lokalen Kriterien?«

»Gemäß meinen eigenen Kriterien. Ich konnte klar denken und aufrecht stehen.«

»Sind Sie sicher, dass Sie klar denken können, wenn Sie mit Mademoiselle Messenet verabredet sind?«

»Ich hatte keine Verabredung mit ihr.«

»Ja, genau. Sie hatten keine Verabredung mit ihr. Sie ist aber auch nicht zu Ihrer Party gekommen. Warum? Sie hatten sie doch eingeladen.«

»Ich weiß nicht, warum sie nicht gekommen ist.«

»Weil ihr Bruder es ihr verbot?«

»Was weiß ich?«

»Ist das eine mögliche Antwort?«

»Ja.«

»Weil Thierry Courbier sie daran hinderte?«

»Ich glaube nicht, dass Michèle sich von Courbier an etwas hindern lässt.«

»Ich glaube es auch nicht, aber er war mit ihr in der Bar, als Sie dort eintrafen.«

»Ja.«

»Und Sie konnten klar denken?«

»Auf der Straße, ja.«

»Und danach?«

»Danach? Worauf spielen Sie an?«

»Sie sind weniger redselig als Mademoiselle Messenet. Ich versuche, Sie dazu zu bringen, mir zu sagen, was passiert ist.«

»Es gab ein Problem zwischen Courbier und Michèle, und ich habe rotgesehen.«

»Ein Problem? Offensichtlich warf Mademoiselle Messenet Monsieur Courbier ihr Glas ins Gesicht.«

»Vermutlich, weil er ihr freundlich Guten Tag sagte.«

»Sie haben rotgesehen ... Sie standen unter Alkoholeinfluss, als Sie eintrafen, Sie nehmen gleichzeitig regelmäßig hohe Dosen Codein, Sie waren frustriert, weil Mademoiselle Messenet Ihrer Einladung nicht gefolgt war, und dann sehen Sie sie in Gesellschaft eines Mannes, der Sie nicht mag und den Sie nicht mögen; der Schlafmangel versetzt Sie in einen Zustand der Schwäche, ungewohnte Emotionen überfluten Sie. Sie betreten die Bar, und Sie denken klar, dass Sie Monsieur Courbier am Kragen packen und hinauswerfen werden. War es so? Soll ich hinzufügen, dass Sie Mademoiselle Messenet seit Jahren nicht gesehen hatten?«

»Ich habe Courbier rausgeworfen, das ist alles. Was wollen Sie hören? Ich habe nicht die Kontrolle verloren.«

»Genau. Sie haben nicht die Kontrolle verloren.«

»Wie?«

»Die Alten hier reden noch vom Temperament und den legendären Wutausbrüchen Ihres Großvaters. Ihr Vater hat ein schweres Leben gehabt, er trank, und er ist daran gestorben. Obwohl es heißt, er sei ein ruhiger Mann gewesen, hatte er immer wieder gewaltige Ausfälle. Sie trinken gewöhnlich nicht, und Sie geraten gewöhnlich nicht in Wut, und doch liegt hier manches vor, was dazu führen könnte, dass man sich einmal zu einem Ausfall hinreißen lässt.«

»Sie beurteilen mein Verhalten, indem Sie es mit dem meiner Vorfahren vergleichen? Und was schließen Sie aus alldem?«

»Gar nichts. Ich stelle mir nur Fragen.«

»Sie haben mir eigentlich keine Fragen gestellt, oder?«

»Wo waren Sie in der Nacht vom 6. auf den 7. April dieses Jahres?«

»Das habe ich Ihnen gesagt. Ich leide unter Schlaflosigkeit, die Nächte gleichen sich und vermischen sich miteinander.«

»Es war die Brandnacht.«

»Als die TechBois brannte, war ich zu Hause. Jean Carnet war auch da.«

14

Zwanzig Jahre nach der ersten Transplantation,
drei Tage nach der ersten Leiche,
drei Tage vor der zweiten

Die Arbeiter der TechBois waren in großer Zahl gekommen. Ein halbes Dutzend Autos mit kaputten Stoßdämpfern, weil so viele Männer auf Rückbänken und Ladeflächen saßen. Sie wurden erwartet. Kein Kind tauchte auf zwischen den Autos und den Wohnwagen des Lagers. Die Sinti warteten, mitten im Gestank nach verbranntem Plastik, mit Schaufeln und Baseballschlägern in Händen.

Die Waldarbeiter und Gabelstaplerfahrer der Fabrik zögerten etwas, als sie begriffen, dass ihre Strafexpedition keine Überraschung werden würde. Aber nun waren sie schon einmal da, und sie hatten nicht vor, sich von den anderen aus dem Konzept bringen zu lassen. Es gab keinen Wortwechsel. Da sie wussten, dass die Sinti ihnen auf diesem Gebiet überlegen waren, hatten die Waldarbeiter keinen Satz geäußert, bevor sie ihre Fäuste sprechen ließen, erst stockend, dann immer nachhaltiger. Jean sagte, es sei eine echte Prügelei im traditionellen Stil gewesen, weil niemand, weder aufseiten der Sinti noch aufseiten der Arbeiter, die Flucht ergriff. Die Männer blieben dort, wo sie waren, sanken zu Boden und blieben bewusstlos liegen. Niemand sei zurückgewichen, und das Handgemenge – minutenlang dumpfe, hohle Geräusche, brutale Schläge, ausgeschlagene Zähne – sei erbarmungslos gewesen. Wenn niemand mehr daran denkt, nicht auf den Kopf zu schlagen, niemand zögert, einen am Boden liegenden Gegner noch Hiebe mit herausgerissenen Brettern zu versetzen, bis er sich nicht mehr bewegt, dann sei das ernst, hatte Jean gesagt.

Die Polizei war gekommen, hatte die Verletzten eingesammelt und die fünf oder sechs Männer mitgenommen, die noch aufrecht standen. Das Seltsamste sei gewesen, hatte Jean hinzugefügt, dass niemand irgendetwas gesagt habe.

»Kein einziger Kommentar. Die Typen der TechBois haben nicht erklärt, warum sie da waren, und die Sinti haben auch keine Fragen gestellt. Tonio hatte die Valentines gewarnt. Jeder wusste, worum es sich handelte, aber dieses Schweigen war äußerst seltsam. Als gäbe es eine Menge Gründe, warum so etwas passieren muss, und als würde es sich gar nicht lohnen, diese Gründe anzusprechen.«

»Und du bist dageblieben und hast zugeschaut?«

»Ich hab den Arzt ohne Grenzen gespielt. Aber ich hab nur den Valentines hochgeholfen. Die Gendarmerie ist voll, und zurückgeblieben ist ein Saustall. Es hat offenbar noch Prügeleien in der Ambulanz gegeben. In zwei Stunden werden alle wieder frei sein, Vanberten kann sie nicht alle dabehalten. Demnächst wird Krieg herrschen, die Sinti werden sich das nicht einfach gefallen lassen.«

Rémi griff nach einem Sixpack, das auf der hölzernen Verandabrüstung auf Terre Noire stand, holte eine neue Dose für Jean heraus und öffnete eine für sich selbst. Sie tranken langsam und nachdenklich. Bertin hatte das Material für den Schuppen geliefert, und Jean hatte, nachdem sie die senkrechten Pfosten aufgestellt hatten, die ersten Querpfosten mit Winkellaschen und Schrauben montiert. Er sägte Bretter zurecht, bohrte Löcher, hämmerte. Die Konstruktion war fast fertig, es fehlte nur noch das Dach. Die Querpfosten bearbeitete er mit seiner kanadischen Axt, einem

Werkzeug, das ihm auch als Hammer und als Meißel diente; er hackte damit Holz für ein Grillfest und öffnete damit seine Bierflaschen.

»Wie willst du das Ganze verkleiden?«

»Bertin gibt mir Lärchenrinde.«

»Das sieht nicht sehr sexy aus.«

»Ich bin pleite.«

»Für den Schuppen will ich nichts. Mit deinem Haus und mit dem Ausbau von Michèles Laden hab ich dieses Jahr schon genug verdient.«

»So hatte ich mir das vorgestellt. Aber ich bin trotzdem pleite.«

Jean trank seine Dose leer und griff nach dem nächsten Bier im Sixpack.

»Ich schlafe nicht mehr, seit ich Philippe gefunden habe.«

Rémi hielt sein Bier mit beiden Händen, Ellbogen auf den Knien.

»Ja. So was kann man nicht so leicht vergessen.«

Der Zimmerman pfiff leise – wie der Kleiber, der kopfüber an einem Eichenstamm hing. Er hielt eine Eichel im Schnabel, die er durch Schläge gegen den Stamm öffnete. Dann verharrte er einen Moment regungslos und sah zum Haus hin, wo sich nichts bewegte, bevor er seine Mahlzeit verzehrte und zur Veranda flog. Er blieb auf dem Geländer sitzen, drehte den Kopf den beiden Männern zu, flog wieder auf und verschwand über dem Haus. Jean wandte sich erneut an Rémi.

»Willst du wirklich dorthin zurück?«

»Ich bin sicher, der Hauptzugang zum Stollen liegt versteckt unter Zweigen oder einem Holzstoß.«

»Wozu das Ganze? Philippe liegt in der Leichenhalle, dort unten finden wir nichts mehr.«

»Vielleicht doch.«

Jean stand auf, sammelte die leeren Bierdosen ein und verstaute sie in einem Karton.

»Glaubst du wirklich, dass das Projekt der Courbiers der Grund ist, warum jemand Philippe um die Ecke gebracht hat?«

»Was sonst?«

Rémi stand auf und vergrub die Hände in den tiefen Taschen seiner Arbeitshose. Jean ging die Stufen der Veranda hinunter.

»Ich werde heute fertig sein, bevor es dunkel ist.«

»Du kannst jetzt schon aufhören, ich mach uns was zu essen.«

»Heute hab ich keinen großen Hunger, und ich muss noch einiges tun. Nachher rufe ich Tonio an. Ich will wissen, ob der Oberbulle ihn freigelassen hat.«

Rémi ging in die Küche und setzte sich an den Tisch. Nachdem er ein Huhn und ein paar Kartoffeln in den Ofen geschoben hatte, breitete er Philippes Originaldokumente vor sich aus.

Erneut nahm er jedes einzelne Blatt genau unter die Lupe, bis er alles so gut kannte, dass er zwischen den einzelnen Informationen in seinem Kopf Verbindungen herstellen konnte und vor seinem geistigen Auge der Bau des gesamten Projekts entstand. Es war nicht schwer zu erkennen, dass dieses Projekt von einer Dimension war, die auch einen Ökoaktivisten mit großer Klappe überfordern musste. Jetzt musste er nur noch herausbekommen, was an diesem Projekt illegal war oder welcher illegale Akt durch Philippes Dazwischentreten verhindert worden war. Das musste der eigentliche Grund für seinen Tod sein. Der Tathergang konnte erst rekonstruiert werden, wenn man diesem Grund auf die Spur kam.

*

Die Fabrik war verloren. Die Feuerwehrleute konnten lediglich versuchen, ein Übergreifen des Feuers auf andere Gebäude zu verhindern. Auf zwei Hektar rund um das Gebäude stellten die Holzstöße am Waldrand die größte Gefahr dar. Die Bisulfittanks waren ein weiteres Problem. Die Explosionsgefahr hatte auch die Strategie bestimmt, die eingeschlagen worden war.

In wenigen Stunden waren die Belegschaften aller Kasernen der Region an der Brandstelle und richteten eine Sicherheitszone um die Holzstöße ein; die aufgeschichteten Rindenstapel wurden mit Schläuchen bewässert.

Die Arbeiter der Nachtschicht hatten Zeit genug gehabt, sich selbst in Sicherheit zu bringen, aber sie hatten die ersten Brandherde nicht unter Kontrolle gebracht. Es gab zwei. Einen im Bereich der Zellstoffproduktion, einen anderen in der Spanplattenherstellung.

Als Courbier senior und junior am Ort des Geschehens eintrafen, konnte man sich dem Brand nur noch im Abstand von dreihundert Metern nähern. Ein eifriger Arbeiter hatte versucht, einen Lastwagen zu retten, als die Flammen begonnen hatten, auf den Ladeplatz überzugreifen. Er war nach hundert Metern zusammengebrochen. Im Schutz der Wasserschläuche hatten ihn zwei Feuerwehrleute in Schutzanzügen herausgeholt. Er war mit Verbrennungen dritten Grades per Hubschrauber direkt in das Verbrennungszentrum der Plaine geflogen worden. Danach hatte Paul Courbiers Gebrüll keinerlei Bedeutung mehr gehabt. Halb R. war gekommen, mitten in der Nacht, als klar wurde, dass das große Werk dabei war, in Flammen aufzugehen. Männer und Frauen hatten auf der anderen Seite der Route Courbier Aufstellung genommen, dort, wo der ganze Berg in rotes Licht getaucht war, um nichts von dem Spektakel zu versäumen. Die Eisenträger bogen sich und ächzten; Dachteile stürzten unter heftigem Funkengestöber ein; das ganze Werk ächzte und stöhnte und knackte mit den Knochen. Thierry Courbier organisierte seine Truppen. Einige Arbeiter versetzten in Absprache mit den Feuerwehrleuten Berge von Holz, retteten, schützten, was zu schützen war, und mussten sich immer wieder vor den aggressiven Flammen in Sicherheit bringen; die Scheibenwischer ihrer Maschinen waren in ständiger rasender Bewegung, und das Blech der Schutzabdeckungen verbog sich, während die Feuerwehrschläuche ununterbrochen Wasser spritzten und Kühlung brachten. Um zwei Uhr nachts kamen die ersten Feuerwehrfahrzeuge aus den Bergen und der Plaine, ebenso wie ein Team von Entschärfern, das die Risiken einer Explosion der chemischen Stoffe einschätzen und die Frage beantworten sollte, ob man den Brand im Verarbeitungsflügel eventuell mithilfe von Dynamit unter Kontrolle bringen konnte.

Die Entschärfer ließen nichts explodieren. Sie ließen die Gaffer am gegenüberliegenden Hang evakuieren. Das Schwefeldioxid, das man zur Verarbeitung des Holzes benutzte, war nicht entzündlich, jedoch absolut giftig und flüchtig. Um drei Uhr nachts stand nicht mehr die Bekämpfung des Brandes im Vordergrund, sondern die Frage, wie die Kontamination der Region zu verhindern war. Die Präfektur befand sich in äußerster Anspannung. Vanbertens Männer und Dutzende weitere, die aus benachbarten Kasernen eingetroffen waren, begannen, Straßensperren und Evakuierungen zu organisieren. Die Militärlastwagen des Armeestützpunkts auf dem Plateau rückten aus. Da und dort sah man schon Leute mit Gasmasken um den Hals. Und alles hing von einer einzigen Frage ab: Aus welcher Richtung kam der Wind?

Wie üblich blies er aus Südwest, in der Nacht mit vierzig Kilometern in der Stunde, gegen Morgen etwas heftiger. Am nächsten Tag lauteten die Voraussagen auf eine Geschwindigkeit von zehn bis fünfzehn Kilometern pro Stunde. Man musste unbedingt die Tanks schützen, die noch standhielten – bis zum Morgen.

Darauf konzentrierten sich die Mannschaften der Feuerwehr. Siebzehn Einsatzfahrzeuge waren in diesen Stunden unterwegs, zwischen der Maulde und dem Werk der TechBois, um zu verhindern, dass die Bisulfitbehälter leckschlugen.

Marquais, der Präfekt, der Bürgermeister von R., der Unterpräfekt sowie etliche hohe Beamte von Polizei, Gendarmerie und Feuerwehr improvisierten Krisensitzungen, sobald Neuigkeiten durchsickerten oder der Wind sich drehte.

Dann kam der Moment, in dem Thierry Courbier, nassgeschwitzt, schwarz im Gesicht und voller Wut, sich Vanberten vornahm. Er sprach den Satz aus, der sofort in aller Munde war: »Sie haben die Sinti heute Nachmittag nach Hause gehen lassen!«

Der Hinweis darauf, dass auch die Waldarbeiter nach Hause gegangen waren, nachdem sie das Lager Valentine angegriffen hatten, galt nicht als sachdienlich. Das Problem war, dass die Sinti nicht im Gefängnis geblieben waren. Morgens sabotieren sie die Forstmaschinen, nachmittags prügeln sie sich mit den Arbeitern der TechBois, und abends brennt das Werk.

Vanberten versuchte nicht einmal, gegen diese unerschütterliche Gedankenverbindung Argumente ins Feld zu führen. Er erinnerte daran, dass es seine erste Aufgabe sei, den Brand zu löschen und die Bevölkerung zu schützen. Der Bürgermeister wurde damit beauftragt, in der Stadt, sechzehn Kilometer vom Werk entfernt, die ersten Vorsichtsmaßregeln zu treffen: Türen und Fenster sollten geschlossen werden, niemand sollte auf die Straße gehen.

Seit das Werk bestand, konnte man in der Stadt bei starkem Wind dem Schwefelgeruch der TechBois nicht entgehen. Die Route Courbier hatte sich tief ins Tal eingeschnitten und einen Korridor gebildet, über den die üblen Dünste entwichen. Sie waren nicht nur unangenehm, sondern führten auch, trotz der beruhigenden Aussagen von Experten und den Courbiers, immer wieder zu besorgten Fragen nach den gesundheitlichen Auswirkungen der Chemiewolke.

Paul Courbier stand kurz vor einer Ohnmacht; man hatte ihn auf seinen Hof zurückbegleitet.

Frühmorgens beobachteten Jean und Rémi von der Kuppe des Berges aus, ausgestreckt auf dem Moos im Unterholz, mit dem Fernglas die brennende Fabrik. Die Hitze stieg bis zu ihnen hinauf. Wie an einem Lagerfeuer spürten sie vorn ihre heißen Gesichter und im Rücken die Frische des taureichen Morgens. Als Rémi die fünfzehn Meter hohen Flammen durch die Luft tanzen sah, dachte er – eine naheliegende sinnliche Assoziation – an Michèle.

Die Feuerwehrleute hatten die Tanks isoliert. Der Wind flaute ab. Die Gefahr schien gebannt zu sein. Die Fichtenholzstöße waren gerettet und hatten gleichzeitig den Brand aufgehalten, sodass er sich nicht im umliegenden Wald ausbreiten konnte. Das Werk, die Lager, Maschinen, Fahrzeuge, Büros, Werkhallen brannten vierundzwanzig Stunden lang.

Noch am Mittag des nächsten Tages waren die Flammen hoch. Fast die Gesamtheit der Mitglieder des Schutzbunds Nature et Forêts befanden sich in Polizeigewahrsam. Sie teilten sich die überfüllten Zellen mit der Hälfte der Familie Valentine.

Die Brandstifter hatten sich nicht darum bemüht, es aussehen zu lassen wie einen Unfall. Zwei Stellen waren gleichzeitig in Flammen aufgegangen, und nach den Aussagen der ersten Zeugen, den Arbeitern der Nachtschicht, hatte es mehrere Druckwellen gegeben wie bei kleinen Explosionen: Brandbomben.

Rémi und Jean waren nach Terre Noire zurückgekehrt. Auch vom Haus aus sah man die große Rauchwolke.

Jean hatte sich wieder an die Arbeit gemacht, er hämmerte am Schuppen herum. Rémi hatte ihm zwei Stunden geholfen, die Dachbalken zu montieren. Er musste auf die Gendarmerie wegen der Schüsse während der Jagd, obwohl er sich denken konnte, dass Vanberten jetzt andere Dinge im Kopf hatte.

Die Dachbalken befanden sich an Ort und Stelle, als sein Handy klingelte. Er antwortete kurz und sagte Jean, dass er gehen müsse. Der Zimmermann saß, eine Handvoll Nägel zwischen den Lippen, auf einem Querpfosten und grüßte ihn zum Abschied, indem er mit seiner Axt wedelte.

Monneix saß wie ein kleiner allmächtiger Weltenlenker in seinem Wohnzimmer und war ganz bei der Sache. Hinter den großen Glasfenstern sah man den Rauch, der noch immer in den Himmel über der Stadt aufstieg. Der Journalist hob den Kopf und betrachtete die schwarze Wolke.

»Ich bin nicht mal hingegangen. Womit ich mich zu beschäftigen hatte, war besser.«

Rémi schlug das Angebot eines Glases Wein aus, während Monneix sich aus einer Flasche einschenkte, die auf dem niedrigen Tisch stand, ein Saint-Émilion aus dem Supermarkt, der keinen besonderen Genuss versprach.

»Setz dich.«

Der Revierjäger ließ sich auf einem Sessel nieder und fragte, was es Neues gebe.

»Der größte Frevel in der Geschichte dieses verlorenen Kaffs.«

Er beugte sich vor, drehte das Glas zwischen den Händen

und vertiefte sich in die Farbe des Weins, die auf industrielle Herstellung schließen ließ. Er war offensichtlich mit sich zufrieden und kam zunächst noch einmal auf ihre Abmachung zu sprechen.

Rémi bestätigte:

»Die Geschichte gehört dir, aber du gibst sie nicht weiter, bevor ich es dir erlaube. Es wird nichts ohne meine Zustimmung veröffentlicht.«

»Und wie lange muss ich warten?«

»Keine Ahnung. Es hängt auch davon ab, was du herausgefunden hast.«

»Die Quintessenz des Unmöglichen oder die Bestätigung dessen, was du und ich schon lange wussten.«

»Hör auf mit diesen Spielchen und sag mir, was du herausgefunden hast.«

»Dass die Kriege unserer Mitbürger wie Sport und Religion funktionieren. Man könnte sogar die Medien hinzufügen, wenn man bedenkt, dass nicht alle Leute mit derselben Objektivität an die Arbeit gehen wie ich. Sie sind Opium, mein lieber Freund des Codeins.«

Rémi bereute jetzt fast, dass er den Wein ausgeschlagen hatte.

»Übertreib's nicht. Sag mir, was los ist.«

Christophe Monneix trank langsam einen Schluck Wein. Er zögerte die Nachricht hinaus, weniger, um Rémi auf die Folter zu spannen, als um sein eigenes Vergnügen zu verlängern.

»Ich habe die Aktionäre der Immobiliengesellschaft gefunden, von denen in Mazenas' Papieren die Rede ist. Und ich weiß jetzt, warum er dieses Datum unterstrichen hat, 1983. Es ist ganz einfach das Jahr, in dem die Immobiliengesellschaft des Val Vert gegründet wurde.«

»Weiter.«

»Aktionäre sind zu gleichen Teilen: Paul Courbier, Jean Marquais und ...«

Er setzte sein Glas ab, zündete sich eine Zigarette an und stieß eine Rauchwolke aus, die Mühe hatte, sich in dem rauchgeschwängerten Zimmer einen Weg zu bahnen.

»... und Roger Messenet. Die Immobiliengesellschaft des Val Vert ist Eigentümerin des gesamten Grund und Bodens im Umkreis von zehn Hektar rund um das Tal; dieses Land liegt mitten im Naturpark und grenzt über sechs Kilometer hinweg an das Schutzgebiet. Man versteht jetzt besser, warum die Courbiers, Marquais' und Messenets sich immer vehement gegen das Naturparkprojekt gestemmt haben.«

Rémi fingerte an dem Codeinröhrchen in seiner Jackentasche herum.

»Bist du dir sicher?«

»Der Eintrag im Handelsregister, im Kataster, alles ordnungsgemäß. Es hat einige Versuche gegeben, die Sache geheim zu halten, aber mit den Papieren, die du mir gegeben hast, war es nicht schwer, alles nachzuvollziehen. Die Immobiliengesellschaft ist in Paris registriert, und hauptsächlich deshalb sind hier alle ahnungslos. Die Courbiers und die Messenets arbeiten seit 1983 zusammen. Sie haben diese Firma gegründet, und das Tourismusprojekt ist notwendigerweise ein gemeinschaftliches. Wenn sie auch noch nie zusammen aufgetreten sind, sind sie doch seit dreißig Jahren verbündet. Die Väter haben die Initiative ergriffen. Und der Anfang der Achtzigerjahre war auch der Anfang der großen Investitionen und des Reichtums der beiden Familien. Marquais war damals nur Bürgermeister von Sainte-Feyre, aber das Val Vert war Gemeindeland. Es wurde von der Stadtverwaltung verkauft.«

Rémi erinnerte sich an die zwei alten Patriarchen, die ihm nach dem Tod seiner Eltern nacheinander ihren Besuch abgestattet hatten. Sie waren gekommen, um sich das Land der Parrots anzusehen, auf dem sie sich schon längst auskannten, als wären sie daheim. Sie hatten Angebote gemacht und die Preise hochgetrieben, und einer hatte versucht, noch mehr Hektar zu erlangen als der andere.

Am Ende hatte Courbier das Land bekommen, das günstig war für die Holzwirtschaft, und Messenet den Rest, der geeignet war für die Tierzucht. Und die Versteigerung hatte nichts Neues gebracht. Jeder von ihnen hatte den Preis gezahlt, der dem Wert seines Landes entsprach.

Hatte es, seit die zwei Familien miteinander auf Kriegsfuß standen, zu irgendeinem Zeitpunkt Konflikte gegeben, die wirklich verhinderten, dass sie beide expandierten oder dass einer die Pläne des anderen störte?

Beide Familien florierten.

Ihre legendäre Rivalität hatte weder der einen noch der anderen geschadet. Sie hatten Dutzende von Betrieben übernommen, weiterverkauft und zerstört, ohne dass ihnen irgendjemand in die Quere gekommen war. Wer kaputtging, waren die anderen. All das unter Vorspiegelung der Möglichkeit, das eine Lager oder das andere wählen und Allianzen schließen zu können. Und wenn etwas schiefging, hatte jeder immer einen Sündenbock parat, dem man alles Schlechte aufbürden konnte und dem gegenüber man angeblich machtlos war.

Monneix zündete sich eine Zigarette an der anderen an und schenkte sich Wein nach.

Rémi stand auf, ging in die Küche, trank Wasser aus dem Hahn und öffnete ein Fenster.

In dieser Nacht hatte sich zum ersten Mal jemand gegen Courbiers Interessen gewandt. Auf der Liste der Verdächtigen, an erster, zweiter oder dritter Stelle nach dem Schutzbund Nature et Forêts und den Sinti musste für alle der Name Messenet stehen. Wer außer Rémi und Monneix konnte in diesem Moment daran zweifeln?

Aber wenn man den Namen Messenet von der Liste der Verdächtigen strich, musste man sie um den unbekannten Namen von Philippes Mörder erweitern.

Rémi stellte sich vor den Journalisten.

»Du sagst niemandem etwas. Wenn du das Maul nicht hältst, werfe ich dich vom Balkon runter.«

»Kein Grund, sich aufzuregen. Ich tu, was ich dir sagte, aber unter einer Bedingung: Wenn du herausfindest, wer Mazenas umgebracht hat, ob Courbier, einer seiner Kerle oder Messenet, dann gehört das auch mir. Exklusiv. Sonst stecke ich der Polizei, dass du ihnen diese Dokumente von Anfang an vorenthalten hast.«

»Die schönsten Allianzen sind Kriegsversprechen.«

Rémi nahm beim Hinuntergehen immer vier Treppenstufen auf einmal. Als er im Auto saß, tippte er eine Nummer in sein Telefon.

»›Michèles Dessous‹, guten Tag.«

»Ich bin's. Ich muss mit dir reden. So schnell es geht.«

»Was ist los – wieder Didier?«

»Nicht am Telefon und nicht bei dir.«

»Ich schließe den Laden in zwei Stunden.«

»Terre Noire?«

…

»Michèle?«

»Bis später.«

Das Haus war leer, der halb fertige Schuppen verlassen. Jean schlief seit drei Tagen bei sich zu Hause, und er hatte eine gehörige Unordnung hinterlassen. Eine Stunde lang räumte Rémi auf, warf schmutzige Kleider in den Wäschekorb, stellte Müllsäcke voller leerer Flaschen auf die Veranda, kehrte den Boden, wusch das Geschirr und stellte sich schließlich für längere Zeit unter die kalte Dusche. Er versuchte nicht, sich eigens für sie anzuziehen; als er ein gebügeltes Hemd aus dem Schrank nahm, hatte er das Gefühl, als würde er damit seine Narben herausstellen. Er entschied sich also für Jeans und T-Shirt, kochte eine Kanne Kaffee und setzte sich der Glastür gegenüber auf das Sofa. Der Regen begann, über die Veranda zu fegen; das schon grau werdende Holz wurde von schweren Tropfen dunkel gesprenkelt. Rémi dachte an die überschwemmten Stollen, an den Holzstoß, den er versetzen musste, um den Eingang zur Mine zu finden.

Dann wartete er nur noch, und sein Blick heftete sich an die Tür, hinter der sich bald Michèles Gestalt abzeichnen musste. Ihr Besuch erinnerte ihn an die Vorstellung, die er immer mit dem Bau dieses Hauses verbunden hatte, die Träume, die er gehabt hatte, als er das Grundstück auswählte. Er hatte sich nicht im Wald verstecken wollen, sondern er hatte sich mit ihr zusammen hier gesehen, nach ihrer Rückkehr.

Er hatte sich eingeredet, dass er nicht mehr auf sie warte. Aber während seines Einsiedlerlebens waren die Hoffnungen wiedergekehrt und hatten sich, ohne dass er es bemerkte, verfestigt. Er hatte sich desillusioniert gegeben, doch die Ernüchterung als Lebensprinzip hatte nicht funktioniert, und als er ihr gegenüberstand, hatte sich seine Anspruchslosigkeit mit einem Mal in unerträgliche Feigheit verwandelt.

Michèles Rückkehr störte die Ordnung, die er erschaffen hatte, um mit ihrer Abwesenheit leben zu können. Das nahm er ihr übel. Er spürte, dass Ärger in ihm aufstieg, als er sie die Verandastufen heraufkommen sah.

Sie klopfte und trat ein. Die Haare klebten an ihrer Stirn, ihre Lederjacke triefte vom Regen. Sie ließ ihre Handtasche auf den Boden fallen, schüttelte die Jacke und warf sie auf den Tisch, bevor sie sich umsah.

Als Rémi ihrem Blick folgte, fürchtete er ein wenig, dass seine nächste Umgebung etwas enthüllen könnte, was er verbergen wollte. Die Postkarten, die sie geschickt hatte, ohne Absender, mit Reißzwecken an die Wand geheftet. Seine kleine Bibliothek, die Wissbegier eines Bauernsohns. Die gut gepflegten Pflanzen. Er, der Einzelgänger, hatte versucht, sich geschmackvoll und einigermaßen komfortabel einzurichten. Ein großer Kühlschrank, Fenster mit schöner Aussicht, stabile Möbel, von Jean getischlert. Das Blockhaus, das von außen rustikal und streng wirkte, war in seinem Innern überraschend gefällig.

Er dachte an Michèles Wohnung, an die wenigen zusammengewürfelten Möbel. Sie war immer noch nicht angekommen.

Er bot ihr Kaffee an. Als er ihr einschenkte, konnte er nur daran denken, was Monneix herausgefunden hatte, und er spürte, wie unangenehm es ihm war, Michèle das alles zu berichten. Ihr Blick wanderte indessen an seinen Möbeln, Büchern, Bildern entlang, was seine Verlegenheit nicht minderte.

Er gab ihr die Tasse ohne Zucker, und sie nahm sie schweigend. Dann ging er ins Bad und brachte ihr ein Handtuch.

»Vielleicht willst du dich abtrocknen ...«

Sie hörte ihm nicht zu.

»Warum bist du hierhergezogen?«

»Warum nicht?«

»Weil du auf dem Feld direkt hinter diesem Haus um ein Haar gestorben wärst.«

Rémi lächelte.

»Warum bist du zurückgekommen? Es ist irgendwie dasselbe, oder nicht?«

»Dieses Haus sieht dir nicht ähnlich.«
»Woher willst du das wissen?«
Sie setzte sich auf einen Küchenstuhl.
»Du hast dich nicht verändert.«
Sie saß da wie damals, mit fünfzehn, im Wald von La Lune, mit unbeirrtem Blick, selbstsicher, und spielte mit einem Feuerzeug, obwohl sie wissen musste, dass sie auf dem Pulverfass saß. War ihr klar, was sie gerade gesagt hatte, oder wollte sie sich über ihn lustig machen? Rémis zerstörtes Gesicht zeigte tatsächlich eine Zeit, die stehen geblieben war, denn die Narben alterten nicht.
»Es gibt Dinge, die sich ändern.«
»Die Farbe der Tapeten. Wovon wolltest du reden?«
»Von Philippes Papieren. Es gibt Neuigkeiten.«
»Was hast du herausgefunden?«
»Monneix hat die Nachforschungen betrieben.«
»Dieser Blutsauger?«
Er setzte sich aufs Sofa und versuchte, seine Ungeduld zu zügeln.
»Deine Familie hat mit dem Projekt im Val Vert zu tun.«
Er beobachtete ihr Gesicht. Sie nahm es hin, ohne mit der Wimper zu zucken. Ihre harten und gefassten Züge waren typisch Messenet. Ihre Mutter hatte sich gut in diese Linie eingefügt. Sie hatte in weiblicher Ausprägung die knochige Struktur und die klar modellierte Körperform von Michèles Bruder, ihrem Vater und ihrem Großvater gehabt. Eine Leihmutter, ein Gebärapparat, dessen einzige Funktion darin bestanden hatte, die Kontinuität der Familie Messenet zu sichern. Rémi erinnerte sich kaum an sie. Sie war an einer seltenen Krankheit gestorben, als sie elf, zwölf Jahre gewesen waren. Michèle sprach nicht von ihrer Mutter. Ihr Vater war Witwer geblieben und würde als Witwer sterben.

Die letzte Frau, die den Namen Messenet trug, sagte noch

immer nichts. In ihrem Rücken waren die Lichter des Hauses auf der Veranda zu sehen. Sie durchdrangen die Dunkelheit vor der Glastür.

»Sagt Monneix das?«

»Ich habe die Dokumente gesehen. Dein Vater hat 1983 mit Paul Courbier zusammen eine Immobiliengesellschaft gegründet. Marquais ist Aktionär. Sie besitzen das ganze Land, auf dem das Tourismuszentrum gebaut werden soll.«

Michèle stand auf, ging zum Kühlschrank und holte ein Bier heraus. Sie öffnete es mit ihrem Feuerzeug, trank einen Schluck und zündete sich eine Zigarette an. Rémi betrachtete ihren Mund, aus dem Rauch strömte. Sie lächelte und drehte sich zu dem großen Fenster in der Küche.

»Vielleicht löscht der Regen den Brand in der Fabrik. Als ich losfuhr, hat man den Rauch noch gesehen.«

»Ist dir egal, was ich gesagt habe?«

»Ich denke nach.«

»Worüber?«

»Dasselbe wie du.«

»Hör auf.«

»Als du kamst, um mir diese Papiere zu zeigen, war es etwas anderes. Es ging um Philippes Tod.«

»Es gab nur die Courbiers.«

»Und jetzt – wenn Vanberten das in die Finger bekommt, wird mein Bruder auf die Liste der Verdächtigen kommen.«

»Für mich steht er schon darauf.«

Rémi ging an ihr vorbei, roch ihr Parfum. Die Feuchtigkeit in ihrem Haar, die Zigarette, das malzige Bier, das Leder, dann sie selbst. Der Duft einer weichen Haut, mit Seife gewaschen. Das kleine Zittern an den Spitzen ihrer Locken verriet ihre Nervosität.

Er öffnete den Kühlschrank und holte noch ein Bier heraus.

»Als du weggegangen bist – warum hast du mir nichts gesagt?«

»Es gab nichts zu sagen.«

»Du hättest mich fragen können.«

»Ob du mit mir kommen willst?«

»Ja.«

»Ich bin nun mal keine große Rednerin. Du weißt genau wie ich, dass du nicht weggehen wolltest. Ich dachte auch, du bist nicht so leicht gekränkt. Aber wozu jetzt die alten Sachen aufwärmen?«

Das Bier war zu süß.

»Ich habe nie erfahren, warum du weggingst.«

Michèle wandte sich zu ihm.

»Bist du sicher, dass du es nicht weißt?«

Michèles Blick warf ihm etwas vor, was er nicht begriff. Er ging auf die Glastür zu und betrachtete die Wassertropfen, die glitzernd an der Scheibe herabbrannten.

Michèle stand auf, machte ein paar Schritte und ließ sich aufs Sofa sinken.

»Was willst du mit Monneix' Erkenntnissen anfangen?«

»Ich bin kein Polizist, ich werde keine Untersuchung über den Mord an Philippe führen. Aber ich glaube, dass es hinter dem Immobilienprojekt noch etwas anderes gibt. Wenn ich herausfinde, was es ist, erleichtert das wenigstens Vanbertens Arbeit.«

»Willst du, dass er meinen Bruder und Courbier verhaftet?«

»Das ist nichts Persönliches.«

»Machst du dich über mich lustig?«

»Wenn es eine andere Spur gegeben hätte, wäre ich ihr auch gefolgt.«

»Mit demselben Eifer?«

»Eifer? Jemand hat ihn unter die Erde geschleppt, vielleicht war er da schon halb tot. Er ist in einer alten Mine verreckt, und dann haben die Wildschweine seine Leiche gefressen. Und all das nur deshalb, weil er Bäume retten wollte. Egal, welcher Scheißkerl für seinen Tod verantwortlich ist, er verdient, dass man mit Eifer hinter ihm her ist.«

»Du weißt nicht, was wirklich passiert ist.«

»Willst du deinen Bruder schützen?«

»Ich gehe jetzt besser.«

»Wo war er an dem Wochenende, als Philippe verschwand?«

»Woher soll ich das wissen? Ich dachte, du wärst kein Polizist. Was soll diese Frage?«

Rémi versuchte, seine Wut im Zaum zu halten, weil er wusste, dass er mit jeder falschen Reaktion eine sofortige Gegenreaktion gleicher Art bei Michèle hervorrufen würde. Er nahm eine Tablette aus dem Röhrchen und schluckte sie mit Bier.

»Entschuldigung. Wir sollten aufhören, davon zu reden. Von deinem Bruder.«

»Selbst wenn er nicht da ist, steht er immer zwischen uns. Das ist es, was dich so wütend macht. Du willst ihn loswerden.«

»Dein Bruder hat immer verhindert, dass ich das gemacht habe, was ich wollte.«

Vielleicht hatte sie sagen wollen: »Du armer Hund«, aber ein höflicher Reflex verwandelte den Satz in ein Lachen, das in der Kehle stecken blieb. Michèles Gesicht war verzerrt vor Verachtung, und über Rémis Narben lief ein Zucken.

»Ich weiß, was ich alles verpfuscht habe.«

»Aber du versuchst, es jemand anderem in die Schuhe zu schieben.«

»Nein.«

Die Verachtung verwandelte sich in Wut, die Wut in Frustration, die Frustration in Traurigkeit. Michèles Augen waren voller Tränen. Die Gehässigkeit, die ihre Persönlichkeit so starr machte, schien zu schmelzen. Bevor Rémi einen Schritt auf sie zu machen konnte, begann sie mit vor der Brust verschränkten Armen zwischen Wohnzimmer und Küche hilflos hin und her zu wandern.

Es war 23 Uhr 30. Michèle war hier, bei ihm, seit einer Stunde. Es gab niemanden, der sie daran hinderte, zusammen zu sein, und doch endete dieser zweite Versuch einer Wiederannäherung noch erbärmlicher als der erste.

Die Worte kamen nur stockend aus seinem Mund.

»Es ist normal. Wir können uns nicht so einfach wiedersehen, nach dieser ganzen Zeit, als wäre nichts gewesen. Als könnten wir dort weitermachen, wo wir aufgehört haben.«

»Wo waren wir, Rémi?«

»Ich weiß es nicht.«

»Streng dich an, verdammt.«

Rémi versuchte, sie anzusehen, senkte den Blick und sah ein Foto seiner Eltern auf seinem Bücherregal. Junge Leute, ein schwarz-weißes Hochzeitsbild. Sie sind ernst und glücklich, stehen nebeneinander, ohne sich an der Hand zu halten.

»Ich war traurig, als du weg warst.«

Die Bierflasche flog durch den Raum.

Sie zielte nicht auf ihn. Sie zielte auf nichts. Die Wand seines Zimmers hielt das Geschoss auf. Die Scherben fielen auf den Boden. Fast gleichzeitig schlug die Tür zu, und Rémi blieb reglos im leeren Raum zurück. Er ging ins Schlafzimmer, zog Regenkleidung und feste Schuhe an. Er verließ das Haus und ging in den Wald, mitten in der Nacht, und spürte, wie der Regen sein Gesicht abkühlte.

15 Zwanzig Jahre, neun Tage und sechzehn Stunden später

»Monsieur Carnet hat bestätigt, dass Sie in der Brandnacht zusammen waren. Seit wann kennen Sie ihn?«

»Seit dem Collège.«

»Monsieur Carnets Leben war ... ein wenig wie eine Achterbahnfahrt. Seit wann sind Sie befreundet?«

»Seit mindestens zehn Jahren.«

»Seit Ihrer Genesung.«

»Ungefähr. Jean war ein Freund von Michèle.«

»Er hatte ebenfalls Probleme mit Drogen. Heroin hauptsächlich. War es das, was die beiden gemeinsam hatten?«

»Was wollen Sie damit sagen?«

»Sie sahen sich oft, als sie beide Drogen nahmen.«

»Darüber weiß ich nicht mehr als Sie. Jean war süchtig. Er ist es heute nicht mehr. Wie Michèle. Sie waren Freunde, aber man kann Junkie sein und mit jemandem befreundet sein, ohne dass das etwas miteinander zu tun hätte, oder?«

»Ich frage mich nur, wie ihre Beziehung war. Monsieur Carnet hat Mademoiselle Messenets Laden umgebaut, stimmt das?«

»Ja. Er ist Kleinunternehmer.«

»Zimmermann, Schreiner, Naturfreund, außerdem ist er gereist, in Afrika, und er hat zwei Jahre in Kanada verbracht, als Förster.«

»Ich kenne die Details seines Lebenslaufs nicht. Ich weiß, dass ich am Abend des Brandes mit ihm zusammen war.«

»Sind Sie sicher?«

»Das hatten wir doch schon.«

»Kommt es oft vor, dass er bei Ihnen übernachtet?«

»Er arbeitet gerade für mich. Er trinkt, und, ja, er bleibt oft über Nacht, statt zu sich nach Hause zu fahren.«

»Er ist ein treuer Freund. Haben Sie ihn darum gebeten, im Val Vert Nachforschungen anzustellen?«

»Ja.«

»Und er hat eingewilligt, weil er Ihnen einen Gefallen tun wollte?«

»Er kannte Philippe auch, sie waren Freunde.«

»Würden Sie sagen, dass Monsieur Carnet ein Umweltaktivist war? Das bringt Sie selbst zum Lachen.«

»Jean liebt die Natur. Es gibt Dinge, die ihn wütend machen, aber er war ganz und gar kein Aktivist. Jedenfalls gehörte er nicht zu irgendeiner Bewegung. Dazu feiert er viel zu gern. Es ist nicht seine Sache, große Reden zu schwingen.«

»Sie meinen, er ist eher ein Mann der Tat als des Wortes?«

»Ich meine gar nichts, Sie sind es, Commandant, der ständig versucht, mich festzunageln. Jean ist ein unabhängiger Mensch und ein treuer Freund, ja. Das Übrige schustern Sie sich zusammen.«

»Er ist auch mit Tonio Valentine und mit vielen Mitgliedern dieser Familie befreundet.«

»Macht einen das zum Verdächtigen, wenn man mit Sinti befreundet ist?«

»Keineswegs. Ich frage mich nur, wie er, als treuer Freund der Valentines, wohl die Sache mit den lahmgelegten Harvestern und der Reaktion der Waldarbeiter aufgenommen hat.«

»Jean glaubt nicht, dass die Valentines daran beteiligt

sind. Aber er gehört auch nicht zur Familie. Die Leute vom Lager werden ihm diese Dinge nicht sagen, und er wird nicht fragen.«

»Wenn jemand seinen Freunden etwas unterstellt, was sie nicht getan haben, könnte ihn das wütend gemacht haben, wie Sie sagen.«

»Warum kommen Sie immer wieder darauf zurück? Ich sagte Ihnen doch, dass ich mit ihm zusammen war.«

»Ich sammle Zeugenaussagen und versuche, mir ein Bild zu machen, Monsieur Parrot, sonst nichts. Monsieur Carnet sagte mir dasselbe wie Sie, wir brauchen nicht weiter darüber zu reden. Nur eine letzte Frage: Wie war er an diesem Abend?«

»Ich weiß nicht recht. Kurz zuvor hatte er die Leiche gefunden. Mindestens drei Tage lang hat er gesoffen wie ein Loch.«

»Richtig, das sagten Sie bereits. Er war also betrunken an diesem Abend?«

»Oder dabei, sich volllaufen zu lassen, das kann ich Ihnen nicht genau sagen. Ich bin müde, Commandant, können wir zu dem kommen, was letzte Nacht passiert ist? Ich will nach Hause.«

»Wir haben nicht mehr viel zu besprechen. Schenken Sie mir nur noch ein ganz klein wenig Zeit.«

»Kann ich einen Kaffee haben? Ich glaube, ich brauche jetzt doch einen.«

»Ich rufe Marsault.«

»Er wird mich hoffentlich nicht vergiften.«

»Warum sagen Sie das?«

»Was glauben Sie?«

»Monsieur Parrot, ich werde Ihnen jetzt eine Frage stellen, die nicht im Zusammenhang mit diesen Ermittlungen steht.

Ihre Meinung dazu interessiert mich einfach. Wer, glauben Sie, hat bei der Jagd auf Sie geschossen?«

»Ich habe keine Ahnung.«

»Aber Sie haben vielleicht eine Idee.«

»Courbier oder Messenet.«

»Weil Sie in den Tagen vor der Jagd mit jedem der beiden Probleme hatten?«

»Ja.«

»Haben Sie sich vorgestellt, dass sie beide geschossen haben könnten?«

»Nein, warum? Haben Sie die Waffen und die Patronen untersucht?«

»Tut mir leid, dazu haben wir noch nicht die Zeit gehabt, wegen all dem, was danach passierte. Wenn Sie Ihre Anzeige aufrechterhalten, werden wir verpflichtet sein, die Ermittlungen aufzunehmen, selbstverständlich, aber wir werden es nicht sofort tun können.«

»Ich werde die Anzeige zurückziehen. Das hat jetzt keinen Sinn mehr.«

»Das entspricht auch meiner Meinung. Wir werden uns morgen damit beschäftigen, oder, wenn Sie wollen, in den nächsten Tagen. Aber ich stelle Ihnen die Frage noch einmal: Glauben Sie, es ist möglich, dass beide auf sie schossen?«

»Der Gedanke ist etwas absurd. Als hätten beide im gleichen Moment an dasselbe gedacht.«

»Oder aber, wenn man die vorangegangenen Auseinandersetzungen zwischen Ihnen außer Acht lässt, als hätten sie vielleicht noch einen anderen Grund gehabt, Ihnen ans Leder zu gehen, beide gleichzeitig.«

»Der Kaffee genügt nicht. Ich kann Ihnen nicht mehr folgen.«

»Weil sie beide bei dem Immobiliengeschäft im Val Vert an einem Strang zogen.«

»Wie bitte?«

»Wie lange wissen Sie schon, dass die Herren Courbier und Messenet Partner waren?«

»Seit es in der Zeitung stand.«

»Aber Sie waren es doch, der den Zugang zur Mine entdeckte.«

»Das war mehrere Tage nach der Jagd, ich sehe den Zusammenhang nicht.«

»Warum haben Sie so hartnäckig nach diesem Zugang gesucht? Wussten Sie zum Zeitpunkt der Jagd noch etwas anderes?«

»Nein. Ich wollte nur helfen. Ich dachte, wenn man den Zugang findet, würde man vielleicht auch neue Hinweise entdecken.«

»Hinweise auf diejenigen, die verantwortlich sind für den Tod von Monsieur Mazenas?«

»Ja.«

»Aber Sie verdächtigen weder Monsieur Courbier noch Monsieur Messenet?«

»Nein.«

»Also haben Sie, in dieser Absicht, Hinweise zu finden, Ihre Suche fortgesetzt, trotz meiner Ermahnung, dies nicht zu tun?«

»Ja.«

»Ich bin kein Freund von persönlichen Initiativen wie der von Ihnen und Monsieur Carnet, aber, wenn ich mir erlauben darf, das zu sagen, ich bin Ihnen auch zu Dank verpflichtet. Gut, also: Die Herren Courbier und Messenet hatten während der Jagd keinerlei Grund zu der Annahme, dass Sie irgendwelche Verdachtsmomente gegen sie hatten?«

»Nein.«

»Sie hatten niemals Zugang zu Dokumenten, die Monsieur Monneix, Journalist, diese Woche der Öffentlichkeit übergab, haben niemals davon reden hören? Zu keinem Zeitpunkt vor ihrer Verbreitung?«

»Nein. Hat Monneix gesagt, er habe die Papiere per Post erhalten?«

»Ja. In einem Brief von Monsieur Mazenas, der von einem Mitglied des Schutzbunds Nature et Forêts aufgegeben wurde. Wir glauben, es war Mademoiselle Brisson, die es auf Monsieur Mazenas' Bitte hin tat. Er muss es ihr aufgetragen haben, für den Fall, dass ihm etwas zustößt. Sie kennen Mademoiselle Brisson?«

»Ich habe sie gelegentlich getroffen. Sie war Philippes Freundin. Eigentlich kenne ich sie nicht.«

»Das überrascht mich.«

»Warum?«

»Weil sich hier doch alle kennen.«

»Sie stammt nicht von hier. Und die Leute vom Schutzbund sind nicht sehr gesellig.«

»In der Tat. Diesen Eindruck hatte ich auch von Monsieur Rhomier. Diesen Herrn kennen Sie?«

»Édouard? Eigentlich auch nur vom Sehen. Das letzte Mal, als Sie ihn sahen, haben Sie versucht, ihm den Brand der Zellstofffabrik in die Schuhe zu schieben. Da hätte ich auch keine große Lust, nett zu Ihnen zu sein.«

»Aber Sie sind es, Monsieur Parrot. Sie sind nett. Und da wir nun schon wieder bei dem Brand angelangt sind – können Sie mir sagen, was Sie am nächsten Tag gemacht haben?«

»Der nächste Tag war das Wochenende, nicht? Samstag oder Sonntag?«

»Samstag, der 7. April.«

»Ich war zu Hause. Ich habe Roland, meinen Forstamtsleiter, gefragt, ob ich einen kleinen Urlaub haben könnte. Ich war nicht sehr fit.«

»Monsieur Carnet war in dieser Nacht bei Ihnen. Ist er am Morgen gegangen oder später?«

»Am Morgen. Danach bin ich zu Hause geblieben.«

»Haben Sie Kopfschmerzen, Monsieur Parrot?«

»Es geht.«

»Wir brauchen nicht mehr lange. Sie waren also allein zu Hause. Und hatten Sie Besuch?«

»Abends, ja. Michèle ist gekommen.«

»Um wie viel Uhr?«

»Noch einmal: Ich verstehe nicht, warum Sie mich das fragen.«

»Doch, Sie wissen es sehr wohl. Weil im Moment vier Ermittlungen laufen, fünf, wenn Sie Ihre Anzeige nicht zurückziehen, und Sie in all diese Fälle irgendwie verstrickt sind. Ebenso wie Mademoiselle Messenet.«

»Michèle ist in fast allem ein Opfer. Ich kann Ihren Gedanken nicht erkennen.«

»Das liegt bestimmt an der Müdigkeit. Um wie viel Uhr kam sie bei Ihnen an?«

»Nachdem sie ihren Laden geschlossen hatte. Gegen 21 Uhr, würde ich sagen.«

16 Zweite Leiche, dritter Toter

»Diesmal haben die Wildschweine nicht genug Zeit gehabt.«

»Den können wir leichter einsammeln.«

Vanberten durchbohrte die Sanitäter mit Blicken. Die beiden Männer senkten den Kopf und gingen weiter zum See hinunter.

Marsault war blass und rieb sich unablässig die Hände.

»Sie kommt. Das Büro hat sie erreicht.«

»Fassen Sie sich, Marsault. Wie soll sie es erst aushalten?«

»Tut mir leid, Commandant.«

»Wenn die Fotos gemacht sind, sagen Sie den beiden Rohlingen, sie sollen sich beeilen und es über die Bühne bringen, bevor sie da ist. Haben Sie Parrot angerufen?«

»Parrot? Commandant, es ist doch unwahrscheinlich, dass ...«

»Tun Sie, was ich Ihnen sage! Sagen Sie ihm, dass Michèle Messenet ihn braucht.«

Marsault rief in der Kaserne an, gab die Weisung, man solle Parrot informieren, und ging zurück zum Seeufer. Die beiden Sanitäter hatten die Bahre aufgeklappt und beugten sich über den Leichnam. Die ausgestreckten Beine lagen im Gras, die Arme waren ausgebreitet, der Oberkörper lehnte am Fels. Mit offenem Mund und zum Himmel gedrehten Augen schien Didier Messenet von einem Blitz mitten auf die

Stirn getroffen worden zu sein. Zwischen Augenbrauen und Haarwurzeln war sein Schädel eingedrückt. Als die Männer ihn hochhoben, blieb geronnenes Blut mit einem Büschel verklebten Haars am Stein kleben.

»Bewegt euch!«

»Der Weg ist nass, wir können mit dem Auto nicht näher ran!«

Marsault rief einen weiteren Polizisten, und nun trugen vier Männer, ständig in Gefahr auszurutschen, die Bahre zum Rettungswagen. Sie öffneten die Heckklappe und schoben den Toten hinein.

Die Sonne zog würzige Gerüche aus der feuchten Erde. Vögel flatterten aufgeregt hin und her.

»Die Sanitäter fragen, ob sie sofort in die Leichenhalle fahren sollen, Commandant.«

»Sagen Sie ihnen, sie sollen noch warten.«

»Worauf?«

»Bis die beiden kommen.«

Marsault hielt den Blick starr auf den Forstweg gerichtet, aber weder Michèle noch Parrot tauchten auf. Er sah lediglich Christophe Monneix, der an einem Baum lehnte und etwas in ein Heft kritzelte.

»Was macht dieser Idiot hier?«

»Er tut seine Arbeit, wie Sie auch, Marsault. Lassen Sie ihn nicht näher herankommen, aber stören Sie ihn auch nicht.«

»Wie konnte er so schnell hierherkommen?«

»Jemand aus der Kaserne muss es ihm gesagt haben, ich weiß es noch nicht, aber ich werde es schon noch herausfinden. Es werden noch andere kommen, kümmern Sie sich nicht um sie.«

Marsault warf dem Journalisten einen bösen Blick zu, worauf Monneix ihn freundlich anlächelte und einen kleinen Fotoapparat aus der Tasche zog.«

»Was haben Sie Parrot gesagt?«

»Ich habe ihn nicht selbst angerufen, aber ich habe ihm ausrichten lassen, dass wir ihn im Val Vert brauchen, sonst nichts.«

»Und Mademoiselle Messenet?«

»Ich sagte ihr, dass es hier einen Unfall gegeben habe und sie kommen müsse.«

»Gut. Sagen Sie den Sanitätern, sie sollen die Türen des Rettungswagens gut verschlossen halten, und gehen Sie dann auch zum See hinunter. Wenn Mademoiselle Messenet kommt, sagen Sie ihr nichts, ich werde mich selbst um sie kümmern. Sie soll auch zum See gehen.«

Vanberten spazierte langsam zum Ufer. In Gedanken versunken, sah er sich um. Eine Leiche konnte der Landschaft nichts anhaben, dieser Ort war und blieb einfach wunderschön.

Als er merkte, dass alle Anwesenden aufgehört hatten zu reden und ein unbehagliches Schweigen sich breitmachte, drehte er sich nicht um. Begleitet von Marsault, kam Michèle auf ihn zu. Er holte tief Luft. In der letzten Woche hatte er schon einmal Angehörigen eine Hiobsbotschaft übermitteln müssen.

Michèle ging an der Uferbefestigung aus Granit entlang, die sich die Wiese entlangzog. Sie sah den braunen Blutfleck, den gezeichneten Umriss eines halben Körpers auf dem Fels, die Plastikstreifen, die grob den Umriss zweier Beine bezeichneten. Ihr müdes Gesicht mit den noch vom Schlaf geglätteten Zügen wurde weiß. Michèle änderte die Richtung, wich unwillkürlich dem gezeichneten Umriss aus. Marsault hielt sie am Arm. Vanberten ging auf sie zu und machte sich bereit. Er wusste aus Erfahrung, dass eine einzige reale Information, so brutal sie wirken mochte, besser war als all die Horrorszenarien in der Fantasie der Hinterbliebenen.

Er hatte schon alles Mögliche erlebt – sogar eine Mutter, die erleichtert war und sogar lächelte, als sie erfuhr, dass ihr Mann tot war und nicht eines ihrer Kinder. Nun wartete er noch einige Sekunden und zögerte, während er Michèles Gesicht prüfte. Sie sah ihn starr an, konzentrierte sich mit zusammengekniffenen Augen auf ihr Gegenüber, während sie gegen bizarre Gedanken ankämpfte und versuchte, die Kontrolle über ihre nachgebenden Beine wiederzugewinnen.

Sie nötigte ihn zu einer Antwort.

»Sagen Sie mir, was hier los ist.«

»Es ist Ihr Bruder, Mademoiselle Messenet.«

Ein Lächeln. Ein Lächeln des Unverständnisses, des Trotzes angesichts des Absurden, spielte im letzten Moment vor Einsetzen des Schmerzes auf ihrem Gesicht – dann brach sie zusammen. Vanberten und Marsault fingen sie auf, bevor sie den Boden berührte, und legten sie aufs Gras. Marsault rief die Sanitäter. Dann war Rémi Parrot da und beugte sich über sie. Ihre Lider hoben sich. Ihre Pupillen rollten nach oben, bevor sie sich wieder zentrierten. Sie drückte ihm die Hand.

Rémi wandte sich an Vanberten. Dieser signalisierte ihm mit einer Kopfbewegung, er solle zum Rettungswagen kommen.

Er blieb dennoch so lange bei Michèle, bis sie sich ein wenig entspannt hatte und eine Glukosetablette geschluckt hatte.

Dann ging er zu Vanberten.

»Ihr Bruder?«

Der Commandant hob die Braue.

»Kann es jemand anderes sein?«

»Was glauben Sie? Sie haben Michèle angerufen, sie fällt in Ohnmacht, wer kann es denn sonst sein? Jemand anderes? Wer denn?«

»Doch, es ist ihr Bruder. Es hat immer mehr Neugierige gegeben, die seit letzter Woche hierherkamen. Ein Pärchen hat heute früh seine Leiche gefunden, gegen acht Uhr.«

»Was ist passiert?«

»Wir wissen es noch nicht. Er hat mehrere Schläge auf den Kopf bekommen, das ist alles, was wir sagen können. Und er ist im Lauf der Nacht gestorben. Vor mindestens fünf oder sechs Stunden.«

Rémi wandte sich Michèle zu, die, umgeben von Sanitätern, immer noch im Gras saß.

Er hörte Vanberten nicht gleich.

»Was sagten Sie?«

»Dass wir Klarheit gewinnen müssen. Wo waren Sie heute Nacht?«

»Ich muss zu Michèle.«

»Nein, Monsieur Parrot, Sie werden mir jetzt sofort antworten, sonst nehme ich Sie in Gewahrsam.«

»Wie bitte?«

»Monsieur Parrot, ich tue Ihnen einen Gefallen. Ich rate Ihnen, jetzt keine Spielchen mit uns zu spielen.«

»Ich war zu Hause.«

»Das wird nicht genügen.«

Rémi drehte sich wieder zu Michèle um.

»Ich war mit ihr zusammen. Sie hat bei mir übernachtet.«

Vanberten folgte Parrots Blick und betrachtete die junge Frau.

»Gut, wir werden uns um Mademoiselle Messenet kümmern. Kommen Sie später bei uns vorbei, damit wir Ihre Aussage aufnehmen können. Wir werden auch die Aussage von Mademoiselle Messenet aufnehmen, sobald sie in der Lage ist zu sprechen. Von jetzt an ist es Ihnen untersagt, sie zu sehen. Ob Sie das schockiert oder nicht und ob mir das gefällt oder nicht, Sie sind in diesem Fall ein Tatverdächtiger. Ich tue

Ihnen einen Gefallen, aber glauben Sie nicht, dass das irgendetwas daran ändert. Sie halten sich zu unserer Verfügung – und bitte, zwingen Sie mich nicht dazu, Sie in Gewahrsam nehmen zu müssen.«

Der Commandant ging auf Michèle zu. Er sprach mit Marsault, der über die Schulter seines Vorgesetzten hinweg zu Rémi blickte.

Rémi blieb, wo er war, bis die Polizisten Michèle weggeführt hatten.

Es war 14 Uhr, als das Fahrzeug der Gendarmerie vor der Rue des Fusillés 17 hielt. Michèle stieg aus und ging zu ihrer Haustür, ohne sich von den Polizisten zu verabschieden.

Rémi wartete ein paar Minuten, überquerte dann die Straße und öffnete, ohne zu klopfen. Er ging die Treppe hoch und klingelte an der Tür im ersten Stock.

Michèle öffnete ihm, die Augen rot und geschwollen, ein Glas Whisky in der Hand. Sie nahm ihren Platz wieder ein, die Flasche stand vor ihr auf dem Wohnzimmertisch.

Eine Minute lang bewegten sie sich nicht, während sie einander unverwandt ansahen. Rémis Hände zitterten. Dann stand Michèle auf und kam um den Tisch herum auf ihn zu. Einige Zentimeter vor ihm blieb sie stehen und legte ihm die Hand auf die Brust, um seinen Atem zu beruhigen.

»Ich war heute Nacht bei dir. Wir haben miteinander geschlafen.«

Michèle zog ihr T-Shirt aus und ließ es auf den Boden fallen. Sie hakte ihren BH auf, öffnete die Knöpfe ihrer Jeans und den Gürtel, schob Hose und Slip hinunter und nahm die Füße zu Hilfe, um sich ihrer zu entledigen. Sie nahm Rémis Hand und legte sie zwischen ihre Beine. Ihre Lider schlossen sich halb. Sie nahm Rémis andere Hand, küsste die Handfläche und legte sie auf ihre Brüste. Rémi zog sie an sich, sodass sie auf die Zehenspitzen kam, während sie begann, durch den Hosenstoff hindurch sein Glied zu reiben. Stirn an Stirn verharrten sie, ohne sich zu bewegen, legten ihre ganze Energie in den Druck ihrer Hände und pressten die Finger in das Fleisch des anderen. Ihr Kuss war zuerst die Vermischung ihres Atems. Michèle kämpfte gegen die Umarmung und befreite sich aus Rémis Griff. Stück für Stück zog sie ihn aus, entblößte seinen großen Körper, der gezeichnet war von Anstrengung und Widerstand, beherrscht von dem durchdringenden Blick in einem entstellten Gesicht. Sie küsste seine Schulter, seine Brust, bewegte sich an seinem Arm entlang zu den Flanken, schob ihren Schenkel zwischen seine Beine und ließ sich, indem sie sich an seinen Muskeln rieb und mit den Händen seine Hinterbacken packte, langsam bis zu seinem Bauch hinab. In einer einzigen langen, intensiven Bewegung nahm sie sein Glied in den Mund. Das Blut pochte. Sie hob und senkte sich an seinem Bein entlang, zitternd, an ihn gedrückt. Sie zog die Lippen zusammen und schob ihn noch weiter in sich hinein. Eine erste lustvolle Entladung, tief innen. Er schob seine Hände in ihr Haar. Als sie seinen Orgasmus spürte, hörte sie auf, sich zu bewegen, befreite das Glied vom Druck ihres Mundes und hielt es mit beiden Händen. Sie presste, bis es wehtat, und stand auf. Ineinander verschlungen gingen sie zurück bis zum Tisch; sie legte sich mit gespreizten Beinen darauf und führte ihn, langsam und ebenso tief atmend wie er. Als Rémis Bauch gegen ihre erhobenen Beine drückte und seine Schenkel ihre Hinterbacken berührten, umschlang sie ihn mit dem ganzen Körper. Als er in sie eindrang, ihren verkrampften Leib zu öffnen versuchte, geschah es fast ohne Bewegung, nur durch die Kraft ihrer schweißnassen Muskeln, die einen gemeinsamen Rhythmus fanden. Sie presste ihre Wange an seinen Bauch. Er hielt sie fest. Er stieß mit aller Kraft. Michèle atmete nicht mehr.

Rémi spürte, wie die Lust entlang seiner Wirbelsäule nach oben stieg.

Mit geschlossenem Mund und geschlossenen Augen, den Schrei aus ihrem Bauch zurückhaltend, bohrte Michèle ihre Nägel in Rémis Rücken. Als sie endlich den Mund öffnete, um nicht zu ersticken, befreite sie ihre Stimme und stieß, auf dem Höhepunkt der Lust, einen einzigen Schrei aus, der die Zuckungen ihres Orgasmus begleitete.

Danach, als die Umarmung sich lockerte, das Begehren nachließ und sich eine gewisse Leere bemerkbar machte, streichelte Rémi Michèles Haar. Er suchte nach Zärtlichkeit, um sich diesen neuen Zustand erträglich zu machen. Sie atmete wieder gleichmäßig und schob seine Hand zurück.

»Jetzt können sie mir nichts mehr anhaben.«

Rémi begriff nicht gleich.

Sie stieg vom Tisch herunter, sammelte ihre verstreuten Kleidungsstücke ein und drückte sie an sich.

»Ich habe deinen Bruder nicht umgebracht.«

Sie wandte sich ihm halb zu, ohne ihn anzusehen.

»Aber jetzt können wir es beweisen. Ich habe dein Sperma in mir.«

Sie ging aus dem Zimmer. Rémi hörte das Gurgeln in den Rohren, als sie die Dusche aufdrehte. Mit wankenden Knien zog er sich wieder an und verließ die Wohnung, ohne länger auf sie zu warten.

*

Als Jean kam, war Rémi dabei, Holz zu spalten, mit nacktem Oberkörper und triefnass. Die Sonne über Terre Noire hatte begonnen, seine Schultern zu verbrennen, und sein Gesicht, das er nicht durch einen Strohhut geschützt hatte, war hochrot. Fenster und Türen des Blockhauses standen offen und bewegten sich knarrend im Luftzug, wodurch sie etliche

Kohlmeisen vertrieben, die gekommen waren, um auf dem Boden der Veranda Überreste vergangener Mahlzeiten aufzupicken. Es war Montagmorgen, 11 Uhr. Jean vertrug die Helligkeit nicht und betrachtete mit der Hand über den Augen prüfend das halb fertige Schuppendach.

»Du hast nicht zufällig ein Bier für mich?«

Rémi gab keine Antwort; er hob das Beil hoch über den Kopf, bevor er es fallen ließ.

»Okay, ich hol mir eins. Willst du irgendwas?«

Als er wieder keine Antwort erhielt, ging er ins Haus.

Mit einem Bier und einem Stück Brot in der Hand setzte er sich auf den Holzhaufen, der sich hinter Rémi angesammelt hatte.

»Dir geht's nicht gut?«

Jean hob ein Bein, um einem Splitter zu entgehen, der zu ihm geflogen kam.

»Donnerwetter, wie lustig es hier ist. Willst du nicht was auf den Kopf setzen, bevor wir dich ins Krankenhaus bringen?«

Rémi nahm ein Stück Holz und legte es vor sich auf den Hackklotz.

Jean redete weiter, ohne sich um das Schweigen seines Freundes zu kümmern.

»Ich hab keine Lust zu arbeiten. Die Woche sollte nicht vor Dienstag anfangen. Ich hab heute Morgen im Styx vorbeigeschaut. Alle Kneipen sind voll. Bei all dem, was im Moment passiert, will kein Mensch mehr zu Hause essen. Die Polizei hat alle freigelassen, die bei der Geschichte mit der Prügelei und dem Brand eine Rolle gespielt haben. Wenn du auf der einen Seite einen verschworenen Haufen wütender Typen hast und auf der anderen eine Zigeunerfamilie, da musst du erst mal einen finden, der kein Alibi hat ... Aber das interessiert eigentlich keinen. Alle reden nur von Messenet.

Ich bin nicht gern Spielverderber, aber niemand hatte Hemmungen, was zu sagen, nur ich als dein Kumpel, ich war da und hab ihnen ein paar diskrete Hinweise zu deiner Person gegeben. Im Hotel du Parc haben sich mindestens drei Journalistenteams eingemietet. Zwei Morde in zwei Wochen, das spricht sich rum in der Region. Klar, diese Geschichte, dass du mit Michèle zusammen warst und dass sie …«

»Hör auf mit dem Scheiß.«

»Aber mitten in dem ganzen Schlamassel ist das doch wenigstens eine gute Nachricht, wenn du mich fragst. Verstehst du, ich wollte eigentlich weg, aber jetzt kann ich genauso gut noch ein bisschen hierbleiben. Diese ganzen Sachen sind ja echt irre.«

Rémi legte das Beil aus der Hand und ging zu Jean.

»Bist du betrunken?«

Er beugte sich über den Zimmermann. Seine Pupillen waren bei hellstem Sonnenschein so groß, dass sie die Farbe seiner grauen Iris verdunkelten.

»Wir haben Philippe noch nicht mal beerdigt, und du besäufst dich. Du erzählst irgendwelchen Unsinn. Wenn ich verdächtigt werde, ein Mörder zu sein, glaubst du auch noch, das wäre eine gute Nachricht? Verdammt noch mal, Jean, du bist wirklich ein Vollidiot. Wir müssen ins Val Vert, weißt du das noch?«

»Lass mich los, du bist kein Psychologe und kein Arzt. Ich mache, was ich will, und wir gehen nicht vor heute Abend ins Val Vert, es ist immer noch jede Menge Polizei dort. Auch Kriminalpolizei. Und Courbier, Vater und Sohn, ebenfalls. Zwei Tote auf ihrem Land und die Fabrik in Flammen, das ist Krieg. Thierry hat einen Teil des Abends bei Vanberten verbracht, hat sich von der Polizeiküche verköstigen lassen. Und wenn es dich beruhigt – die Leute in den Kneipen reden viel mehr über ihn als über dich.«

»Ich habe Didier nicht umgebracht. Kapierst du das, oder bist du zu blöd dafür?«

Jean stand auf, um dem Blick seines Freundes zu entgehen.

»Ehrlich, ich weiß nicht mal mehr, wozu du vielleicht in der Lage bist. Diese Geschichte macht allmählich alle verrückt.«

Rémi ballte die Fäuste.

»Ich habe Didier nicht getötet.«

»Du warst mit Michèle zusammen.«

»Ich …«

»Lass es, ich glaub dir. Wie geht's ihr?«

»Keine Ahnung.«

Jean hatte sein Bier ausgetrunken.

»Ich glaub, ich klettere heute nicht auf die Leiter. Mache lieber ein kleines Nickerchen.«

Leicht schwankend ging er ins Haus.

Rémi ließ Wasser aus dem Gartenschlauch über seinen Kopf fließen und folgte Jean. Auf der Schwelle hielt er inne und nahm den Strohhut vom Haken an der Garderobe. Jean lag ausgestreckt auf dem Sofa, mit offenem Mund und geschlossenen Augen.

Rémi streifte ein T-Shirt über und ging zum Hackklotz zurück. Wenn er in diesem Tempo weitermachte, würde er bald so viel Holz haben, dass er zwei ganze Winter damit heizen konnte.

Am frühen Nachmittag klingelte das Telefon. Rémi war dabei, Brot und Käse zu schneiden, die Kaffeemaschine gurgelte. Entweder vom Kaffeeduft oder vom Läuten des Telefons geweckt, öffnete Jean ein Auge. Das andere blieb geschlossen.

Rémi nahm ab und legte nach einem kurzen Wortwechsel gleich wieder auf.

»Was ist los?«

»Roland beurlaubt mich für zwei oder drei Wochen. Wegen des Streits mit Messenet und den Ermittlungen.«

»Gut, dann können wir ja in aller Ruhe den Schuppen zu Ende bauen.«

»Roger Messenet ist im Krankenhaus gestorben. Er lag schon in den letzten Zügen, aber wahrscheinlich hat ihm Didiers Tod den Rest gegeben.«

Jean setzte sich auf und fuhr sich mit der Hand übers Gesicht. Es war die Hand, an der zwei Fingerglieder fehlten, am Zeigefinger und am Mittelfinger. Eine Holzmaschine in Mali. Die Geschichte, dass er in Afrika schöne Möbel für die Villen reicher Minister gebaut hatte, erzählte er oft, vorwiegend nachts und nachdem er den Damen seine Tätowierungen gezeigt hatte.

»Verflucht stark, dein Kaffee ...«

»Du magst ihn doch so. Ich werde gegen 17 Uhr gehen. Ich habe die Dunggabel des alten Traktors gefunden, damit sollten wir auskommen. Ich halte vor dem Val Vert, dort, wo die TechBois ihre Bäume fällt. Da findest du mich. Ich brauche eine Stunde. Wir werden sehen, ob wir es zu Fuß schaffen. Wir müssen vor Einbruch der Dunkelheit dort sein, der Traktor hat keine starken Scheinwerfer. Ich habe die Batterien der beiden großen Lampen aufgeladen, sie sind hinten im Toyota. Du nimmst deinen eigenen Wagen, der Dienstwagen ist zu auffällig, und die Leute interessieren sich im Moment zu sehr für mich.«

Jean nickte. Seine Kaffeetasse war leer.

»Und du willst Michèle nicht anrufen?«

»Kümmere dich um deine eigenen Angelegenheiten.«

Rémi nahm zwei Codeintabletten. Sein Kopf glühte von der Sonne. Er ging in den Schatten und wählte Michèles Nummer. Sofort ertönte die Mailbox.

»Ich bin's. Ich habe das mit deinem Vater erfahren. Es tut mir sehr leid.«

Er zögerte und legte nach einigen Sekunden Schweigen auf.

17 Zwanzig Jahre danach, Mine, Autopsie

Im Val Vert herrschte wieder Ruhe. Das Wasser des Sees spiegelte den Himmel, und die Äste bogen sich unter dem Gewicht des frischen Laubs. Sonnenstrahlen durchschossen die Blätter und luden sie mit Licht und Energie auf. Buchen, Espen, Eichen und Haselsträucher trugen Früchte, alle Bäume waren groß und prächtig wie auf alten Bildern. Zu ihren Füßen wuchs nichts nach, schlug nichts aus – man sah nur das gleichmäßige Grün einer gepflegten Wiese. Die künstliche Perfektion des Ortes korrespondierte wunderbar mit dem scheinbar schlafenden Leichnam von Rimbaud.

Rémi sprach davon, aber Jean sagte, er erinnerte sich nicht an die Gedichte, die er einmal in der Schule gelernt hatte.

»*Ein grüner Winkel den ein Bach befeuchtet ...*«

»Ist das die Geschichte von dem Soldaten, der tot am Bach liegt?«

»Genau.«

»Kommt mir irgendwie bekannt vor. Aber da gibt es keine Wildschweine, in dem Gedicht, oder?«

»Nein. Die Wildschweine stammen von hier.«

Das gelbe Absperrband wehte im Wind. Es war um ein kleines Stück steiniges Ufer gezogen worden.

»Am Anfang sind alle neugierig, aber wenn das so weitergeht, werden die Leute kaum noch hierherkommen.«

»Trotzdem sieht es nicht gefährlich aus.«

»Wenn man tot ist, nützt einem die schöne Aussicht auch nichts mehr.«

»Ich hole den Traktor, jetzt kommt niemand mehr.«

»Ich warte hier. Wegen der metaphysischen Ekstase.«

Rémi sah seinen Freund, der sich auf dem Gras ausgestreckt hatte, ein wenig benunruhigt an.

»Hast du wieder Heroin gekauft?«

»Ich habe mir so viel Subutex besorgt, wie ich nur finden konnte, sonst nichts.«

»Machst du jetzt mit, oder sollen wir an einem anderen Tag wiederkommen?«

»Entschuldige meinen lyrischen Anfall, aber ich ziehe es vor, nicht mit völlig klarem Kopf unter die Erde zu steigen. Wenn du verstehst, was ich meine.«

Jean stützte das Kinn auf die Hände und konzentrierte sich darauf, die Reflexe auf dem Wasser zu studieren. Auf seinen noch erweiterten Pupillen tanzte der See. Auf dem Weg zum Traktor überquerte Rémi eine große kahle Fläche, auf der Baumstümpfe und Äste von der Menge der gefällten Bäume sprachen. Einzelne Vögel begannen schon zu nisten. Da und dort waren die Eingänge von Fuchs- und Dachsbauten sichtbar. Auf den kleinen, von Bulldozern gebildeten Erdwällen ging das Leben weiter.

Jean lief dem Traktor voraus, und Rémi fuhr zwischen den Bäumen hindurch. Immer wieder musste er den Kopf senken, um Ästen und Zweigen auszuweichen. Sie begannen bei der ersten Lichtung, am westlichen Ufer. Die Dunggabel des Traktors war nicht sehr groß, aber groß genug, um die aufgehäuften Äste wegzuräumen. Rémi kannte diesen Traktor gut, er war das Einzige, was ihm vom Fuhrpark des Parrot-Hofs geblieben war. Er hatte daruntergelegen und gewartet, dass jemand kam, weil er wegen der zerschlagenen Knochen seines Kiefers und Gesichts unfähig gewesen war, selbst Hilfe zu holen. Als der Hof abgerissen worden war, hatte er den Traktor wieder in seinen Besitz gebracht. Sein Vater hatte ihn nach dem Unfall in der Scheune untergestellt und verrosten lassen. Rémi hatte ihn wieder hervorgeholt und repariert.

Er blockierte das Differentialgetriebe, erhöhte die Drehzahl und trieb die Gabel in die Äste der Eiche. Unter dem ersten Asthaufen – nichts. Sie versuchten es beim zweiten, dann beim dritten, immer flussaufwärts an der Maulde entlang. Der letzte Holzhaufen befand sich jenseits des Sees, am steilsten Berghang. Dreihundert Meter darüber befand sich der von den Wildschweinen grabene Zugang zu den unterirdischen Gängen. Sie machten sich an die Arbeit.

Die Äste lagen kreuz und quer auf etwas, was, wenn genug Zeit vergangen wäre, wie der Aushub eines Grabens hätte aussehen können. Der alte Vierzylinder des Traktors knurrte und grollte. Noch etwas höher und sie hätten ihr Vorhaben wegen des extremen Hanggefälles abbrechen müssen. Die Dämmerung ging in Dunkelheit über, die Scheinwerfer würden bald zu schwach sein, um genug zu sehen.

Jean war schweißgebadet. Mit ganzer Kraft räumte er Zweige und Äste weg und wurde umso eifriger, je dunkler es wurde und je mehr die Hoffnung schwand, dass sie noch etwas fanden.

Rémi wurde plötzlich nach vorn geschleudert. Das Lenkrad stieß ihm in den Bauch, und er fiel atemlos auf den alten Metallsitz zurück. Sein Fuß war vom Kupplungspedal abgeglitten, wodurch der Motor abgewürgt worden war. Ein unerwartetes Hindernis unter den Ästen. Nach dem Geräusch der Gabel zu urteilen war es nicht aus Stein; das hohle und dumpfe Geräusch hörte sich eher an wie eine Axt, die in Holz fährt.

Jean sah Rémi an. Dieser kletterte vom Traktor herunter, und zusammen räumten sie die aufgehäuften Äste weg. Jean schaltete die beiden starken Taschenlampen an und legte sie auf den Boden. Die Schatten ihrer Körper huschten über den Erdwall.

Zwei Zähne des Frontladers steckten in einem mit Teer bestrichenen Holzstück. Dahinter wurde der Eingang in die Höhle sichtbar, der durch dicke Eisenbahnschwellen abgestützt war. Die Behandlung mit Teer hatte verhindert, dass das Holz verrottet war. Die Bohlen waren durch das Gewicht der darauf lastenden Erde zwar schon etwas in den Boden eingesunken, hielten aber noch stand. Erst kürzlich war der Zugang offenbar mit Schaufel und Hacke geöffnet worden, danach hatte man das Loch wieder zugeschüttet und mit Astwerk bedeckt. Sie beschlossen, den Traktor stehen zu lassen, wo er war, da durch eine weitere starke Bewegung die ganze Konstruktion in sich zusammenfallen konnte. Solange die Gabel in dem obersten Pfosten steckte, war garantiert, dass er an Ort und Stelle blieb.

Jeder von ihnen nahm eine Lampe.

Jean räusperte sich.

»Glaubst du, es ist eine gute Idee, dass wir beide da reingehen?«

»Das musst du entscheiden. Ist es besser, du bist hier draußen, falls es ein Problem gibt, oder dass wir beide zusammen unten sind, wenn etwas passiert?«

»Tonio sagt immer: Wenn du zu deinen Vorfahren gehst, warten nur zwei Dinge auf dich: deine eigenen Kinder und die Freunde. Gut, er wohnt immer noch bei seiner Mutter, und ich habe keine Kinder. Ich folge dir.«

»Du hast kein Subutex mehr genommen?«

»Ich hatte keins mehr, da hab ich ein paar Tabletten von dir eingeworfen.«

Jean holte tief Luft, leuchtete mit der Lampe in die Höhle und ging hinein.

Der erste Gang sah ähnlich aus wie der, den sie vor einigen Tagen gesehen hatten. Die Erde am Boden war noch feucht und blieb an ihren Sohlen kleben, aber es floss kein Wasser von oben herein.

»Wir hätten deinen Hund mitnehmen sollen.«

»Niemals. Seit er letztens mit mir mitkam, nimmt er vor jedem Mauseloch Reißaus. Verdammt noch mal, ich verstehe ihn, ich hab auch eine Scheißangst. Sag mal, glaubst du, wir finden noch eine Leiche?«

Rémi richtete seine Lampe auf Jean.

»Hör auf zu spinnen.«

»Ich spinne nicht.«

Der Gang gabelte sich. Links war alles freigeräumt. Sie leuchteten den Boden ab. Trittspuren auf trockener Erde, ein paar Meter weit deutlich zu sehen. Zwei Größen und verschiedene Sohlenformen. Dazwischen weitere Spuren. Ein Geräusch ließ sie erstarren. Sie leuchteten den Gang entlang. Zwei Fledermäuse strichen im Zickzackflug über ihre Köpfe. Der rechte Gang war enger; dort war die Decke teilweise eingestürzt.

»Was machen wir?«

Rémi ging vor dem rechten Gang in die Hocke und versuchte, im Schein der Lampe etwas zu erkennen.

»Wir wissen, was am Ende dieser Spuren ist. Wir kommen zu dem Eingang, den die Wildschweine gegraben haben, und sind dann an der Stelle, wo wir Philippe gefunden haben. Aber hier ist noch etwas.«

Jean hockte sich neben ihn und richtete den Strahl seiner Lampe auf die halb verrotteten Deckenbalken.

»Dieser Geruch – das ist nicht normal.«

»Du kennst dich aus in alten Minen.«

»Es riecht nicht nach Erde. Es kann Stellen mit fauligem Wasser geben, oder es liegen Tierkadaver herum – aber das ist es nicht.«

»Wir müssen es uns anschauen.«

Auf allen vieren krochen sie den Gang entlang, der nach rechts führte, und schoben dabei die Lampen vor sich her. Sie mussten sich unter einem eingestürzten Balken hindurchwinden und dann mühsam noch weitere zehn Minuten kriechend zurücklegen, bevor die Decke wieder höher wurde. Sie zogen die Köpfe ein. Mit jedem Meter, den sie zurücklegten, wurde der Geruch stärker, und ständig machte ihnen Übelkeit zu schaffen.

»Es geht gleich nicht mehr. Wie lang sind wir jetzt schon hier drin? Ich kann kaum noch atmen.«

Rémi sah auf sein GPS-Gerät. Es empfing keine Satellitensignale mehr.

»Ich weiß nicht, wo wir sind, aber wir sind jetzt fünfundzwanzig Minuten hier unten.«

»Scheiße, es wird schlimmer.«

Der Gang verbreiterte sich unvermittelt. Auch die Decke wurde etwas höher. Der Raum vor ihnen war groß genug für Dutzende Zweihundertliterfässer, die in zwei Reihen übereinanderlagerten.

Rémi ging auf den Raum zu. Jean hielt ihn am Ärmel fest und leuchtete den Boden ab. Rötlicher Schlamm, durchsetzt mit gelblich glitzernden Pfützen, breitete sich vor ihnen aus. Die Fässer waren offenbar leck.

Auf einigen der oxydierten Metallfässer waren mit Schablonen gezeichnete Aufschriften entzifferbar: »Achtung! Umweltgefährliche Stoffe«. Auf anderen ein Gefahrensymbol: drei schwarze Kreise auf verblasstem gelbem Grund.

»Verdammt – weg von hier!«

»Warte! Leuchte noch mal!«

Jean richtete den Strahl der beiden Lampen auf die Fässer. Rémi holte sein Telefon heraus und fotografierte.

»Beeil dich! Bis das gefunden wird, sind wir vielleicht schon tot!«

So schnell es ging, krochen sie zurück. Sie gingen aufrecht, sobald es wieder möglich war, atmeten aber so wenig wie möglich. Für den Rückweg brauchten sie nur zehn Minuten. Als sie wieder an der frischen Luft waren, rannte Jean noch fünfzig Meter weiter, bevor er sich ins Gras fallen ließ. Er hustete, keuchte und fluchte.

Rémi kam ihm nach, beugte sich vornüber und stemmte die Hände auf die Knie.

»Wir müssen uns waschen.«

»Was?«

»Wenn es radioaktiv oder chemisch ist, müssen wir es abwaschen. Komm, beeil dich.«

Noch immer atemlos, rannten sie den Hang zum See hinunter und stürzten sich in allen Kleidern ins Wasser.

Jean rieb sich das Gesicht und gurgelte mit schlammigem Wasser. Der noch volle Mond beleuchtete das Tal, spiegelte sich im See und in den Wellen, die um die beiden Männer herum entstanden. Immer wieder tauchten sie unter und gossen sich Wasser über den Kopf, zogen ihre Kleider aus, rieben sich die Haut.

»Was ist los? Was ist mit dir?«

Rémi war reglos stehen geblieben. Das Wasser ging ihm bis zur Taille, und er sah auf das Wasser in seinen Händen, das weiß war wie der Mond.

»Rémi?«

Er ließ das Wasser wieder in den See laufen und wandte sich der Minenöffnung oberhalb des Seeufers zu.

Jean folgte seinem Blick, und langsam öffnete sich sein Mund.

»Verdammte Scheiße.«

Sie liefen so schnell aus dem Wasser, wie sie hineingesprungen waren.

»Ich hab noch Klamotten im Auto. Die alten können wir nicht mehr anziehen.«

»Aber wir können nicht einfach weg.«

»Wie?«

»Wir können die Mine doch nicht offen lassen.«

»Scheiße. Scheiße. Scheiße.«

Sie arbeiteten splitternackt, und es dauerte nicht lange: Rémi stieß den Traktor zurück, und die noch immer im Holz steckende Gabel riss die Eisenbahnschwelle halb aus dem Boden, wodurch die ersten Meter des unterirdischen Ganges einstürzten. So schnell es ging, häuften sie Äste über die Stelle, bis sie sicher sein konnten, dass der Zugang versperrt war. Dann drehten sie um. Jean rannte im Scheinwerferlicht des Traktors den Weg entlang, während Rémi auf dem Sitz ohne Stoßdämpfer bei jedem kleinen Buckel hochgeschleudert wurde. Sobald Jeans Auto in Sicht kam, zog er den Zündschlüssel ab und überließ die alte Kiste ihrem Schicksal. Am Auto warf Jean ihm ein durchlöchertes T-Shirt und schenkelhohe Anglerstiefel mit Hosenträgern zu; dann setzte er sich in einer Zimmermannshose ans Steuer und fuhr los.

»Wir fahren in die Ambulanz.«

»Nein, direkt zu Doktor Tixier. Er wird uns in die Klinik schicken, aber zuerst müssen wir ihn ins Bild setzen. Die Sache darf nicht bekannt werden.«

»Mir ist alles egal, ich will einen Arzt sehen.«

Jean drückte aufs Gas und hoffte darauf, dass sein alter Lada nicht gerade heute den Geist aufgab.

Dr. Tixiers Haus war das größte im Viertel La Lune. Es stand auf einem künstlichen Hügel oberhalb der Stadt und war von einem Garten umgeben, der im Lauf der Zeit zum Park geworden war. Vom Eingangsportal aus sah man nur Baumwipfel und ein paar Dächer der umliegenden Häuser. Ein Pariser Architekt hatte diese kühl-moderne Villa entworfen. Man fragte sich in R., wie Tixier es geschafft hatte, hier eine Baugenehmigung zu erhalten, im historischen Gerberviertel, in dem sich auch viele denkmalgeschützte Villen aus dem 19. Jahrhundert befanden. Aus Gründen der Diskretion hatte Tixier eine Mauer hochgezogen und viele Bäume gepflanzt. Rémi legte seinen Finger auf die Klingel der Gegensprechanlage und ließ so lange nicht los, bis er die Stimme des Arztes hörte.

»Wer ist da?«

»Doktor Tixier? Rémi Parrot. Ich habe ein Problem, es ist dringend. Bitte machen Sie auf.«

Man hörte ein Summen, und die Tür öffnete sich. Jean und Rémi rannten eine lange Allee entlang. Dr. Tixier stand im Bademantel auf der Terrasse über der Eingangstür und starrte sie an.

»Was ist los?«

»Ich glaube, wir sind verstrahlt.«

»Wie bitte?«

»Irgendwelche chemischen oder radioaktiven Substanzen.«

Dr. Tixier stellte keine weiteren Fragen und ließ sie ein.

Sie zogen sich aus, während der Arzt wegging und dann mit einer schwarzen Umhängetasche zurückkam. Im Wohnzimmer tauchte seine Frau auf, die sie offenbar auch aus dem Schlaf gerissen hatten. Sie zog sich zurück, als sie sah, dass ihr Mann im Sturmschritt hin und her lief. Er öffnete die Tasche und holte zunächst eine Brille heraus.

»Ist einer von Ihnen diesen Substanzen längere Zeit ausgesetzt gewesen?«

Sie schüttelten den Kopf.

»Okay. Rémi, leg dich aufs Sofa.«

Dr. Tixier begann ihn zu untersuchen.

»Erzählt mir, was passiert ist.«

»Wir haben eine alte Mine gefunden und darin Fässer mit dem Hinweis auf Radioaktivität. Die Fässer waren leck, es trat Flüssigkeit aus.«

»Wie lang wart ihr dort?«

»Zwei Minuten ungefähr, genau an dieser Stelle. Dann sind wir weggerannt.«

»Wie groß war die Entfernung?«

»Ich weiß nicht.«

Jean hatte die Hände vor seinen Geschlechtsteilen gekreuzt. Er stand mitten im Wohnzimmer, das angefüllt war mit Kunstwerken und Büchern.

»Zehn Meter, nicht viel weniger, aber auch nicht mehr.«

»Wie lange ist das her?«

»So lange, wie wir bis hierher gebraucht haben, anderthalb Stunden, vielleicht zwei. Wir sind gleich danach in den See gesprungen, um uns abzuwaschen.«

»Gut. Ist euch übel? Habt ihr Schmerzen in der Bauchgegend?«

Sie schüttelten den Kopf.

»Es sind keine Verbrennungen zu sehen. Das heißt im Moment nur, dass die Strahlung nicht stark war. Aber sie kann trotzdem Schäden verursachen. Schmerzen oder Hitzegefühl in den Hoden?«

Jean starrte auf seine gekreuzten Hände.

»Nein.«

»Rémi?«

»Auch nicht.«

»Im Gesicht? Hast du ein brennendes Gefühl in den Narben?«

»Nein.«

Der Arzt hörte nun auch Jean ab und schloss:

»Keine unmittelbare Gefahr. Aber ihr müsst ins Krankenhaus, euch Blut abnehmen lassen, um die Zahl der weißen Blutkörperchen zu bestimmen. Erst wenn wir das wissen, können wir sagen, wie stark die Strahlung war. Seid ihr sicher, dass ihr diese Fässer gesehen habt?«

»Ganz sicher.«

»Ist das die Mine, in der auch die Leiche dieses Försters gefunden wurde?«

Rémi nickte.

»Was habt ihr dort unten gewollt? Ich muss die Behörden einschalten. Falls es dort wirklich radioaktive Abfälle gibt, ist das eine sehr ernste Sache. Man muss herausbekommen, was es genau ist. Ihr wisst wirklich gar nichts darüber?«

In der Klinik schickte Dr. Tixier die Nachtschwester weg und nahm ihnen selbst Blut ab.

»Ihr wartet hier. Ich brauche nicht lang. Wenn ihr anfangt zu erbrechen oder euch übel wird, schreit ihr, bis jemand kommt.«

Er gab jedem von ihnen noch eine Jodtablette.

»Niemand weiß, ob das etwas nützt, aber es schadet jedenfalls nicht. Kaliumiodid kann verhindern, dass sich radioaktives Jod in der Schilddrüse anreichert. Gegen die Leukämie – tut mir leid, da kann ich nichts für euch tun. Saubande!«

»Doktor, ich habe mein Codein verloren, als ich meine Kleider wegwarf.«

»Ich bringe dir welches. Bleib hier.«

Der alte Chirurg hatte einen weißen Kittel über seinen Bademantel geworfen und lief in Hausschuhen die Klinikflure entlang.

Jean und Rémi warteten eine Viertelstunde lang schweigend.

Dr. Tixier kam zurück. Er wirkte etwas ruhiger.

»Gut. Ihr seid radioaktiver Strahlung ausgesetzt gewesen. Bei euch beiden ist die Zahl der weißen Blutkörperchen drastisch gesunken, aber nicht übermäßig. Es ist noch nicht irreversibel.«

»Was heißt das?«

»Dass ihr bestimmt müde werdet und in den nächsten Tagen auch Probleme mit der Verdauung haben werdet – und dass wir euch ständig untersuchen müssen. Ihr habt nicht die leiseste Ahnung, was in den Fässern war?«

Jean war bleich, aber nun ruhiger als zuvor. Er brauchte sichtlich etwas zu trinken. Die Ernüchterung war allzu unvermittelt vor sich gegangen.

»Es stank, und auf dem Boden war eine orangerote Flüssigkeit, das ist alles, was wir wissen.«

Dr. Tixier sah ihn mit hochgezogener Braue an.

»Sagen Sie mal, junger Mann, ich habe Ihre Probe nicht weiter analysiert, aber es scheint, in Ihrem Blut schwimmt ein ganzer Haufen anderer Sachen herum, anstelle der fehlenden Stoffe. Möchten Sie darüber sprechen?«

»Eigentlich nicht.«

»Klar. Bei Ihrem allgemeinen gesundheitlichen Zustand werden Sie die Wirkung der Strahlen eventuell stärker zu spüren bekommen als Rémi. Den Rest der Nacht bleibt ihr beide hier, und es kann keine Rede davon sein, dass ihr etwas trinkt, um besser zu schlafen, verstanden? Ich werde die Schwester rufen und euch in ein Zimmer legen.«

»Doktor?«

»Ja?«

»Können Sie bis morgen warten, bevor Sie jemanden informieren?«

Dr. Tixier sah Rémi direkt an.

»Ist das so wichtig?«

»Ich weiß es noch nicht.«

»Monsieur Carnet, könnten Sie bitte einen Moment draußen warten? Ich muss kurz mit Rémi allein sprechen.«

Jean gehorchte und warf Rémi einen zweifelnden Blick zu, bevor er die Tür hinter sich schloss.

Dr. Tixier wandte sich an seinen Patienten.

»Ich muss mit dir über etwas reden. Es betrifft Michèle Messenet.«

»Michèle?«

»Sie ist heute Nachmittag in die Klinik gekommen.«

»Wegen ihrem Vater, ja.«

»Nicht nur. Commandant Vanberten hat sie zur Untersuchung hergeschickt, im Rahmen der Ermittlungen im Fall des Mordes an ihrem Bruder.«

»Was für eine Untersuchung?«

»Spermaspuren.«

Rémi spürte, dass ihm das Blut ins Gesicht schoss. Es sammelte sich in den Narben, es tat weh.

»Vanberten wollte auch eine Blutprobe von dir, wegen der genetischen Abgleichung.«

»Ich verstehe.«

»Ich auch. Das bedeutet, dass er dich verdächtigt und dass Michèle dein Alibi ist.«

»Und?«

»Nichts und. Ich behalte deine Blutprobe für Vanbertens Untersuchung. Und Michèles Untersuchung war positiv. Und jetzt will ich, dass du es mir sagst. Bist du das gewesen?«

»Was?«

»Nicht, ob du Didier getötet hast. Ob du es warst, der mit Michèle geschlafen hat.«

»Klar, das war ich. Es ist ja dieselbe Frage, nicht?«

»Nein. Ich frage dich nicht, ob du jemanden getötet hast, ich frage dich, ob du mit jemandem geschlafen hast. Ich habe deine Blutprobe, die genetische Analyse wird nicht hier gemacht. Du hast noch vierundzwanzig Stunden vor dir, bis die Resultate da sind.«

»Warum sagen Sie mir das?«

»Weil ich dir, selbst wenn du jemanden getötet hast, vierundzwanzig Stunden einräumen würde, damit du dir darüber klar wirst, was du machen willst.«

»Im Augenblick brauche ich nur ein bisschen Zeit vor morgen früh.«

»Gut. Ich sage bis morgen früh niemandem etwas. Es ist übrigens auch ein Telefon in eurem Zimmer.«

Der Arzt hatte die Hand schon auf dem Türgriff.

»Tu, was du tun musst, Rémi. Ich vertraue darauf, dass du die richtige Entscheidung triffst.«

Eine Schwester zeigte ihnen ihr Zimmer im zweiten Stock. Zwei Betten, ein Fernseher an der Wand, ein Bad. Der Linoleumboden roch frisch geputzt. Das große Fenster ging auf die Stadt. Es war verriegelt. Die beiden Männer in ihren pastellfarbenen Nachthemden setzten sich davor und starrten in die Nacht. Es war nach Mitternacht, und nur wenige Fenster waren erleuchtet. Im Krankenhaus herrschte Ruhe. Eine Neonröhre brummte an der Decke. Hinter dem Fenster schien die Stadt zu schlafen wie ein krankes Tier, schicksalsergeben, mit halb geschlossenen Augen.

Rémi sprach mit leiser Stimme.

»Diesmal wird alles zusammenbrechen. Es wird nichts mehr übrig sein von dieser Stadt. Die Courbiers sind am Ende. Von den Messenets ist nur noch Michèle übrig. Wenn sie morgen aufwachen, sie alle dort unten, steht kein Stein mehr auf dem anderen.«

»Das hättest du gern.«

»Vielleicht. Der alte Messenet ist hier unten, im Leichenkeller. Uns hätte es auch um ein Haar erwischt.«

Jean legte die Stirn an das Fensterglas.

»Was bedeuten die Fässer in der Mine?«

»Dass das Geld der Courbiers und Messenets von dort kommt. Marquais hat das Tal an die Courbiers verkauft, einen Teil davon. Die anderen Grundstücke in diesem Sektor gehören den Messenets. Sie haben sich zusammengeschlossen. Dreiundachtzig. UraFrance muss ihnen ein Vermögen dafür bezahlt haben, dass sie diese Scheiße vergraben haben. Sie haben die Gänge wieder zugeschüttet und das Geld eingesteckt. So hat der Aufstieg der beiden Familien und der von Marquais angefangen. Und auf dieselbe Art haben sie weitergemacht. Und jetzt wollen sie auf diesem Gebiet bauen, auf diesem schmutzigen Müll, den sie vor dreißig Jahren hier versenkt haben.«

Jean stand auf.

»Ich bedaure nichts. Wir haben das in erster Linie für Philippe gemacht. Und jetzt, wo wir dieses Zeug gefunden haben, haben wir umso mehr recht. Jetzt dürfen wir uns nur nicht in die Enge treiben lassen. Es muss zwischen uns alles klar sein, weil ab morgen die Polizei im Spiel ist. Sie werden uns nicht mehr aus den Augen lassen.«

»Ich will nicht, dass du wegen mir irgendwelche Nachteile hast. Wenn das Ganze aus dem Ruder läuft, nehme ich alles auf meine Kappe.«

»Red keinen Blödsinn. Du hast mich zu nichts gezwungen.«

»Es gibt noch etwas, was du machen kannst, so schnell es geht, das heißt, wenn wir morgen einigermaßen gesund sind. Wie fühlst du dich?«

»Ich brauche eine Kippe, ein Bier und eine Flasche Wodka. Abgesehen davon, geht es. Was soll ich machen?«

»Wir müssen ihre Verbindungen kappen. Und wir müssen Philippes Freundin finden.«

»Aurélie?«

»Vanberten darf nicht erfahren, dass ich die Dokumente hatte, und auch nicht, dass ich sie dir gezeigt habe. Ich habe eine Abmachung mit Monneix, aber er wird erklären müssen, wie er an die Dokumente kam. Aurélie muss der Polizei eine andere Geschichte erzählen. Sie kommt aus den Puys-Bergen, könntest du versuchen, sie dort aufzutreiben?«

»Es muss jemanden beim Schutzbund geben, der weiß, wo sie ist.«

»Kannst du sie fragen?«

»Ein alter Freund von mir, Fred, ist bei ihnen. Wir haben damals beide Heroin gespritzt. Er wird es mir sagen.«

»Ich muss Michèle anrufen. Besser, sie weiß Bescheid, damit man ihr das nicht in die Schuhe schieben kann.«

Jean sah Rémi an.

»Glaubst du, dass sie das wollte? Dass die ganze Stadt den Bach runtergeht?«

»Ihr Problem ist, dass damit auch ihr eigenes Leben kaputtgeht.«

»Deins nicht?«

»Das ist jetzt weniger wichtig.«

Michèle kam um 2 Uhr nachts in die Klinik.

Jean verließ das Zimmer unter dem Vorwand, er werde im Schwesternzimmer einen Happen essen und versuchen, eine Zigarette und einen unverriegelten Arzneischrank aufzutreiben.

Rémi saß auf dem Rand seines Bettes, und es gelang ihm nicht zu lächeln, als sie eintrat.

»Was ist passiert? Was macht ihr hier?«

»Setz dich.«

»Ich habe keine Lust hierzubleiben, ich habe schon den halben Tag hier verbracht.«

»Ich weiß. Hast du meine Nachricht bekommen?«

»Mein Vater geht dich nichts an. Ich kann auch nicht behaupten, dass es mir viel ausmacht. Wie sagt man – wenigstens muss er nicht mehr leiden.«

»Ich dachte vor allem an deinen Bruder.«

Michèle ging ins Bad, ließ Wasser in ein Zahnputzglas laufen und zündete sich eine Zigarette an. Rémi sah sie an, ohne zu viel Gefühl in seinen Blick zu legen. Er wusste, dass sie das nicht ertragen würde. Sie sah schlecht aus. Ihre Aussprache und ihr Atem zeigten, dass sie die Whiskyflasche nicht zurückgestellt hatte in den Schrank. Der Gedanke beunruhigte ihn, dass sie womöglich noch etwas anderes genommen hatte.

»Doktor Tixier hat mir von der Untersuchung erzählt und von Vanberten.«

»Du wirst mir später mal dafür danken.«

Sie saß vor dem Fenster, die Zigarette im Mund und das Glas in der Hand.

»Danke jedenfalls, dass du gekommen bist.«

»Ach, lass das. Was ist los? Ich bin müde.«

Rémi berichtete ihr, was sie entdeckt hatten. Zum Zuhören setzte sie sich auf das andere Bett. Als er geendet hatte, sagte sie nicht gleich etwas. Eine Schwester klopfte und trat ein. Sie maß Rémis Blutdruck, fragte, wie er sich fühle, und suchte seinen Körper nach Spuren von Verbrennungen ab. Bevor sie ihn mit Michèle wieder allein ließ, sagte sie noch, dass es Jean gut gehe und er der Nachtschicht seine Tattoos gezeigt habe. Freundlich wies sie noch darauf hin, dass das Rauchen im Krankenhaus verboten sei.

Kurz nachdem sie den Raum verlassen hatte, zündete Michèle sich die nächste Zigarette an.

»Ihr hättet in dieser Mine krepieren können.«

»Wenn wir es gewusst hätten, hätten wir keinen Fuß dort reingesetzt.«

»Wonach genau habt ihr gesucht?«

»Das weißt du. Hinweise, Spuren, irgendwas, was dabei helfen könnte ...«

»Hör auf mit diesem Quatsch. Du hast nach etwas gesucht, um meine Familie und die Courbiers zu Fall zu bringen.«

»Wenn du das glauben willst. Aber es macht dir nichts aus, dass dein Vater und dein Bruder so etwas gemacht haben?«

»Es gibt nur noch eine Sache, die mich mit ihnen verbindet: das Erbe dieser beschissenen Familie. Wenn ich es ausschlage, werde ich mir vielleicht die Zeit zum Weinen nehmen. Wenn ich weiß, dass ich wirklich nichts mehr mit ihnen gemein habe. Du weißt, mit wem ich zusammen war, an diesem Abend?«

Rémi machte sich nicht die Mühe zu antworten.

»Mit Thierry.«

»Was wollte er?«

»Du glaubst, dass er einfach so zu mir gekommen ist? Dass ich ihn nicht gerufen habe?«

»Vielleicht hat er auch ein Alibi gebraucht.«

Michèle begann zu lachen.

»Er wird sich ein anderes suchen müssen. Selbst wenn es ihm nicht an Lust fehlte.«

»Er ist immer schon in dich verliebt gewesen, das ist nichts Neues. Was wollte er?«

»Dasselbe wie damals im Styx, an dem Abend, als du aufgekreuzt bist. Mich heiraten.«

»Was?«

»Er träumt von einer königlichen Heirat. Die beiden großen Familien endlich vereint.«

Rémi nahm das Röhrchen Codeintabletten vom Nachttisch, stand auf, ließ im Bad Wasser laufen, nahm eine Tablette und spritzte sich Wasser ins Gesicht. Es war ihm übel, aber er wusste nicht, ob es die Strahlen waren oder der Hass, der in ihm gärte.

»Was hast du ihm geantwortet?«

Er stand noch im Bad, als er die Frage stellte, und hoffte, dass seine Stimme in der Entfernung an Schärfe verlor. Als Michèle sprach, klang es leicht belustigt.

»Mach dir keine Sorgen, ich hab ihm gesagt, er soll wieder nach Hause gehen. Dieser kleine Idiot weiß nicht mal, dass ich die Papiere gesehen habe und dass sein großes Immobiliengeschäft ins Wasser fallen wird. Er kam, um mich zu retten, stell dir das vor.«

Rémi trat aus dem Bad und versteckte sein feuchtes Gesicht hinter einem Handtuch.

»Dich retten?«

»Allen anderslautenden Gerüchten zum Trotz besteht das Erbe meiner Familie aus einem Berg Schulden. Mein Bruder war in Gelddingen völlig unfähig. Er war ein Arbeitstier, aber er konnte nicht zwei und zwei zusammenzählen. Die Tiere, die Investitionen, die Angestellten – er hat das Ganze praktisch in den Ruin getrieben. Er lebte von Darlehen und Subventionen. Als Courbier mir das sagte, habe ich begriffen, warum Didier das Projekt im Val Vert unbedingt machen wollte. Er wollte sich damit am eigenen Schopf aus dem Sumpf ziehen.«

Rémi setzte sich auf das Bett neben sie. Er nahm eine Zigarette aus ihrer Packung, zündete sie an und sog den Rauch ein.

»Das letzte Mal, als ich dich rauchen sah, das war im Wald von La Lune. Da waren wir fünfzehn.«

»Ich rauche jetzt nur noch ab und zu.«

»Bei besonderen Gelegenheiten?«
»Wenn ich an dich denke.«
Michèle ließ ein kleines Stück ihres Panzers fallen – ein kleiner Moment, in dem sie Rémi zulächelte. Dann senkte sie den Kopf, betrachtete ihre abgenagten Fingernägel und begann, an ihrem Daumennagel zu knabbern. Im Licht der Neonröhre, in Trauerkleidung, mit erstarrtem Gesicht, erschöpft und bedrückt, war sie doch noch immer schön. Sie ließ es zu, dass er sie betrachtete. Rémi war sich sicher, dass sie in diesem Moment dasselbe dachten. Er schob die Erinnerung an ihre Umarmung beiseite und warf den Rest seiner Zigarette in das Zahnputzglas.

»1983 haben sie im Val Vert ihren ersten Coup gelandet. Dreißig Jahre später wollten sie wieder damit anfangen. Wie hat er auf deine Absage reagiert?«

»Thierry hört es nicht mal, wenn jemand Nein zu ihm sagt. Was wirst du morgen machen?«

»Nicht morgen, jetzt. Ich werde Monneix anrufen. Es ist besser für alle, wenn er sich darum kümmert.«

»Wie schützt du dich?«

»Mich schützen?«

»Wegen Philippes Papieren.«

»Ich lass mir was einfallen. Aber ich wollte dich vorher verständigen. Vanberten wird nicht so einfach lockerlassen.«

»Ich habe nichts zu verbergen.«

»Ich auch nicht.«

Sie lächelte noch einmal, stand auf, steckte Zigarettenschachtel und Feuerzeug in ihre Handtasche und ging.

18 Vanberten, Rémi Parrot, letzte Befragung

»Die Untersuchung von Mademoiselle Messenet und die genetische Prüfung haben bewiesen, dass Sie Verkehr hatten. Doch die Fehlergrenze ist relativ hoch, Zweifel sind erlaubt. Es ist nicht möglich, den Zeitpunkt des Verkehrs genau zu bestimmen. Er kann kurz nach Didier Messenets Tod stattgefunden haben, den wir mit größerer Sicherheit zeitlich bestimmen können. Michèles Bruder ist zwischen Mitternacht und ein Uhr nachts gestorben, in der Nacht von Samstag auf Sonntag. Die Fehlergrenze liegt bei fünf bis sechs Stunden.«

»Wir haben die Nacht zusammen verbracht.«

»Das versteht sich. Ihre Aussagen decken sich. Fahren wir fort.«

»Sie sehen müde aus.«

»Ich bin oft müde. Es sollte Sie nicht stören. Was ist vierundzwanzig Stunden nach der Entdeckung der Leiche von Didier Messenet passiert?«

»Am Montag? An dem Tag, an dem wir die Fässer gefunden haben?«

»Ja.«

»Darüber haben wir bereits gesprochen, Commandant, als ich mit Jean aus dem Krankenhaus kam.«

»Ja, Sie sind auf die Gendarmerie gekommen, um uns all das zu erzählen. Doktor Tixier hat mir bestätigt, dass Sie der

Strahlung nicht stark ausgesetzt waren. Sie hatten Glück. Die Überreste von Monsieur Mazenas, der der Strahlung viel länger ausgesetzt war, wenn auch auf viel größere Entfernung, weisen einen sehr hohen Verstrahlungsgrad auf. Und auch die Höhlenforscher, die an der Suche teilnahmen, sind in höherem Maß verstrahlt als Sie und Monsieur Carnet.«

»Es war dumm von uns, aber wir wussten nicht, was wir finden würden.«

»Sie haben skandalöse Vorgänge ans Licht gebracht, die weit über das hinausgehen, was in dieser Region je an Skandalösem geschehen ist. Wir müssen in immer mehr Richtungen ermitteln. Der Brand der TechBois interessiert eigentlich kaum noch jemanden, außer Sie und mich.«

»Sie glauben, dass mich das interessiert?«

»Vielleicht nicht so sehr wie mich, das gebe ich zu. Also, als Sie mir von Ihrer Entdeckung berichteten, hatten Sie zum Thema Val Vert nichts Neues erfahren?«

»Nein.«

»Der Lokalreporter Christophe Monneix hat nach Ihrer nächtlichen Expedition mit Monsieur Carnet die ganze Angelegenheit öffentlich gemacht. Gibt es gar keine Verbindung zwischen diesen beiden Ereignissen? Die mit erstaunlichem Tempo aufeinander folgten ...«

»Monneix hat erklärt, dass er seit einiger Zeit im Besitz von gewissen Dokumenten sei, dass er persönlich recherchiert habe und dass die Nachricht der Entdeckung der Fässer von UraFrance ihn dazu gezwungen habe, mit seinen Kenntnissen an die Öffentlichkeit zu gehen. Er hat das alles gesagt, das muss ich Ihnen doch nicht erklären.«

»Ja, ich kenne die Geschichte. Mazenas' Freundin Aurélie Brisson hat Monneix die Dokumente geschickt, als ihr Freund verschwand. Eine Vorsichtsmaßnahme. Sie ist hiergekommen, um ihre Aussage zu machen, und hat alles bestätigt, was Monsieur Monneix sagte. Es bleibt die Frage, wie Monsieur Mazenas an diese Dokumente kam. Haben Sie eine Idee?«

»Leider nein. Aber wenn man die Verbindung zwischen den Courbiers und den Messenets zugrunde legt, sollte man auf alles gefasst sein. Vielleicht wollte eine dieser beiden Parteien die andere zu Fall bringen?«

»Obwohl sie miteinander verbündet waren?«

»Man darf diese Leute nicht unterschätzen.«

»Philippe Mazenas ist tot – und Didier Messenet auch. Courbier junior ist flüchtig, und sein Vater weigert sich hartnäckig, den Mund aufzumachen.«

»Er wird bis zu seinem Tod nichts sagen, dessen können Sie sicher sein. Sie sollten sich Marquais vorknöpfen. Wenn Sie ihm die Chance geben, zu niedrigstmöglichen Kosten den eigenen Kopf aus der Schlinge zu ziehen, wird er Ihnen alle anderen ausliefern.«

»Es bleiben nicht mehr viele.«

»Es gibt Tote, die verdienen, verurteilt zu werden. Und ich weine ihnen keine Träne nach.«

»Genauso wenig wie Mademoiselle Messenet. Haben Sie irgendeine Idee, wo Thierry Courbier sich versteckt halten könnte?«

»Nicht die geringste.«

»Gestern Abend sind Sie allein von der Beerdigung zurückgekommen, nicht?«

»Ja.«

»Und Mademoiselle Messenet ist dann zu Ihnen gestoßen. Ihr zufolge fiel der erste Schuss gegen 23 Uhr. Wann haben Sie zurückgeschossen?«

»Nach drei oder vier Schüssen, glaube ich.«

»Mit Ihrer Smith and Wesson, Kaliber 38, Ihrer Dienstwaffe?«

»Ja.«

»Können Sie mir sagen, was genau passiert ist?«

»Michèle war gerade gekommen, ich habe ihr die Tür aufgemacht, und beim ersten Schuss ist das Türglas zerbrochen. Ich habe sie ins Haus gezogen, die Lampen ausgemacht und zurückgeschossen. Der Mond schien, aber ich habe draußen niemanden gesehen, da habe ich gerufen.«

»Wen haben Sie gerufen?«

»Thierry.«

»Sie waren sicher, dass er es war?«

»Nachdem die Zeitungen alles hinausposaunt hatten, ja. Ich wusste wie jedermann, dass er auf der Flucht war. Also ja, das habe ich gedacht, und ich war mir sicher.«

»Aber Sie haben ihn nicht gesehen?«

»Nein, ich habe ein Auto anfahren hören, sonst nichts.«

»Wir haben verschiedene Kugeltypen in den Mauern Ihres Hauses gefunden, bei insgesamt neun abgeschossenen Kugeln. Glauben Sie, dass es sich um zwei Schützen und zwei verschiedene Waffen handelte oder um einen einzigen Schützen mit zwei Waffen?«

»Bei der Geschwindigkeit der Schüsse, die nicht aus nächster Nähe kamen, ist beides denkbar. Zwei Schützen, die nicht wollten, dass wir wissen, dass es zwei sind, oder ein einziger. Ich habe nicht auf die Detonationen geachtet, ob sie verschieden waren, ob sie gleichzeitig kamen oder nacheinander.«

»Mademoiselle Messenet glaubt, es waren zwei Schützen.«

»Ich bin mir nicht sicher.«

»Wenn es zwei waren und wenn einer von ihnen Thierry Courbier war, wer könnte dann der andere sein, Ihrer Meinung nach?«

»Keine Ahnung.«

»Monsieur Parrot, ich glaube, ich habe keine Fragen mehr an Sie. Jedenfalls im Moment. Aber ich würde gern noch etwas dazu bemerken, wenn es Ihnen nichts ausmacht. Ich werde das Aufnahmegerät ausschalten. Es betrifft nur uns beide.«

»Schießen Sie los.«

»Sie und Mademoiselle Messenet haben mich zwar belogen, mir aber auch die Augen darüber geöffnet, was hier geschehen ist. Wie für fast alle, die ich befragt habe, gilt auch für Sie, dass Ihre Antworten die Situation ebenso sehr erhellten wie in einen Nebel hüllten, in dem die Wahrheit nicht mehr auffindbar ist. Ich habe Leute befragt, die verdächtigt wurden, Verbrechen begangen zu haben, die sie nicht begingen, wie die Mitglieder der Familie Valentine und die Aktivisten des Schutzbunds Nature et Forêts – obwohl sie zweifellos für andere Dinge verantwortlich sind, von denen wir nie mehr etwas hören werden. Ich habe noch nie so viele Lügen gehört, so viele Feinde vernommen, die sich gegenseitig decken. Bis zu dem Punkt, an dem es unmöglich und absurd wird, zwischen guten und bösen Absichten zu unterscheiden. Aurélie Brisson hat gelogen. Christophe Monneix ebenfalls. Ihr Freund Jean, Édouard Rhomier. Von meinen Männern auch etliche. Philippe Mazenas, Ihr Freund, für den Sie Partei ergriffen haben, ist zweifellos gestorben, weil er seinen Kampf bewusst oder unbewusst in den Dienst persönlicher Ressentiments stellte. Ich verdächtige auch Doktor Tixier, der seine Zuneigung zu Ihnen nicht verhehlt, dass er mir nicht alles sagt. In dieser Gegend hat sich die Bevölkerung, die unter der Fuchtel zweier korrupter Familien stand, die Methoden dieser Familien zu eigen gemacht, statt sich ihrem Spiel zu verweigern. Mich widert das an. Und bevor Sie diesen Raum verlassen, Monsieur Parrot, möchte ich noch von Mademoiselle Messenet sprechen und von Ihnen selbst.

Auch wenn ich noch nicht genügend Abstand zu der ganzen Sache habe, glaube ich doch erkennen zu können, dass sie diejenige ist, der all diese Ereignisse am meisten zugutekommen. Ich spreche nicht von Geld – die Interessen hier gehen oft über Geld hinaus, und ich weiß, dass sie die Absicht hat, ihr Erbe auszuschlagen. Aber ihre friedliche Rückkehr ist Betrug. Ich weiß, dass auch Sie nicht daran glauben. Und was Ihre Person betrifft: Ihre Neutralität ist ebenfalls nur Fassade. Der Unfall, dem Sie zum Opfer fielen, hätte trotz allem eine Chance sein können. Statt auf dem elterlichen Hof zu arbeiten, hat er Ihnen erlaubt, Ihrem Leben eine neue Wendung zu geben und wie Ihre Freundin dem zu entfliehen, was vorher unausweichlich schien. Sie hätten lernen können, was es kostet, dasselbe Spiel zu spielen wie Ihre Feinde: Lug und Betrug ziehen Isolation und Misstrauen gegen die ganze Welt nach sich. Freunde sind oft nicht mehr als Komplizen, Gefühle von Zweifeln durchsetzt. Ach ja, Gefühle. Sie und Michèle haben mir ja diese schöne Geschichte erzählt, die mich nur noch mehr enttäuscht hat. Zwischen Ihnen ist Liebe, das stimmt, aber können Sie einschätzen, wie sehr sie zerfressen ist von Ihren Interessen, wie sehr Sie einander auch nützen? Nein, ich glaube, das sehen Sie nicht. Und es ist gewiss diese Naivität, die Sie rettet. Sie sind vielleicht nicht völlig verloren. Doch wenn Sie die Wahrheit erfahren wollen, denken Sie daran: Mehr als andere verdienen Sie das Alibi, das Michèle Messenet Ihnen anbot. Selbst wenn ich Sie ohnehin am Tod von Didier Messenet nicht für schuldig halte, sollten Sie sich diese Frage stellen: Hat Michèle durch ihr großzügiges Angebot an Sie sich nicht vielmehr selbst ein Alibi verschafft? Sie haben gesagt, Rémi: Man darf diese Leute nicht unterschätzen.«

Rémi stand auf.

»Sie machen den Fehler, nicht an die Liebe zu glauben,

Commandant. Sie könnten diese Dinge auch ganz anders betrachten.«

»Welche Dinge?«

»Michèle ist weggegangen in der Hoffnung, dass ich ihr folge, selbst wenn sie das nicht zugibt. Aber wenn sie zurückgekehrt ist, um mich zu retten – glauben Sie, ich sollte sie daran hindern?«

Vanberten senkte den Kopf und starrte auf seine Papiere.

»Auf Wiedersehen, Monsieur Parrot.«

19

Zwanzig Jahre danach,
Doppelbestattung,
Schießerei auf Terre Noire

Der Friedhof war zweigeteilt vom Schatten der Colline de l'Horloge; eine diagonale Linie verlief vom Hang herunter bis zum Tal der Maulde und der einstigen Eisenbahnstrecke. Der Trauerzug hatte sich vom Messenet-Hof aus in Bewegung gesetzt, war beim Eintritt in die Stadt langsamer geworden, hatte den Pont Neuf passiert und war im Schritttempo den Quai des Îles entlanggezogen, bis das letzte Bistro und die Feuerwehrkaserne hinter ihm lag und er vor dem Eisenzaun zum Stehen kam.

Zwei Leichenwagen, drei Limousinen für die Angehörigen. Vor dem Friedhof warteten weitere Autos und eine kleine Schar von Leuten aus R., viele Ältere und ein paar Journalisten. Christophe Monneix hielt sich abseits, auf der anderen Straßenseite; mit seinem Notizbuch auf den Knien saß er auf einer Bank. Noch weiter entfernt hatte Rémi Parrot seinen Wagen geparkt und beobachtete von dort das Eintreffen des schweigenden Zuges.

Angestellte der Landwirtschaftlichen Genossenschaft trugen die Särge ihrer verstorbenen Gebieter auf den Schultern. Der Pfarrer führte den Zug an, ihm folgten auf dem Fuß der Bürgermeister und etliche Mitglieder des Stadtrats. Michèle am Arm eines alten Onkels. Durch die Steigung auf dem Friedhof verlangsamte sich das allgemeine Tempo in dem Maß, wie die Sonne über den Gräbern an Boden gewann.

Rémi stieg aus dem Auto und ging zum Zaun.

Monneix war sitzen geblieben, er ging an ihm vorbei, ohne ihn zu grüßen. Der Journalist rauchte, über seine Notizen gebeugt, ein Lächeln lag auf seinen Lippen.

Seit diesem Morgen war die Affäre Val Vert in den Schlagzeilen. Der Abgeordnete Marquais war nicht angereist zum Begräbnis der beiden größten Viehzüchter der Region, einflussreichen Mitgliedern des Landwirtschaftsverbandes, als dessen überregionaler Vertreter er selbst fungierte, sondern war lieber in seinem Haus in Sicherheit geblieben, ebenso wie Paul Courbier. Thierry Courbier war unauffindbar; die Polizei hatte ihn zur Fahndung ausgeschrieben. Sein alter Herr hatte bis jetzt kein Wort geäußert.

Unter normalen Umständen hätte ein solches Begräbnis die Hälfte der Stadt und des umgebenden Landes auf die Beine gebracht, doch nun hatten sich nur einige Dutzend Leute versammelt, die Treuesten, die Neugierigsten und diejenigen, die sich nichts vorzuwerfen hatten. Rémi war überrascht, dass überhaupt noch acht Angestellte der Messenets übrig waren, um die Särge zu tragen. Niemand wusste, was die neue Herrin, Michèle Messenet, besser bekannt für ihre Jugendsünden in Bars und Kneipen als für ihre Begeisterung für Kühe, aus dem Zuchtbetrieb machen würde.

Viehhändler und andere Großbauern schielten schon nach den Tieren und den Hunderten von Hektar Grund. Die Übernahmeverhandlungen würden kriegerische Ausmaße annehmen.

Rémi betrat den Friedhof und folgte einer Allee bis zu einem etwas vernachlässigten Grab. Seine Schwester besuchte es manchmal, er fast nie. »Familie Parrot« stand in gravierten

Lettern auf dem Stein. Beide Großeltern und die Eltern lagen hier, und es gab noch Platz für zwei weitere Gräber. Die Granitplatte verlor allmählich ihren Glanz; drei Blumentöpfe waren in der Sonne verdorrt.

In seiner Tasche vibrierte das Telefon. Er zog es heraus und las Jeans Nachricht: »Alles o. k. Beileid an Michèle. Heute Abend zurück.«

Er hatte das Mädchen gefunden.

Rémi schaltete das Telefon aus und lehnte sich an den Gedenkstein für seine Familie, während er die Zeremonie am anderen Ende des Friedhofs beobachtete. Der Pfarrer las vor den mit gesenkten Köpfen und gefalteten Händen dastehenden Zuhörern einen Abschnitt aus der Bibel. Der Bürgermeister, eine sehr würdige Figur, sah in den Himmel, während er den Text seiner Rede rekapitulierte. Als Unterstützer der Messenets und politischer Opponent von Marquais zog er womöglich auch die Bilanz seiner Freundschaften, Hilfsmaßnahmen und Zugeständnisse, in der Hoffnung, dass nicht alles in der Schlammlawine unterging, die die Stadt zu überrollen drohte.

Es war Rémi fast peinlich, zu sehen, dass Didier Messenet tatsächlich keine Freunde hatte; außer ein paar Angestellten, seiner Schwester und ihm selbst war niemand aus seiner Generation zugegen. Und seine Schwester weinte nicht.

Als die Gräber zugeschaufelt wurden, verließ Rémi den Friedhof. Monneix war verschwunden.

Die Courbiers besaßen ein Haus in der Stadt. Die Mutter hatte das so gewollt. Paul Courbiers Frau hatte Geld gehabt, und sie hatte etwas anderes sein wollen als eine Bäuerin; von ihrem Mann hatte sie verlangt, dass er ihr ein richtiges Haus baute. Dort lebte Thierry, der wie seine Mutter lieber in der Stadt war als draußen auf dem Hof. Der alte Paul hatte diesen Bau nie gemocht, ein prätentiöses überdimensioniertes und spießiges Machwerk, lachsfarben gestrichen. Rémi fuhr vorbei, aber es war ihm klar, dass der Alte nur auf seinem Hof sein konnte. Vor der Villa mit den Rokokoverzierungen, dem Rasen mit Blumen und kleinen Windmühlen trat er auf die Bremse. Alle Fensterläden waren geschlossen. In seiner Jugend waren die Partys bei Thierry die begehrtesten und lautesten gewesen, und die wenigsten hatten Zutritt gehabt. Jede Menge Gymnasiastinnen waren am Ende nackt in den Pool geworfen worden oder hatten Thierry und seinen Freunden inmitten von Gartenzwergen Joints gedreht. Rémi hatte das Grundstück selbstverständlich nie betreten.

Als er den Wagen mit den beiden Zivilpolizisten vor dem Haus bemerkte, drückte er aufs Gas und fuhr weiter.

Der Hof der Courbiers befand sich am Ausgang des Dorfes Sainte-Feyre, auf einem kleinen Felsvorsprung oberhalb der anderen Häuser. Die älteren Gebäudeteile waren renoviert worden, das ganze Anwesen sah gepflegt aus. In einem offenen Schuppen eine Sammlung von alten, frisch lackierten Traktoren, der gesamte Maschinenpark der Familie seit den Fünfzigerjahren. Bei näherem Hinsehen ähnelte der Hof eher einem Museum als einem Ort, an dem gearbeitet und produziert wurde. Die Umstellung auf Holzwirtschaft in den Achtzigerjahren hatte ihn in einen Ort verwandelt, an dem nur noch gewohnt wurde. Das zeigten die roten Ziegeldächer und die dazugehörigen Fassaden und der geschmacklich recht fragwürdige Blumenschmuck überall. Aus Traktorrädern wuchsen Geranien, Stiefmütterchen und Lilien.

Zwei Gendarmen aus Gentioux' Brigade langweilten sich in einem Lieferwagen vor dem Hofportal.

Rémi hielt mit seinem Dienstwagen neben ihnen und ließ das Fenster herunter. Er erkannte den Brigadier aus dem Val

Vert, der auch am Tag der Beschädigung der Harvester an Ort und Stelle gewesen war. Sein braun gebranntes Gesicht beschwor einen vergessenen Strand herauf, wo glückliche Menschen unter Palmen dösten.

»Ist der Alte zu Hause?«

»Was wollen Sie?«

»Ihn sehen.«

»Weshalb?«

»Ich glaube nicht, dass Sie das etwas angeht.«

»Er steht unter Hausarrest. Sie brauchen eine Erlaubnis, um ihn zu sehen. Außer, Sie sind sein Anwalt.«

»Auch die Forstbehörde hat Fragen an ihn. Rufen Sie Vanberten an, er weiß Bescheid.«

Der Polizist zögerte, warf seinem Kollegen einen fragenden Blick zu und ließ Parrot schließlich passieren.

Rémi fuhr in den Hof und parkte den Toyota vor der Haustür.

Er klopfte und wartete. Niemand öffnete.

Er überquerte den Hof und umrundete das Haus, das Panorama des Dorfes Sainte-Feyre immer im Blick. Wenn man hier aufwuchs, musste einem in Fleisch und Blut übergehen, dass man etwas Besseres war als alle anderen Bewohner dieses Kaffs. Als Kind war er oft mit seinem Vater an diesem Haus vorbeigekommen. Er hatte damals immer den Eindruck gehabt, still sein zu müssen und seinen Blick nicht zu sehr herumwandern lassen zu dürfen. Mit einer gewissen Scheu betrat er den mit Kies bestreuten Weg in der Mitte des Anwesens. Paul Courbier war dabei, seinen Gemüsegarten umzugraben, er stand zwischen säuberlichen Reihen von Stangen, an denen sich junge Erbsenpflanzen emporrankten. Zweifellos aß der alte Millionär auch heute nur Gemüse aus seinem eigenen Garten und Äpfel aus seinem eigenen Hain. Er war und blieb Bauer.

Seine Fabrik war abgebrannt, sein Sohn und Erbe war auf der Flucht, seine Lügen und Betrügereien würden ihn ins Gefängnis bringen, und dort würde ihm das Gemüse aus dem eigenen Garten nichts mehr nützen.

Als er Rémi kommen sah, stützte sich der Alte auf seinen Spaten.

»Was willst du, Parrot?«

Rémi ließ die Augen nicht von dem Spaten.

»Ihnen kurz etwas sagen.«

»Hau ab, verlasse mein Grundstück.«

Rémi lächelte und sah sich um.

»Bald wird es Ihnen nicht mehr gehören. All das wird beschlagnahmt und versteigert.«

Die alten Hände krampften sich um den Spatenstiel.

»Ich bin kein kleiner Bauer, den man von seinem Land vertreibt, wie dein nichtsnutziger Vater.«

»Das stimmt, Sie sind der unnachgiebigste alte Sack, den ich kenne.«

»Wenn mein Sohn da wäre, würde er dich rausschmeißen, dich und alle, die zu deiner verrückten Familie gehören!«

»Wenn Ihr Sohn da wäre, würde ich ihm eine Kugel in den Kopf jagen. Und da Sie schon von ihm reden – ich habe Ihnen Folgendes zu sagen: Da Ihr Sohn nie auch nur aufs Klo gegangen ist, ohne dass Sie es ihm erlaubt haben, weiß ich, dass Sie mit ihm in Verbindung stehen. Da er von Ihnen abstammt, weiß er nicht mal, welche Sprache man unter gesitteten Menschen spricht. Sie werden ihm also sagen, dass ich ihn erwarte, heute Abend, morgen oder wann er will. Dass ich auf Terre Noire sein werde und ihn dort erwarte. Wenn er Schiss haben sollte, rechne ich auf Sie, Monsieur Courbier, dass Sie ihm ins Gewissen reden, weil Sie noch Ehre im Leib haben, selbst wenn Sie es nicht geschafft haben, ihm beizubringen, was das ist.«

Paul Courbier war bleich und schwach. Er hob den Spaten und warf sich auf sein Gegenüber. Rémi wehrte mit einer Armbewegung den Schlag ab und schleuderte den Alten in seine Erbsen, wo er auf den Boden fiel und mithilfe der Hände mühsam auf die Knie kam. Er versuchte, sich auf die Stangen zu stützen, doch diese brachen unter seinem Gewicht. Rémi stellte sich vor ihm auf.

»Bleiben Sie, wo Sie sind. Bei der Gelegenheit können Sie mal probieren, wie Erde schmeckt. Sagen Sie Thierry, ich warte auf ihn, und ich verspreche Ihnen, wenn Sie ihn wiedersehen, werden Sie ihn nicht mehr erkennen. Vielleicht verwechseln Sie ihn sogar mit mir.«

»Du bist ein Ungeheuer, Parrot! Wir hätten dich mit deinem Vater und deiner Mutter zusammen beerdigen sollen!«

»Sie werden vor mir gehen, Courbier, und mit ein wenig Glück werden Sie Ihren Sohn noch sterben sehen. Auf Terre Noire, dort, wo Sie meinen Vater haben verrecken lassen und versucht haben, mich zu beseitigen. Ja, Sie haben recht, Courbier. Es wäre besser für Sie gewesen, wenn ich vor zwanzig Jahren ins Gras gebissen hätte.«

Rémi ließ den Alten in seinem Garten stehen und ging zu seinem Auto zurück. Er fuhr los, bevor die Polizisten Vanberten anrufen und ihn von diesem Grundstück vertreiben konnten.

Als er auf Terre Noire ankam, nahm er eine kalte Dusche. Vierundzwanzig Stunden nach seinem Eindringen in die Mine war er immer noch erschöpft. Sein Magen arbeitete schlecht, und seine Kopfschmerzen hatten sich verschlimmert. Dr. Tixier hatte ihm Prontalgin verschrieben, aber da er noch Paracetamol und reichlich Coffein zu sich genommen hatte, reichte das Codein kaum noch, um die Schmerzen unter Kontrolle zu halten. Das kalte Wasser tat ihm gut. Er betrachtete sein Gesicht im Spiegel und dachte über den Vorschlag des Chirurgen nach, sich noch einmal unters Messer zu legen.

Weniger Schmerzen. Das Codein loswerden.

Sich verändern.

Er zog sich seine Arbeitshose über, dazu einen kakifarbenen Pullover der Forstbehörde, seine Wanderstiefel.

Es wurde dunkel, und der glutrote Himmel bezog sich. Das Barometer fiel, es wurde kühl. Er legte seine Jagdjacke, die mit Blättern in bunten Herbstfarben bedruckt war, auf den Tisch, dazu einen kleinen Rucksack, in dem er eine Wasserflasche, eine Schachtel mit Tabletten und sein Fernglas verstaute. Er stellte sicher, dass sein Revolver geladen war, zog die alte Winchester 9422 seines Vaters unter dem Bett hervor und lud sie mit sechs Kugeln des Kalibers 30–06.

Er zog die Jacke an, setzte eine Wollmütze auf, nahm den Rucksack und verließ mit dem Karabiner in der Hand das Haus. Im Wald folgte er einem alten Ziegenpfad, der zu einem kleinen Bach unterhalb von Terre Noire führte, folgte dem Wasserlauf zweihundert Meter lang, überquerte ihn und begann zu laufen, zunächst ein paar Minuten lang geradeaus, dann in die entgegengesetzte Richtung. Nach zweimaligen weiteren Richtungswechseln verlangsamte er seinen Schritt, ging in die Hocke und lauschte. Als er sicher war, allein zu sein, stieg er den Hang hoch in Richtung seines Hauses, das er zunächst in großem Abstand umkreiste, bevor er wieder dort eintraf, von wo er aufgebrochen war.

Als er zwischen den Baumstämmen die Lichter sah, die er in seinen Räumen hatte brennen lassen, näherte er sich gebückt dem Rand des Waldes. Er achtete darauf, dass kein toter Zweig unter seinen Füßen knackte. Sechzig Meter vom Haus entfernt ließ er sich bäuchlings auf dem Gras nieder, legte das Gewehr neben sich, den Rucksack unter seine Brust und zog den Revolver heraus. Aus dem Rucksack holte er sein Infrarot-Fernglas, setzte es an die Augen und wartete, bis sein Herz wieder ruhig schlug.

Keine Sterne. Die Wolken verdeckten den Mond. Die einzigen Lichter kamen vom Haus, auf das sich Rémis Fernglas richtete. Er überlegte kurz, ob es sinnvoll wäre, seine Fenster mit Pappe zu schützen. Dann dachte er nicht mehr daran und beobachtete das Blockhaus vom Wald aus wie ein Indianer ein Fort der US-Armee.

Einen Brandsatz werfen und es brennen sehen wie die Zellstofffabrik.

Dann legte sich seine Wut.

Es war nicht mehr als ein Basislager, eine Zuflucht, falls er weggehen musste und die Welt nicht auf der Höhe dessen war, was er sich in seinem Krankenhausbett vorgestellt hatte. Es war nicht das Haus, das ihm Lust machte, etwas zu zerstören. Es war seine Angst vor dem Weggehen.

Die Scheinwerfer des Autos waren wie leuchtende Tunnel zwischen den Baumstämmen. Sie huschten über das Unterholz. In einem Fluchtreflex zog er sich weiter in den Wald zurück, wie um der Falle zu entkommen, die er anderen gestellt hatte. Er nahm das Gewehr und zielte auf einen Punkt direkt oberhalb des rechten Scheinwerfers. Die Fahrertür öffnete sich, und der Lauf der Winchester folgte der dunklen Silhouette bis zur Veranda. Dann ließ er die Waffe plötzlich fallen, als hätte ihn eine Schlange gebissen. Michèles Nase klebte am Glas seiner Tür; sie versuchte, ins Innere zu blicken. Er stand auf, um ihr etwas zuzurufen, aber seine Stimme wurde von einem Schuss übertönt. Die Glastür splitterte, und er sah, dass Michèle zu Boden ging und sich in den tiefen Schatten des Verandadachs rettete. Er rannte zum Schuppen und schlich an den neu errichteten Pfosten entlang, als eine weitere Kugel den Stamm der großen Douglasie traf. Es war nicht derselbe Schütze, der Schuss war von der anderen

Seite des Hauses abgefeuert worden. Courbier war nicht allein gekommen.

Er überwand die zwanzig Meter, die ihn noch vom Haus trennten, im Laufschritt und warf sich auf die Veranda. Michèle lag zusammengerollt an der Hausmauer, die Hände auf den Ohren. Rémi packte sie am Arm und zog sie über die Glassplitter ins Innere. Zwei weitere Schüsse fielen und trafen die Wandverkleidung über ihnen. Michèle schrie, er zog sie ins angrenzende Zimmer und schob sie unters Bett. Er schrie lauter als sie:

»Bist du verletzt?«

Michèle hatte Blut im Gesicht. Schnitte von Glasscherben. Sie schüttelte den Kopf und hörte auf zu schreien. Rémi nahm ihre Hände in die seinen, um sie zu beruhigen.

»Ruf die Polizei!«

Die Winchester war draußen geblieben. Er zog den Revolver, näherte sich auf allen vieren dem Schalter im Wohnzimmer und löschte die Lampen, bevor er dreimal aufs Geratewohl durch die Tür schoss, um die Schützen zu warnen, die zweifellos dabei waren, sich dem Haus zu nähern. Jetzt explodierte das Küchenfenster. Er drückte sich gegen den Spülstein, gab zwei weitere Schüsse ab und lud neu. Der Blitz der Detonation hatte ihm die Augen verbrannt, und die Kugeln rutschten ihm aus den Händen. Endlich gelang es ihm, drei Kugeln in die Trommel zu stecken, er schoss erneut aufs Geratewohl und mit geschlossenen Augen in die Dunkelheit. Er setzte sich auf, nahm eine Handvoll Kugeln aus seiner Tasche und lud den Revolver. Draußen ertönte ein Pfiff – er signalisierte, dass die Angreifer etwas vorhatten.

Er kroch zur Eingangstür, robbte auf den Ellbogen bis zur Schwelle und nahm sich diesmal zwei Sekunden Zeit, um sich zu orientieren. Er feuerte zweimal, als er einen Schatten zwischen den Pfosten des Schuppens entlanggleiten sah.

Der Schatten fiel zu Boden, er hörte einen Schrei. Der zweite Mann rannte durch den Garten; Rémi zielte und verfehlte ihn. Er folgte den beiden miteinander verschmolzenen Silhouetten mit den Augen, als sie in Richtung Wald flohen, ohne den Revolver sinken zu lassen. Er hatte jetzt nur noch eine Kugel.

Michèle rief ihn aus dem Schlafzimmer:

»Was ist los? Rémi!«

Er gab keine Antwort. Unverwandt starrte er in die Dunkelheit.

»Rémi!«

»Ich glaube, sie sind weg. Bleib, wo du bist.«

»Wer war das?«

»Hast du die Polizei gerufen?«

»Sie kommen. Wer war das, verdammt noch mal?«

»Rühr dich nicht von der Stelle.«

Rémi robbte zurück, schloss die Schlafzimmertür hinter sich und schmiegte sich in der Zimmerecke an Michèle.

»Courbier. Es kann nur er gewesen sein. Und ein anderer Typ, ich weiß nicht, wer.«

»Warum Thierry?«

»Weil er glauben muss, dass ich sein Leben zerstört habe, ist doch klar. Warum bist du hierhergekommen, um Gottes willen!«

»Ich wollte dich sehen, nach der Beerdigung, ich wollte ...«

»Jetzt nicht. Hör zu: Heute Nachmittag bin ich beim alten Courbier gewesen.«

Er unterbrach sich, lauschte und hob den Revolver.

»Ich bin zu ihm gegangen und habe ihn provoziert. Ich sagte ihm, Thierry könnte die Sache mit mir regeln, wann immer er wolle. Ich wollte ihm eine Falle stellen. Da bist du gekommen, und wir sind in die Falle gegangen. Sag der Polizei nichts davon. Das bleibt unter uns. Verstehst du?«

»Warum bist du ...«
»Du sagst der Polizei nichts?«
»Mach Licht, ich bin ganz blutig.«
»Es ist nur dein Gesicht, von den Scherben der Tür. Wir können jetzt nicht gleich Licht machen, ich weiß nicht, wohin sie gegangen sind.«
»Aber warum haben sie auf mich geschossen?«
Rémi wandte sich zur Tür. Sie hielt ihn am Ärmel fest.
»Wohin willst du?«
»Ich habe ein Gewehr draußen gelassen, das muss ich holen, bevor Vanbertens Leute kommen.«
»Lass mich nicht allein.«
»Ich komme gleich zurück.«
Er öffnete die Schlafzimmertür, ging langsam und gebückt zur Eingangstür, stand unvermittelt auf und stürzte nach draußen. Unter einem Strauch kauernd, wartete er einen Moment, erhob sich wieder und rannte weiter bis zu seinem Rucksack und seinem Karabiner. Mit dem Finger am Abzug richtete er die Waffe auf die Bäume ringsum. Kein Geräusch.
In geduckter Haltung im Zickzack laufend, kehrte er zum Haus zurück.
Michèle hatte sich nicht vom Fleck gerührt. Schweigend aneinandergedrückt, warteten sie auf die Ankunft der Polizisten.
Als sie Motorengeräusche hörten, ging Rémi ins Wohnzimmer und schaltete das Licht wieder ein. Er erinnerte sich nicht daran, den Tisch und die Stühle umgeworfen zu haben. Es roch im ganzen Raum nach Pulver, Kugeln hatten die Wände durchschlagen, Fotos abgerissen, das Sofa durchlöchert. Großes Kaliber.
Die Polizisten kamen mit den Waffen im Anschlag, sie trauten ihren Augen nicht.

*

Als er am nächsten Tag in die Gendarmerie kam, hatte Michèle schon ihre Aussage gemacht und war nach Hause gegangen. Der einzige Mensch, der ihm auf dem Parkplatz der Kaserne begegnete, war Philippes Freundin. Aurélie Brisson kam gerade aus Vanbertens Büro, blass, angespannt und erschrocken. Sie wechselten einen Blick, und Rémi senkte den Kopf.

Marsault saß am Empfang. Rémi ging ohne ein Wort an ihm vorbei.

Er klopfte an Vanbertens Tür und trat ein.

»Wie geht es Ihnen, Monsieur Parrot?«

»Wie geht es Michèle?«

20

Zwanzig Stunden nach der Schießerei,
zwanzig Jahre nach dem Unfall,
drei Tote, Menschenjagd

Jean war schon bei der Arbeit, als Rémi zurückkam. Er sägte die Sperrholzplatten zurecht, die auf zwei Böcken vor der Veranda lagen. Das Küchenfenster war bereits vernagelt, ebenso ein Flügel der Eingangstür. Die Möbel standen wieder an ihren Plätzen, der Boden war geputzt, die Spuren der Schießerei sahen weniger beeindruckend aus als am frühen Morgen.

Jean legte die letzte Sperrholzplatte zurecht und nagelte sie am Türrahmen fest.

»Es wird etwas dunkel sein, aber wenigstens hast du es trocken, und es macht keinen Lärm, wie Plastikplanen. Es sah vorher schon wie ein Fort aus, aber jetzt bleibt der Name wahrscheinlich haften.«

Rémi setzte sich in den Schatten unter das Vordach, nahm eine Prontalgin und schloss die Augen. Jean trat ein paar Schritte zurück und begutachtete sein behelfsmäßiges Werk.

»Ja, das genügt. Wie war's bei Vanberten?«

»Er hat mich zwei Stunden lang gegrillt. Ich glaube, Michèle war den ganzen Vormittag dort. Vanberten ist zurückgegangen bis ganz zum Anfang. Er ist nicht blöd. Er weiß, dass wir versucht haben, ihm Dinge zu verschweigen. Er hat sogar gesagt, dass die kleine Brisson gelogen hat, auch du und andere, dass wir ihm alle was vorgemacht haben.«

»Was denkt er sich? Die Leute von hier sind nicht so, das ist ja paranoid.«

Jeans Lächeln war an niemanden Bestimmtes gerichtet.

»Was hast du ihm gesagt, als es um Courbier ging?«

»Dass ich nur einen Schützen gesehen und ihn nicht erkannt hätte.«

»Aber du weißt, wer es war.«

»Courbier, das steht fest, und Marsault war mit ihm zusammen. Ich habe ihn vorhin in der Kaserne gesehen. Er ist nicht verletzt, sah aber schlecht aus. Er muss die Nacht damit verbracht haben, seinen Freund zu versorgen und zu verstecken.«

Der Schreiner setzte sich neben Rémi und streckte die Hand nach einem Sixpack neben dem Werkzeugkasten aus.

»Die Gefahr war riesengroß. Das war wirklich idiotisch.«

»Weiß ich. Was ich nicht wusste, war, dass Michèle kommen würde und dass diese beiden Scheißkerle auf sie schießen.«

»Beide, glaubst du?«

»Wenn man diese Frau nicht kriegen kann, gibt es Wahnsinnige in dieser Stadt, die ihr dafür eine Kugel in den Rücken jagen. Marsault war immer in sie verknallt. Courbier hat ihr einen Heiratsantrag gemacht, vor nicht mal drei Tagen.«

»Und sie treibt es mit einem Typen wie dir. Das muss sie auf die Palme gebracht haben.«

»Danke.«

»Gern geschehen.«

Jean fuhr sich mit seiner schwieligen Hand über den rasierten Schädel.

»Du willst es zu Ende bringen?«

Rémi stand auf. Er breitete die Arme aus, um seine schmerzenden Schultern zu entspannen.

»Wir leben in einem Land von Jägern. Ist doch normal, dass es so endet.«

»Die Polizei wird ihn irgendwann kriegen.«

»Ich werde nicht einfach abwarten, bis er zurückkommt.«

»Wir sind schon einmal fast abgekratzt, als wir unten in der Mine waren. Wär's nicht besser, du würdest es dabei bewenden lassen?«

Rémi sah Jean direkt an. Zum ersten Mal seit langer Zeit sah der Zimmermann nur die Narben, die unregelmäßigen Wunden um die Augen, die Hässlichkeit. Der intakte Teil des Gesichts war ganz von diesen Entstellungen überlagert. Er hatte schon früher bemerkt, dass Rémi es durch einen bestimmten Blick fertigbrachte, dass das Gegenüber nur einen Teil seines Gesichts wahrnahm. Jean sah die Verletzungen nicht mehr, weil er ständig mit Rémi umging. Wenn er sie nicht mehr bemerkte – so hatte er vielleicht geglaubt –, würde auch Rémi selbst sie vergessen.

»Du wolltest sie von Anfang an erledigen.«

»Von welchem Anfang sprichst du?«

»Keine Ahnung. Sag du's mir.«

Rémi wandte sich ab und schob die Hände in die Jackentaschen.

»Vielleicht sollte ich weggehen. Vielleicht hätte ich schon lange weggehen sollen. Aber fliehen werde ich nicht.«

»Was ich wissen will, ist, ob du seit zwanzig Jahren auf eine Gelegenheit wartest, dich zu rächen?«

»Was würde das ändern?«

»Alles. Weil das heißen würde, dass du in dieser ganzen Zeit alles nur aus Berechnung getan hast. Dass ich Teil eines Plans bin. Und noch etwas. Philippe. Du kanntest ihn, aber er war eigentlich nicht dein Freund. Ich bin mir sogar sicher, dass ihr euch nie verstanden habt. Dieser ganze Feldzug, das ist doch Quatsch. Da steckt etwas anderes dahinter.«

Rémi machte ein paar Schritte, das Kinn auf die Brust gesenkt, die Hände in den Taschen vergraben.

»Die Courbiers, die Messenets und ich, in einer Sache sind wir uns schließlich immer einig gewesen. Darin, welche Rolle ich spielte. Der Einsiedler, der gebrochene Mann, der keinen Wirbel macht und sich zu sehr schämt, als dass er sich noch irgendwo zeigen könnte. Das kam mir zupass, und im Grunde ist es mir auch sympathisch. Indem ich mir diese Haltung zur Gewohnheit machte, habe ich fast schon selber geglaubt, dass ich nicht mehr wert bin als das. Aber Michèle ist auch noch da. Wenn sie mich ansieht, schäme ich mich meiner Scham. Ich wollte mich nicht rächen, aber seit sie zurückgekommen ist, kann ich nichts anderes mehr tun. Und wir brauchen einander, um es zu schaffen, um uns von dem zu befreien, was diese Leute aus uns gemacht haben.«

Jean öffnete eine Bierdose und leerte sie in aller Ruhe.

»Wir haben uns für die Brandnacht gegenseitig gedeckt. Weil du gesagt hast, sie könnten uns einen Strick daraus drehen. Aber bevor es weitergeht, muss ich wissen: Bist du das gewesen, hast du die Scheißfabrik angezündet?«

Rémi grinste.

»Du wirst bemerkt haben, dass ich aus Höflichkeit nicht gefragt habe, ob du es warst.«

»Ich hätte zwar große Lust dazu gehabt, aber da mir die Erinnerung an diese Nacht fehlt, würde ich sagen, ich habe mir in der fraglichen Zeit mal wieder die Nase begossen. Hast du die TechBois in Brand gesteckt?«

»Nein.«

»Also Michèle?«

»Ich glaube nicht.«

»Didier?«

»Auch nicht.«

»Okay, du sagst mir, wann du von vom Versteckspielen genug hast. Was machen wir jetzt?«

Rémi setzte sich vor seinen Teller mit Nudeln und stocherte lustlos darin herum. Sein Handy lag auf dem Tisch neben dem Gewehr; er saß der offenen Eingangstür gegenüber. An der Wand hinter ihm leuchtete eine kleine Lampe.

Das Telefon vibrierte.

Michèles Stimme verriet den Einfluss von Alkohol oder Subutex. Sie sprach langsam und dehnte die Silben. Er fragte sich, ob sie es war, die Jean mit dem Medikament versorgte, oder er sie.

»Wie geht's?«
»Super. Bist du zu Hause?«
»Ja. Ich war zwei Stunden bei Vanberten. Er sagt, du würdest mich als Vorwand benutzen, um die ganze Gegend mit Krieg zu überziehen.«

Er hörte sie kichern. Drogen ließen Dinge komisch erscheinen, die es womöglich nicht waren.

»Er ist weniger blöd, als er aussieht.«
»Lassen dich die Journalisten in Ruhe?«
»Unten auf der Straße steht ein halbes Dutzend von ihnen. Wenn ich rauswill, gehe ich durch den Garten. Ich habe den Laden geschlossen.«
»Du wolltest mir etwas sagen?«
»Nein, nichts.«
Sie schwiegen.
»Doch.«
Erneutes Schweigen.
»Deshalb bin ich gestern Abend zu dir gekommen.«
»Weshalb?«
»Wegen dem, was bei mir passiert ist.«
Sie schwiegen.

»Nach der Beerdigung ... Was hast du nach der Beerdigung deiner Mutter gemacht?«
»Ich bin zurückgefahren auf den Hof.«
»Hast du dich nicht allein gefühlt?«
»Worauf willst du hinaus?«
»Auf gar nichts.«
»Bitte ruf mich noch mal an, wenn du so weit bist.«
»Ich bin so weit.«
»Du bist nicht nüchtern.«
»Du auch nicht. Nie. Seit zehn Jahren.«
»Ich versuche, nicht abzustumpfen.«
»Du willst nicht hören, was ich dir zu sagen habe?«
Rémi hielt das Telefon vom Ohr weg und konzentrierte sich auf die Geräusche von draußen.
»Jetzt nicht. Ich rufe dich zurück.«
»Rémi? Warte!«
Er kappte die Verbindung, nahm das Gewehr, verzog sich hinter das zerschossene Sofa und löschte die Lampe über dem Bücherregal. Die Winchester lag auf der lederbezogenen Rückenlehne, ihr Lauf zielte auf die Tür, die sich im schwachen Mondlicht vor Rémi abzeichnete. Draußen huschten Scheinwerfer über den Garten und erloschen. Eine Tür schlug zu. Es war deutlich zu hören, als er in der Stille die Waffe entsicherte. Dann ließ er eine zweite Warnung folgen:
»Wer ist da?«
Die Stimme war schwach und brüchig, er erkannte sie nicht wieder.
»Aurélie Brisson. Sind Sie das, Rémi?«
Er verließ seinen Posten und ging an der Wand entlang zur Eingangstür.
»Bleiben Sie nicht da draußen, kommen Sie rein, beeilen Sie sich!«

Die junge Frau ging vor ihm hinein, sah seine Waffe und wich in die Essecke zurück. Rémi schloss die Tür mit dem zerschossenen und mit Sperrholz vernagelten Fenster hinter ihr und schaltete das Licht wieder an.

»Was machen Sie hier?«

»Ich wollte mit Ihnen reden.«

»Sie können hier nicht bleiben, es ist gefährlich.«

»Nur eine Minute.«

»Entschuldigen Sie. Wollen Sie etwas trinken, ein Glas Wasser? Sie sehen aus, als würde es Ihnen nicht gut gehen.«

»Diesmal gehe ich, weit weg, ich haue ab von hier. Ihr Freund Jean, als er mich bei meinen Eltern gefunden hat – zuerst dachte ich, er wollte mich umbringen.«

»Sie umbringen? Warum sollte jemand Sie umbringen wollen?«

»Jemand hat Philippe umgebracht. Und ich hatte die Dokumente.«

»Wir haben das doch schon geklärt, nicht? Sie haben Vanberten alles Notwendige gesagt.«

»Ja, aber ich vertraue ihm nicht. Er hat mir jede Menge Fragen gestellt. Über Sie, über Michèle Messenet und über Ihren Freund Jean. Bevor ich zur Polizei ging, hat Édouard mir gedroht, er sagte, ich bekäme Probleme, falls ich irgendetwas über den Schutzbund sagen würde.«

»Beruhigen Sie sich. Monneix wird den Mund halten, sonst würde es ihm ja selbst an den Kragen gehen. Sie haben sich nichts vorzuwerfen.«

Sie hörte ihm kaum zu. Sie war völlig verängstigt. Rémi schwieg und beobachtete sie.

»Warum haben Sie solche Angst?«

»Ich wollte Ihnen nur danken. Sie haben Philippe gefunden, Sie haben ... Sie haben das zu Ende gebracht, was er wollte. Diese Drecksserle sind am Ende, sie haben bezahlt.

Ich wollte Ihnen danken, und jetzt will ich mit alldem nichts mehr zu tun haben. Ich gehe weg.«

Rémi legte die Hand auf den Türknauf und versperrte ihr den Weg. Er drehte ihr die intakte Hälfte seines Gesichts zu, sodass die Narben im Dunkeln lagen. Es sah aus, als würde sie gleich umkippen. Als er sie leicht berührte, schreckte sie zurück.

»Warten Sie. Ich werde Sie gehen lassen, und sicherlich haben Sie die richtige Entscheidung getroffen. Aber bevor Sie gehen, müssen Sie mir eine Antwort geben.«

An die Wand gedrückt, nickte sie hilflos.

»Sie wollten Philippe rächen, das ist es doch?«

»Was sagen Sie da!«

»Sie haben mit Édouard und seinen Kameraden viel Zeit verbracht. Da müssen Sie ein paar nützliche Dinge gelernt haben. Sie waren es – Sie haben die Fabrik in Brand gesteckt.«

Die Überraschung vertrieb die Angst aus ihrem Blick.

»Nein, nein! Ich habe nichts getan. Ich war bei meinen Eltern ... Ich habe Ihnen den Umschlag gegeben und bin weggefahren. Erst als die Polizei mich vorlud, bin ich wiedergekommen.«

Rémi starrte sie an. Wenn sie so wenig Nervenstärke besaß, wie hätte sie Vanberten anlügen können, ohne zusammenzubrechen? Die Antwort lautete offenbar: Vanberten hatte ihr keine Sekunde geglaubt. Aber diesmal log sie nicht. Sie brachte die Kraft zum Lügen nicht mehr auf.

»Es war nur ein Gedanke.«

»Ich dachte, Sie wären es gewesen ...«

»Irrtum.«

Er öffnete die Tür, und sie rannte davon, stolperte über eine Stufe, zog sich am Geländer hoch und lief so schnell es ging zu ihrem Auto. Rémi beobachtete unterdessen Garten und Waldrand mit scharfem Blick.

Er schaltete das Licht aus, stellte den Stuhl an seinen alten Platz, legte das Gewehr über die Knie und lächelte. Er fühlte sich gut. Die Schmerzen waren verschwunden. Die Tabletten hatten gewirkt.

»Irrtum.«

Um ein Uhr nachts, als er die vierte Tablette nahm, begann das Telefon auf dem Tisch erneut zu vibrieren. Jean flüsterte. Der Wind im Lautsprecher klang wie eine Brandungswelle im Hintergrund.

Rémi legte auf. Als er seine Tarnjacke anzog, klirrte die Munition in den Taschen.

*

»Zehnmal hätte ich ihn um ein Haar verpasst, und hundertmal wäre ich um ein Haar in die Luft geflogen. Verdammt noch mal! Glücklicherweise kenne ich die Straßen, sonst läge ich jetzt im Graben, und meine letzte Stunde hätte geschlagen.«

Jeans Motorrad lag im Gras, und der Zylinder kühlte sich knackend ab. Ein Geruch nach verbranntem Gummi stieg von dem alten Geländefahrzeug auf. Der Schalldämpfer war entfernt worden, ersetzt durch einen Packen Steinwolle, zusammengehalten mit Draht. Jeans Rücken war voller Matsch.

»Ein paarmal hat es mich glatt aus dem Sattel gehoben. Ich hab kein Gefühl mehr in den Beinen, hab irgendwie ein Stück meiner Zunge verschluckt und mir, glaub ich, auch noch einen Zahn ausgeschlagen. Marsault ist zuerst zum Hof der Courbiers gefahren, in Sainte-Feyre. Er ist kurz mit dem Alten zusammen gewesen, dann ist er weitergefahren, mit einem Müllsack. Ich musste zweimal quer durch den

Wald brettern, um ihm auf den Fersen zu bleiben. Er ist die wildesten Umwege gefahren. Dreimal hat er angehalten, um zu pinkeln, und ich musste mich in einen Brombeerstrauch fallen lassen, um beim Halten keinen Lärm zu machen. Die Stacheln haben mir die ganze Seite aufgerissen.«

Rémi goss ihm eine Flasche Wasser über den Bauch. Jean kam mühsam zum Stehen und schützte seine Augen vor dem Strahl der Taschenlampe. Seine ruhelosen Pupillen zeigten, dass er diesmal Aufputschmittel genommen hatte.

»Danach musste ich ihn entkommen lassen. Er hat genau kapiert, was los ist, ist noch vorsichtiger geworden, hat ständig beschleunigt und wieder gebremst. Ich musste im Wald in Deckung gehen, konnte ihm auf der Straße nicht mehr folgen.«

Er trank eine halbe Wasserflasche leer.

»Wo sind sie?«

»In der alten Holzfällerhütte, hinter den Jaumâtres, auf dem alten Sanierungsgelände.«

»Wie fühlst du dich?«

»Ich kann jedenfalls nicht mehr fahren. Wann holen wir die Polizei?«

»Nicht sofort.«

»Es war aber abgemacht.«

»Du kannst hierbleiben, wenn du willst.«

»Verdammt noch mal, was ist los mit dir? Spielen wir Cowboy und Indianer? Wir wissen, wo sie sind, jetzt rufst du die Leute von Vanberten!«

»Du bleibst hier und rufst ihn an.«

Rémi schaltete seine Lampe aus, nahm den Karabiner vom Vordersitz des Toyota und rannte den Abhang hoch. Ungefähr in der Mitte des Geländes zog er im Laufen die schwere Jagdjacke aus und warf sie hinter sich, ohne stehen zu bleiben. Er überwand eine mit Stacheldraht eingezäunte

Einhegung, riss sich dabei die Hände auf und lief quer durch den Wald weiter. Ein leichter Wind hatte sich erhoben, der das Laub der Bäume rascheln ließ und den Schweiß auf seinem glühenden Gesicht trocknete. Der Schmerz stieg von den Kieferknochen bis in die Schläfen und die Stirn auf und bohrte sich zwischen die beiden Hälften seines Gehirns bis zum Hinterhaupt. Tränen stiegen ihm in die vom Wind gereizten Augen. Er wischte sie immer wieder weg, bemühte sich, die Öffnungen zwischen den Bäumen deutlich zu erkennen. Es ging stetig bergauf. Über dem Flachland ragten die Pierres Jaumâtres in den Himmel. Der Schmerz ging einen Moment zurück, bevor er seine Stirn vom Hinterkopf her durchstieß. Er arbeitete sich durch Gestrüpp, drängte sich durch tief hängende Zweige. Der Wald wurde lichter. Er erreichte Philippes Gebiet. Als der Schmerz ihn erneut durchbohrte, stöhnte er auf. Die ersten Granitformationen lagen vor ihm.

Er zog seinen Pullover aus. Das schweißgetränkte T-Shirt klebte an seiner Haut. An den Pierre du Dragon gelehnt, versuchte er einige Sekunden lang, wieder zu Atem zu kommen. Der sausende Wind zwischen den erodierten Granitblöcken hörte sich an wie ein reißender Fluss. Zwischen ziehenden Wolken tauchte der Mond auf und beleuchtete die Felsen mit grauem Licht. Eine weiße Eule ging im Sturzflug nieder und schien mit ihren Flügeln den Stein zu berühren, als sie sich auf eine Maus stürzte, die eilig in ihr Loch floh. Rémi zog auch sein T-Shirt aus, nahm den Karabiner in die Hand und ging mit nacktem Oberkörper weiter. Auf der anderen Seite des Hügels, bergab, wurde er immer schneller; Zweige schlugen ihm ins Gesicht, und immer wieder sank er bis zur Taille in Farnkraut und Dornengestrüpp ein. Da war die Hütte, einige Dutzend Meter weiter unterhalb der Kuppe. Er wandte sich nach links, klammerte sich an Baumstämmen fest, ging im Zickzack und hielt das Gewehr einmal in der einen, einmal in der anderen Hand.

Hinter dem kleinen Fenster der Bauhütte, die aus halb vermoderten Latten bestand, sah er das gelbe Licht einer Lampe. Seine Beine trugen ihn weiter, ohne dass er anhalten konnte. Er sprang zur Seite, um dem Blick potenzieller Schützen, die sich vielleicht im unwegsamen Gelände verbargen, zu entkommen. Zehn Meter von der Tür entfernt, senkte er den Kopf und stürzte mit aller Kraft vorwärts. Mit jedem Schritt wurde er schneller. Er drehte die Schultern, hielt das Kinn gegen die Brust gedrückt und stieß den Kolben des Gewehrs gegen das Türschloss. Als der rostige Rahmen nicht nachgab, trieb Rémi den Kolben durch das splitternde Holz und warf sich mit aller Kraft dagegen. Mit aufgeschürften Armen und Rücken landete er im Innern, mitten in den Überresten der Lattentür, und schlitterte weiter bis zur gegenüberliegenden Wand, an die sein Kopf schlug. Bevor er die Augen wieder öffnete, schoss er einmal gegen die Decke, warf die Patronenhülse aus und schoss ein zweites Mal. Dann stemmte er sich halb hoch und senkte den Lauf. Erst jetzt wurde ihm klar, was um ihn herum passierte: Marsault richtete den Doppellauf eines Jagdgewehrs auf ihn. Rémi schoss, ohne zu wissen, worauf er zielte, mit dem Gewehrlauf auf dem Oberschenkel, blind nach vorn. Er sah nur eine Wolke von Blut hinter dem Schatten an der Mauer. Er lud nach, entsicherte die Waffe und erhob sich. Das Jagdgewehr fiel zu Boden. Marsault griff mit beiden Händen nach einer Wunde und stieß einen Schrei aus. Rémi ging zu ihm und setzte ihm den Lauf seines Karabiners an den Kopf. Es war ihm, als hörte er die Schrotkugeln durch die Luft sausen, bevor er die Explosion wahrnahm. Die Salve ließ ihn herumwirbeln und gleich darauf auf eine Bank stürzen, die unter seinem Gewicht zusammenbrach.

Noch spürte er keinen Schmerz. Zuerst nahm er seine Finger wahr, die sich immer noch um den Abzugshahn seiner Waffe krampften; er konnte sehen, und er hörte Marsault vor Schmerzen schreien; sein Hals war flexibel, er konnte sich umsehen; er zog die Beine an und stellte fest, dass sie intakt waren; er rollte zur Seite, packte Marsaults Gewehr und zielte mit einer Hand auf die elektrische Lampe, die auf den Boden gefallen war und von unten die Hütte erleuchtete. Sie zersplitterte – und nach einem Sekundenbruchteil lag alles im Dunkeln.

Draußen ein Schrei. Wutgeheul.

»Parrot!«

Rémi ließ die Waffe los und robbte zur Tür.

»Parrot!«

Courbiers heisere Stimme.

»Parrot!«

Rémi zielte auf den Wald in Richtung der Stimme, die noch um eine Oktave höher wurde.

»Parrot!«

Rémi erhob sich, seine Flanke schmerzte höllisch, ebenso ein Arm und das Gesicht. Er sprang über die Schwelle und biss die Zähne zusammen, als er merkte, dass er auf den nassen Blättern draußen ausrutschte. Ein zweiter Schuss pfiff über seinen Kopf hinweg, und hinter ihm splitterte Holz. Er hatte die Flamme des Schusses gesehen. So schnell es ging, richtete er sein Gewehr auf diese Stelle und schoss. Courbier brüllte wie ein Wahnsinniger.

»Komm her, Parrot! Du wirst nichts kriegen, kapiert? Weder das Grundstück noch sie! Alles gehört mir! Hörst du mich? Sie gehört mir! Wie dein Hof, deine Alten, deine Bude! Dieses Land gehört mir! Du bist ein Fremder, Parrot!«

Rémi begriff nichts, seine Ohren dröhnten nach der Detonation des Karabiners. Hinter diesem Geräusch, das an einen dumpfen Klang unter Wasser erinnerte, hörte er Zweige knacken, ein-, zweimal, im Rhythmus von Schritten, die sich in Richtung Pierres Jaumâtres entfernten.

»Ich komme, Courbier!«

Er stürzte dreimal, bevor er sein Gleichgewicht wiederfand. Die Bäume, die Wolken und der Mond tanzten um ihn herum, und der Boden kippte und stieg himmelhoch an, als er spürte, dass sein Gesicht der Erde entgegentaumelte. Er war betrunken. Er erbrach ein paar Tabletten und Gallenflüssigkeit. Dann griff er nach dem Ast einer Eiche und zog sich daran hoch.

»Courbier! Du Stück Scheiße! Lauf, Courbier! Lauf!«

Seine Stimme verlor sich im Unterholz, wo sie da und dort ein schwaches Echo fand.

Ein Blitz, Schrotkugeln pfiffen durch das Laub, zwanzig Meter rechts von ihm. Courbier war bei den Granitfelsen angelangt und zielte willkürlich in die Dunkelheit. Drei weitere Schrotpatronen. Überall spritzten Blätter hoch. Rémi hatte im Fallen die Winchester verloren. Er zog seine 38er-Dienstwaffe, benutzte einen starken Ast als Stütze und bewegte sich langsam hangaufwärts.

Die großen Felsen lagen im Mondschein. Rémi sah allmählich besser, und er erkannte die Silhouetten der Pierres Jaumâtres. Der Drache mit dem gezackten Rückgrat; der runde, weiche Wal, der in die Erde tauchte; der Seiltänzer am Rand einer langen Platte, die am anderen Ende von drei mächtigen erodierten Felsen am Hinabstürzen gehindert wurde.

Er konnte seinen keuchenden Atem nicht beruhigen. Seine Lungen dehnten sich in seiner Brust, sie gierten nach Sauerstoff, während er in das Felsenlabyrinth eindrang, einen Ast in der einen, die gezogene Waffe in der anderen Hand. Er folgte schattenhaften Gestalten, die in Nischen flohen. Blut floss an ihm herunter bis zum Gürtel, durchtränkte seine Hose und klebte an seiner Haut bis hinunter zum Knie, zur Wade, zu den Schuhen. Er ließ den Ast los, griff in die Seitentasche seiner Arbeitshose und zog das Röhrchen mit Prontalgin heraus. Er warf den Kopf zurück und schob zwei Tabletten in seine ausgedörrte Kehle. In dem Steinkorridor, der sich über seinem Kopf vor dem weißlichen Himmel abhob, sah er einen Schatten vorbeigleiten. Der Schatten sprang von einem Fels zum anderen, eine menschliche Kugel, mit Gliedmaßen gespickt, eine Kanonenkugel. Rémi hatte keine Zeit, um es zu begreifen. Courbier sprang nicht von einem Fels zum andern, er sprang vom Rücken des Drachens auf ihn herab.

Ein Fuß durchbohrte seine Schulter, ein Gewehrlauf schlug gegen seine Stirn, und er brach unter der Wucht des Aufpralls zusammen. Erst der Boden bremste Courbiers Angriff, aber im Niedergehen spürte Rémi das trockene Knacken seiner brechenden Schulter.

Der Schmerz würde in einer Sekunde kommen. Er hob den Arm mit der Waffe und schleuderte sie mit aller Macht durch die schwarze Luft.

Er sah die verkrampfte Gestalt, das hysterische Gesicht von Thierry, die Wange klebte am Kolben. Die beiden Läufe berührten Rémis Narben.

»Verrecke.«

Der erste Schuss erreichte den Doppellauf und riss ihn in die Höhe. Die Schrotpatronen leerten sich in den Himmel. Der zweite Schuss traf Courbier am Kinn. Ein ungläubiger Blick trat in seine Augen. Auf dem Rücken liegend, unfähig, seine Arme zu bewegen, zog Rémi die Knie an, setzte Courbier die Schuhe auf den Bauch und schob ihn mit aller Kraft rückwärts. Mit einem abscheulichen Geräusch krachte der Schädel gegen den schwarzen Rumpf des Wals, der flüchtige Kronprinz der Familie Courbier verrenkte sich und schwankte hin und her wie eine Marionette mit durchtrennten Fäden.

Jean stand neben Rémi, ein Buchenscheit in der Hand, schwer atmend, fassungslos, und beleuchtete mit einer starken Taschenlampe Courbiers leblosen Körper. Dann richtete er den Lichtstrahl auf seinen Freund.

»Was ist eigentlich hier los? Was habt ihr hier zu suchen? Du bist halb nackt, verflucht nochmal, und voller Blut, Rémi! Seid ihr völlig übergeschnappt? Wolltest du ihm das Herz aus dem Leib reißen, oder was?«

Rémi stützte sich an der Felswand ab und kam mit Mühe auf die Beine.

»Lebt er noch?«

Jean leuchtete Courbier ins Gesicht und legte zwei Finger auf seine Halsschlagader.

»Er ist nicht tot.«

»Hast du Vanberten angerufen?«

»Sie sind unterwegs.«

»Marsault ist in der Hütte, ich hab ihm ins Bein geschossen.«

»Was?«

Rémi versuchte ein Grinsen. Er machte einen Schritt auf Jean zu und stürzte ohnmächtig zu Boden.

21

Zwanzig Jahre nach dem Unfall,
Bekenntnisse und Genesung

»Deine Schulter war nur ausgekugelt, du musst den Arm ein paar Tage lang in einer Schlinge tragen. Wir haben alle Schrotkugeln herausholen können, ohne allzu viel Schaden anzurichten. Kleines Kaliber, zum Glück. Du hast nicht zu viel Blut verloren.«

Dr. Tixier war dabei, ein Rezept auszustellen. Er beugte sich über seinen Schreibtisch. Rémi hörte ihn wie von weither.

»Du wolltest ja nie mehr ins Krankenhaus, aber da siehst du, wie schnell man seine Meinung ändern kann. Du musst wiederkommen, weil wir deinen Verband wechseln müssen. Es sei denn, du hast jemanden zu Hause, der das übernehmen kann.«

»Doktor?«

Dr. Tixier hielt mit dem Schreiben inne und sah Parrot an.

»Ja?«

»Was diese Operationen betrifft, von der Sie gesprochen haben ... um die Nägel und Schrauben herauszuholen.«

»Ja?«

»Ich glaube, ich will das doch machen.«

Der Chirurg lächelte und fuhr fort zu schreiben.

»Sehr gut. Komm einfach, wenn deine Wunden verheilt sind. Ich werde einen Freund anrufen, einen Spezialisten auf diesem Gebiet, und wir machen einen Termin. Und die Narben ...«

»Sind mir egal. Ich will nur, dass die Schmerzen aufhören.«

Dr. Tixier faltete das Rezept und gab es ihm.

»Das ist eine gute Entscheidung, aber es wird nicht leicht sein. Du wirst vom Codein loskommen müssen. Im Laufe der Zeit hast du eine schwere Abhängigkeit entwickelt.«

»Ich werde es in Angriff nehmen.«

Der Arzt lächelte dem jungen Parrot noch einmal zu, stand auf und begleitete ihn zur Tür des Untersuchungszimmers.

»Also ist jetzt Schluss damit, ist diese ganze Geschichte beendet? Du kriechst nicht mehr in radioaktiven Minen herum und fängst dir keine Schrotschüsse mehr ein?«

»Es ist zu Ende. Ich muss noch einmal zu Vanberten, um eine letzte Aussage zu machen.«

»Sitzt du in der Patsche?«

»Nein. Die Jagdbehörde steht hinter mir. Da Marsault beteiligt ist, will die Polizei den Ball flach halten. Ich glaube nicht, dass die Sache bekannt wird. Courbier wird ein Geständnis ablegen. Die Polizei ist sauer, aber alle fühlen sich schlecht. Vanberten wird mit Sicherheit versetzt werden.«

Die beiden Männer schüttelten sich die Hände. Rémi verließ die Klinik und stieg in das Auto, das draußen wartete. Jean saß am Steuer.

»Du siehst ganz gut aus. Sie haben dich also wieder zusammengeflickt?«

»Einigermaßen, ja.«

Jean fuhr an und fragte, wo er hinfahren solle.

»Zur Polizeikaserne. Vanberten hat mich gebeten, gleich zu ihm zu kommen.«

»Was will er?«

»Er will mich nur ein letztes Mal sehen, glaube ich, und dieses Mal in aller Freundschaft. Jean?«

»Hm?«

»Danke.«

»Schon gut. Du hättest dasselbe getan. Du schuldest mir zehn Jahre Zugang zu deinen Biervorräten, dann sind wir quitt.«

Barbaque sprang Rémi auf den Schoß und ließ sich von der unverletzten Hand des Revierjägers das Fell kraulen.

*

Parrots Eintreffen in der Gendarmerie verbreitete eine frostige Stimmung. Die Uniformierten sahen ihn misstrauisch an und drehten ihm den Rücken zu. Ein Revierjäger, der den Rächer spielte und auf einen von ihnen geschossen hatte. Aber das Schlimmste war zweifellos, dass sie nichts von dem gesehen hatten, was eigentlich passiert war, nichts davon begriffen und nichts tun konnten. Die Gleichgültigkeit der lokalen Bevölkerung würde sich in Hohn verwandeln. Die Anträge auf Versetzung würden sich häufen. Die Gendarmen besaßen zwar weitreichende Kompetenzen, hatten jedoch wenig Autorität, und das machte sie schwach und paranoid. Die Affäre Marsault hatte sie zutiefst erschüttert, und was die Bauern schon immer wussten, entdeckten nun auch sie: dass die Staatsgewalt hier nur von marginaler Bedeutung war. Der Enkel der Parrots hatte getan, was er zu tun gehabt hatte, mit dem Gewehr in der Hand, und niemand konnte ihn dafür verurteilen. Wer kümmerte sich darum, was die Polizei davon hielt?

Rémi Parrot kümmerte sich nicht um die Blicke, die er auf sich zog. Rémi Parrot war von jetzt an und bis auf alle Zeit ein Mann, der hierhergehörte.

Rémi Parrot, dritte Generation, war kein Fremder mehr.

Commandant Vanberten wusste das auch. Er hatte geglaubt, mit seiner Intelligenz über die lokalen Sitten und Gebräuche triumphieren zu können, und empfand das Debakel der Val-Vert-Ermittlungen als persönliche Kränkung. Rémi setzte sich ihm gegenüber und begann mit seiner Aussage, während ein Adjutant auf dem Computer mitschrieb.

Rémi fragte Vanberten, was mit Courbier geschehen sei. Vanberten gab einen kurzen Bericht von Thierrys Geständnis.

Nachdem der Adjutant alles aufgenommen hatte, gab er Rémi das ausgedruckte Blatt zum Durchlesen. Die Lektüre übte eine seltsame Wirkung aus. Die Aussage war einerseits viel detaillierter, als Rémi das Geschehen in Erinnerung hatte, und andererseits fehlte das, was er während jener dramatischen Minuten empfunden hatte. Er unterschrieb das Blatt und legte es auf Vanbertens Schreibtisch.

»Sie haben Wiedergutmachung erlangt, Monsieur Parrot, das ist es doch, was Sie wollten, nicht? Werden Sie von jetzt an in Frieden leben?«

Der Sarkasmus dieser Worte ließ Rémi lächeln.

»Wiedergutmachung? Komischer Begriff. Was ist wiedergutgemacht worden? Philippes Sterben? Mein entstelltes Gesicht?«

Vanberten stand auf und rückte seine Uniformjacke zurecht.

»Nicht anders als Ihre Mitmenschen hier kennen Sie keine Gerechtigkeit, Monsieur Parrot, nur Rache. Es überrascht mich, dass Sie Monsieur Courbiers Gesicht unangetastet gelassen haben. Andere Leute ihres Schlags wären sicherlich weitergegangen.«

Rémi lächelte noch immer, zog sich an der Schreibtischkante hoch und ging zur Tür.

»Wenn Marsault verurteilt ist, werden wir noch einmal von Ihrer Gerechtigkeit sprechen, Vanberten. Wenn Sie irgendwann mal in den Ferien hier vorbeikommen, besuchen Sie mich, Sie werden ein Glas Wein bekommen.«

»Das ist wenig wahrscheinlich, Monsieur Parrot. Aber glauben Sie mir, wenn Sie auch von mir nichts mehr hören, werden meine Kollegen Ihnen doch auf den Fersen bleiben. All diese offenen Ermittlungen, die sich auf Sie, Mademoiselle Messenet und Jean Carnet konzentrieren – es wäre doch schade, wenn am Ende niemand etwas davon hätte.«

Rémi wandte sich dem Gang zu, legte zwei Finger an die Schläfe, oberhalb der verbundenen Narben, und grüßte den Commandant.

Jean wartete vor dem Zaun der Gendarmerie. Die Sonne schien, und aus den offenen Fenstern des alten Lada drangen die Riffs elektrischer Gitarren. Als sein Freund einstieg, stellte Jean die Musik leiser.

»Fahren wir zu dir?«

Schweigend fuhren sie über die kurvenreiche, vielfach geflickte Landstraße, über Grasbüschel, die aus Asphaltrissen sprossen, aus dem scharfen Schatten der Alleebäume ins Licht kleiner Täler, in denen Bäche rauschten. Auf den Wiesen tauchten die ersten Mähmaschinen auf. Die Jagdsaison war beendet, die Bauern arbeiteten wieder auf den Feldern, da die Heuernte begann. Die Saat auf der kultivierten Parzelle von Terre Noire war aufgegangen, die zwei Hektar Luzerne waren gut gewachsen.

Jean hielt vor dem Haus.

»Ich glaube, ich arbeite noch ein bisschen an deinem Schuppen, sonst geh ich doch nur wieder in eine Kneipe, um auf andere Gedanken zu kommen.«

»Das brauchst du nicht, es ist noch genug Zeit.«

»In deinem Zustand? Das kannst du vergessen. Du kannst so bald keinen Nagel in die Wand hämmern.«

»Wie du willst. Dann mache ich jetzt was zu essen, wenigstens das kann ich noch.«

Rémi holte den Klapptisch und zwei Gartenstühle aus der Garage, stellte sie im Schatten der Veranda auf, deckte den Tisch und bereitete einen Salat mit dem zu, was er im Kühlschrank fand. Er schnitt Brot auf und öffnete zwei Bierdosen. Es war heiß. Jean nagelte die restlichen Leisten an die Balken, die das Schuppendach tragen sollten. Rémi kletterte die Leiter hoch und gab ihm ein Bier. Jean steckte den Hammer in die Lederschlinge an seinem Gürtel, setzte sich auf einen Balken und trank einen Schluck.

»Ich mache oben alles fertig, und du kannst schon anfangen, ein paar Sachen einzulagern. Später komme ich dann nochmal, um das Dach zu decken.«

»Okay, das passt mir.«

»Hast du Neuigkeiten?«

»Ich hab sie gerade angerufen. Sie kommt heute Abend.«

Jean trank sein Bier aus, warf die leere Dose auf den Rasen und nahm wieder den Hammer in die Hand, drei Nägel zwischen den Lippen.

»Diesmal muss es klappen. Wenn nicht, kommt es mir vor, als hättest du das alles ganz umsonst gemacht.«

»Was, gemacht?«

»Es war nicht wegen Philippe. Das weißt du so gut wie ich.«

»Ich weiß gar nichts.«

»Ich mache das hier fertig, dann komme ich. Ich hab Kohldampf.«

Insekten, von der Hitze erregt, umschwirrten sie, während sie aßen.

»Gut, also sagst du es mir oder nicht?«

Rémi schob seinen Teller weg, hob mit der linken Hand den rechten Arm in der Schlinge hoch und legte ihn auf den Tisch.

»Courbier hat alles zugegeben. Die Mauscheleien um das Val-Vert-Projekt, den Kauf des Landes, getätigt von seinem Vater, dem alten Messenet und Marquais im Jahr '83. Die Messenets waren schon seit einiger Zeit blank, Didier hat es nicht geschafft, seine Angelegenheiten zu regeln. Er hatte die Idee mit dem Tourismuszentrum. Mithilfe der Courbiers und Marquais' sollte es möglich sein, genügend Geld aufzutreiben, um sich zu sanieren. An dem Abend, als hier meine Einweihungsparty stattfand, hat er einen Anruf von Philippe erhalten, der sagte, er wolle mit ihm über das Val Vert reden und darüber, was sie dort vorhätten. Offenbar wollte Philippe mit dem Gespräch erreichen, dass die Courbiers von dem Projekt zurücktraten. Dass es die Baugenehmigung gab, war Wahnsinn und konnte nur passieren, weil Marquais im Regionalrat die Fäden zog. Philippe wusste nicht, wer noch alles mit drinsteckte, aber er ahnte, dass das Projekt faul war. Er verabredete sich mit Thierry im Val Vert. Etwas theatralisch, aber vor allem eine Dummheit, ein Treffen an einem so gottverlassenen Ort. Und dann hatte Philippe ja nicht alle Informationen, er wusste nicht, was Monneix später herausfand – dass die Messenets an diesem Projekt beteiligt waren, und auch nicht, dass Didier ebenfalls aufkreuzen würde. Stell dir die beiden vor, angesichts eines wütenden und hysterischen Ökofritzen.«

»Klar, es hat bestimmt nicht lange gedauert, bis sie sich gemeinsam auf ihn stürzten.«

»Courbier sagt, es wäre ein Unfall gewesen, sie hätten Philippe einen kleinen Stoß gegeben, er sei unglücklich aufgeschlagen, sie hätten ihn nicht umbringen wollen.«

»Ich glaub ihnen kein Wort.«

»Egal, er wird versuchen, es als einen Unfall hinzustellen. Das Resultat ist dasselbe. Philippe hat versucht, sein Gewehr herauszuholen, hat einen Schuss abgegeben – und das war's. Die beiden anderen müssen durchgedreht sein. Sie haben seine Leiche zum Eingang der Mine geschleppt, ihn hineingelegt, so weit weg wie möglich, haben den Zugang wieder verschlossen und Zweige davor aufgeschichtet.«

»Und die Schüsse bei der Jagd?«

»Er hat es auf Didier geschoben.«

»Wenn diese zwei Bazillen zusammenarbeiten, kann man nichts anderes erwarten. Aber wir wissen nicht, warum sie dich unter Beschuss nahmen. Sie konnten nicht wissen, dass du die Dokumente von Philippe hattest.«

»Ich glaube, das ist eine andere Geschichte.«

»Michèle?«

»Ich sehe nichts anderes. Marsault hat ebenfalls alles zugegeben. Er hatte Gewehre in der Kaserne gestohlen, Gewehre, die für die Jagd reserviert gewesen waren, und er war es auch, der mit Thierry zusammen das Haus beschossen hat.«

»Eigentlich – wenn man das Val Vert weglässt – haben diese ganzen Typen dir wegen Michèle ans Leder gewollt. Marsault und Courbier haben schon versucht, sie flachzulegen, als sie noch Knirpse waren. Ihr lieber Bruder wollte dich an die Stalltür nageln, seit sie mal öffentlich mit dir Händchen hielt.«

Rémi grinste Jean an.

»Möglich. Aber es gibt auch Sachen, die man nicht mit ihr in Verbindung bringen kann. Courbier hat den Mord an Didier geleugnet. Angeblich hat er sogar ein Alibi. Da er alles andere gestand und angesichts der Strafe nichts mehr zu verlieren hat, tendiert Vanberten dazu, ihm zu glauben. Er hat seinen Kompagnon nicht umgebracht. Das ist noch offen, es ist weiterhin ein Rätsel. Und all das beweist auch noch nicht, dass er die TechBois in Brand gesteckt hat.«

»Warum schaust du mich so an?«

»Darum.«

»In der Brandnacht war ich mit dir zusammen!«

»Ich weiß. Aber du weißt vielleicht etwas?«

Jean rülpste laut und stand auf.

»Falsch gedacht. Und wenn ich etwas wüsste, würde ich nicht riskieren, dem Typen, der da gezündelt hat, etwas anzuhängen. Ich will ihn nicht auf eine Stufe mit einer Fabrik stellen, aber auch Didier Messenet weine ich keine Träne nach. Eigentlich habe ich überhaupt noch nie geweint, wenn es um ihn ging. Ist noch genug Diesel im Traktor? Ich hole die Ziegel mit der Gabel, dann muss ich das ganze gute Bier nicht gleich wieder ausschwitzen.«

Rémi streckte sich auf seinem Bett aus, nahm zwei Prontalgin und versuchte zu schlafen. Der Schmerz war nicht unerträglicher als sonst, aber groß genug, dass sein Organismus nicht zur Ruhe kam. Statt sich irgendwo zu schaffen zu machen und doch nichts zu tun, beschloss er, ruhig liegen zu bleiben, wie Dr. Tixier es ihm empfohlen hatte, wenigstens ein paar Stunden lang. Hinter dem offenen Fenster hörte er den Traktor und das Quietschen der alten Gabel, die Geräusche, die beim Stapeln der Ziegel aus gebranntem Ton entstanden, den durchdringenden Ton der Diamantscheibe, mit der Jean sie zurechtschliff.

In den stillen Momenten dazwischen wurde der Gesang der Grillen lauter, der das Ende des Tages einläutete. Nun kam statt warmer Luft ein kühler Hauch durch das Fenster. Rémi stand auf, ging ins Bad und spritzte sich vorsichtig Wasser ins Gesicht, ohne den Verband zu durchnässen. Drei Schrotkugeln hatten seinen Kopf gestreift und waren an dem

Narbengewebe, das härter war als gewöhnliche Haut, abgeprallt. Der Verband verbarg die hässlichen Folgen seines Unfalls, und man sah nur die intakte Seite seines Profils.

Jean lud Werkzeug in sein Auto. Das schöne Wetter würde nicht halten. Vom Plateau stieg eine schwarze Wolkenfront auf, und erstes Donnergrollen war zu hören. Die Luft war feucht, die Hitze drückend. Rémi ging zum Lada seines Freundes, und Jean wischte sich mit seinem T-Shirt den Schweiß vom Gesicht und von der tätowierten Brust. Er lächelte breit.

»Kommst du zurecht?«

»Warum sollte ich nicht zurechtkommen?«

Jean öffnete die Seitentür und setzte einen Fuß ins Auto.

»Weil wir immer noch nicht alles begriffen haben, was passiert ist, und noch ein paar Puzzleteile fehlen. Du kannst zwar den Schlaumeier und den Hartgesottenen spielen, aber es kann sein, dass die Gewalt uns wieder einholt. Die ganze Gegend wird sich ändern. Sie hat sich schon verändert, und eine Veränderung verkraftet man hier nicht so leicht. Es war schon nicht schön, aber es wird noch richtig hässlich werden. Eine Schlammschlacht. Und diesmal wirst du mittendrin sein. Deine Hütte wird jedenfalls nicht weit genug weg sein, um zu garantieren, dass sie dich in Ruhe lassen.«

»Ich bin hier zu Hause. Sie sollen mir den Buckel runterrutschen.«

»Du glaubst, damit kommst du durch?«

»So werde ich es jedenfalls halten.«

Jean drückte ihm die Hand und ließ den Motor an. Rémi blieb stehen und sah dem Lada nach.

Er wartete knapp eine Stunde im Wohnzimmer und beobachtete das Aufziehen des Gewitters, das zunächst nach Westen zog, weg von Terre Noire. Ein kurzer Schauer ging über dem Blockhaus nieder, dicke, geräuschvolle Tropfen, ohne dass der Regen stärker wurde.

Michèle stieg die Stufen der Außentreppe hoch und blieb auf der Schwelle der offenen Tür stehen. Die Wiederholung dieses Auftakts im Regen, die Notwendigkeit, neu anzufangen, den Atem zu kontrollieren und die richtigen Worte zu finden versetzte Rémi plötzlich in einen überwältigenden Angstzustand. Michèle stand immer wieder auf seiner Schwelle, und die Ungewissheit potenzierte sich. Seine Schwäche schien ihm unüberwindlich zu sein, aber das war die Gefühlsebene, die diese Frau in jeglicher Beziehung aufrechterhielt. Zweifellos war sie das, was seine Schwester »eine Problemfrau« nannte, eine erwachsene Person, die die in der Jugend erlittenen Verletzungen nicht hinter sich lassen konnte. Aber auf Michèles Gesicht lag eine neuartige Traurigkeit. Eine Traurigkeit der Wandlung, die Angst vor einer neuen Haut. Vielleicht der Anfang jener Veränderung, von der Jean gesprochen hatte. Der Beginn von etwas anderem. Rémi ging auf sie zu, aber sie hielt ihn auf.

»Ich bleibe nicht lang. Ich wollte nur wissen, wie es dir geht.«

Er lächelte.

»Du kannst so lange bleiben, wie du willst.«

»Ich weiß.«

»Setz dich.«

»Ich bleibe nicht so lang.«

»Ich verstehe.«

Sie zog sich einen Stuhl heran. Er widerstand dem Verlangen, ihr etwas zu trinken anzubieten, um das Gespräch zu erleichtern.

»Was wirst du jetzt machen?«

Michèle holte Zigaretten aus ihrer Tasche und legte ihr Feuerzeug neben das Paket, ohne es zu benutzen.

»Ich werde alles verkaufen. Es ist mir egal, zu welchem Preis. Das Land und die Höfe. Ich werde genug bekommen, um die Schulden zu bezahlen und die Löhne für die Angestellten.«

»Und dann?«

»Und dann ... Entweder ich warte zehn Jahre auf deine Entscheidung, oder ich bringe mein Zeug gleich hierher.«

Rémi begriff nicht sofort, wie ihm geschah. Statt zu lächeln, verzerrte sich sein Mund; unter den Narben und Verbänden krampften sich die Muskeln zu einer Grimasse zusammen. Tränen stiegen ihm in die Augen. Er wollte atmen, aber der Atem blieb in seiner Brust stecken, und die Brust weitete sich nicht.

»Warum solltest du das tun?«

»Zehn Jahre warten?«

»Hör auf.«

»Sag du es mir.«

»Du würdest hierherkommen, weil du sonst nirgends mehr hingehen kannst?«

»Vielleicht gibt es noch eine andere Sicht der Dinge.«

»Aber das würde nichts ändern. Es wäre immer noch derselbe Grund.«

»Nein. Die Dinge haben sich verändert.«

»Wir nicht.«

Michèle machte eine ärgerliche Handbewegung, wandte den Blick ab.

»Wir sind jetzt frei. Auch wenn dir das Angst macht. Sei weiter unglücklich, wenn du das willst, aber du kannst dein Unglück keinem anderen mehr in die Schuhe schieben. Das ist vorbei.«

»Und du?«

»Ich habe diese Freiheit verdient. Ich will sie nutzen.«

»Du hast sie verdient? Glaubst du, es ist so einfach? Dass

du sie nutzen darfst, weil sie dich so viel gekostet hat? Du hast sie nicht verdient, du hast sie dir genommen.«

»Was soll das bedeuten?«

»Du hast Philippe die Dokumente gegeben. Als er verschwunden war und ich mit dem Umschlag zu dir kam, hast du nichts gesagt. Du hast mich benutzt wie vorher ihn, um dein Ziel zu verfolgen. Dass ich das zu spät begriffen habe, ändert nichts, ich habe es auch für mich getan. Aber wie kannst du sagen, dass du deine Freiheit nutzen willst, nach dem, was mit deinem Bruder passiert ist?«

»Ich habe dich nicht gebeten, die Zellstofffabrik in Brand zu stecken.«

»Niemand ist dabei getötet worden. Und ich war's nicht.«

»Du hast Courbier und Marsault um ein Haar getötet. Das heißt nicht, dass ich nicht ...«

»Dass du Vanberten nicht belügen darfst? Wenn er eines Tages glaubt, dass wir ein Paar sind, werden wir nur Komplizen sein, sonst nichts. Wer hat deinen Bruder umgebracht?«

»Das weißt du.«

»Du musst es sagen.«

»Der Polizei?«

»Mir.«

Michèle schob wütend die Zigarettenschachtel von sich. Sie versuchte, Rémi in die Augen zu sehen, aber sie wurde nur noch wütender dabei. Als sie aufstand, fiel ihr Stuhl um.

»Du armer Idiot! Du hast nie etwas begriffen, nichts gesehen, nichts wissen wollen! Warum glaubst du, dass ich von hier abgehauen bin? Dass ich acht Jahre damit verbracht habe, mich zu ruinieren? Dass ich den Hausfrauen von R. Dildos verkauft habe, um ihnen Lust zu machen, das hier alles hinter sich zu lassen? Dass ich einen Typen liebe, der kein Gesicht mehr und Angst vor Frauen hat? Soll ich's dir noch deutlicher erklären?«

Michèle ging um den Tisch herum und stürzte sich auf Rémi. Der Stuhl fiel um, sie rollten auf dem Boden, und sie begann, seine Brust mit kraftlosen Faustschlägen zu traktieren. Sie klammerte sich an seinem Hemd fest und schüttelte ihn, ohne dass sein Körper sich vom Boden löste.

»Warum glaubst du, dass ich den Kopf meines Bruders mit einem Stein zertrümmert habe? Was? Warum wohl? Was glaubst du, Parrot? Dass man ein Mensch wird wie ich, weil alles immer so schön war?«

Sie brach über ihm zusammen, hämmerte mit den Fäusten auf den Boden und hörte nicht auf zu schreien. Rémi befreite seinen Arm aus der Schlinge und versuchte, sie an sich zu ziehen. Sie erhob sich wie eine Furie.

»Lass mich los!«

Bevor er Zeit hatte, sich aufzurichten, stürzte sie nach draußen. Als er die Veranda erreichte, hatte sie den Rückwärtsgang eingelegt und fuhr ohne Licht in einen Pfosten des neuen Schuppens. Die rückwärtige Stoßstange brach ab und schleifte hinter dem Wagen her, als sie wieder vorwärtsfuhr. Ein paar Ziegel rutschten vom Dach und zerbrachen.

Zuerst trank er.

Dann zerlegte er das Wohnzimmer. Von dem, was die Schießerei intakt überstanden hatte, blieb nichts übrig.

Als der Schmerz von seinem Arm und der Schulter in den Kopf stieg, warf er die Codeintabletten in den Garten und trank weiter, trank alles leer, was er im Haus hatte, und stieg dann in den Toyota. Er fuhr mit höchster Geschwindigkeit über Holperwege, schlitterte, Bäume und Felsen streifend, durch die Kurven; dann erreichte er das Ufer der Thaurille, und der Wagen rutschte über einen Hang mit frisch gemähter Wiese. Er zog die Handbremse, doch hatte er keine Kontrolle mehr über das weiter über das nasse Gras schlingernde Fahrzeug, bis es sich drehte und mit den Vorderrädern im Wasser zum Stehen kam. Die eingedrückte Tür ließ sich nicht mehr öffnen. Er trat mit den Füßen gegen das Fenster, bis es splitterte und er sich hinauszwängen konnte, in das kalte Wasser hinein. Er überquerte den Fluss, stolperte immer wieder, rutschte auf dem steinigen Grund aus, erreichte das andere Ufer und zog sich die Böschung hinauf. Tropfnass, benommen vom Alkohol und von den Schmerzen, folgte er dem Ufer, ohne zu wissen, wohin er ging, dann erkannte er die im Mondlicht schimmernde Fläche des Fischteichs. Er ließ sich auf den Boden fallen. Der Baumstamm, neben dem er lag, war vielleicht derselbe, hinter dem er sich vor einigen Wochen versteckt hatte, um die Wildschweinrotte zu beobachten. Der ganze Lärm in seinem Kopf änderte nichts an dem Schweigen, das im Wald herrschte, und trotz seiner Verwirrung nahm er die tiefe Reglosigkeit um sich herum wahr.

Nach einigen Minuten bereute er, die Tabletten weggeworfen zu haben, und begann zu halluzinieren. Er saß neben Michèle im dicht belaubten Wald von La Lune; das hübsche junge Mädchen betrachtete die Stadt voller Hass und schwor, von hier wegzugehen, und er, der arme Idiot, wagte nicht, ihre Hand zu nehmen.

Sie flüchtete aus ihrem Haus, wo ihr großer Bruder war, zu ihm, einem schüchternen und stämmigen Jungen, der schnell rot wurde und nicht den Mut hatte, sich ihr zu nähern. Und nicht die Kraft, sie zu beschützen.

Wie sie als Heranwachsende bedauert hatte, nicht schnell genug zu wachsen, und wie er bedauert hatte, nicht größer und stärker zu sein. Er hatte nichts begriffen.

Rémi wälzte sich auf dem Moos hin und her und stieß einen Schrei aus. Er trampelte auf dem Boden herum und brüllte.

Michèle hatte darauf gewartet, dass er aus dem Krankenhaus kam.

Aber du warst ein Ungeheuer geworden, Rémi. Du konntest dich nicht mehr mit ihr beschäftigen.

Sie ist weggegangen, weil sie nicht mehr auf dich zählen konnte.

Es hat dich deine ganze Kraft gekostet durchzuhalten; die Kraft reichte nicht für euch beide.

Sie hat darauf gewartet, dass du erwachsen wirst, und ist zurückgekommen.

Seine Hände zitterten. Die Wirkung des Alkohols ließ nach, und der Schmerz gewann erneut die Oberhand. Er machte ihn wahnsinnig. Vielleicht verlor er das Bewusstsein, oder sein Geist verweigerte den Dienst. Er kippte ins Dunkel, die Arme über dem verkrampften Magen gekreuzt. Er träumte, mit dem Gesicht die Erde zu durchwühlen, sich im Moos zu vergraben und auf die Würmer und Käfer und Larven und Maulwürfe zu warten, die in ihren Gängen wimmelten und kommen würden, um seine Züge zu vertilgen, seine Narben auszuhöhlen, seine Hässlichkeit zu vernichten, bis nur noch die weißen Knochen da waren, die sie säubern würden von Blut und Gewebe, um sie dann mit ihren Zähnen und Mandibeln zu zernagen und zu zerbeißen, bis von seinem Körper nur noch eine kleine Vertiefung im Boden und ein paar im Mondlicht glänzende Metallstücke übrig wären.

Er öffnete die Augen wieder und tastete mit den Fingerspitzen sein Gesicht ab. Haut und Narben, alles war noch an Ort und Stelle.

Das Geräusch des Wassers. Der Himmel war aufgerissen, und dem Mond gegenüber, noch unterhalb des Horizonts, beleuchtete ihn die Sonne. Der Morgen graute. Vom Stauwehr her hörte er platschende und spritzende Geräusche, das Grunzen und Gurgeln wilder Tiere beim Baden. Rémi kroch wie eine Schlange, zog seinen im Fieber schlotternden Leib über Gras und Kiesel und streckte die Zunge dabei heraus wie ein Waran mit giftigem Speichel. Er erreichte das Ufer und richtete sich auf allen vieren auf, hellhörig wie ein Hund, und schnupperte. Der Wind wehte von seinem Rücken her. Die Wildschweine suhlten sich im Schlamm. Die Frischlinge waren größer geworden, Keiler hatten das Rudel verlassen, die Bachen durchwühlten die Erde mit der Schnauze und tauchten im Wasser unter. Der Mond erregte sie, und durch das Bad wurden sie in dieser warmen Nacht ihre Parasiten los.

Rémi zog das Jagdmesser aus dem Etui, stand auf und sprang ins Wasser.

Die Tiere begriffen nicht sofort. Sie schreckten hoch, drängten sich aneinander und betrachteten die gekrümmte Gestalt im Fluss. Rémi watete auf sie zu. Die Wildschweine zogen sich ein paar Meter zurück, hielten inne und beobachteten ihn. Rémi machte einen weiteren Schritt in ihre Richtung. Die Leitbache starrte ihn an. Statt zu fliehen, ging sie zum Angriff über. Rémi machte noch einen Schritt, und sie senkte den Kopf.

Er murmelte:

»Du willst mich fressen, was? Wie du Philippe gefressen hast, wie du seine Knochen angenagt hast. Glaubst du, du kannst mich fressen?«

Er umklammerte den Griff des Messers, spreizte die Beine und suchte unter Wasser Halt zwischen den Kieselsteinen. Die Strömung umschlang ihn sanft wie der Arm einer Tänzerin. Er fand eine sandige Stelle, und seine Füße gruben sich ein. Die Leitbache trommelte mit den Vorderklauen auf die Erde, dann warf sie ihren Körper nach vorn und blieb unvermittelt stehen. Doch das Einschüchterungsmanöver fruchtete nichts, der Mensch hatte sich nicht vom Fleck gerührt.

Sie schlug erneut mit den Vorderklauen auf den Boden und griff nun an. Das Wasser hemmte ihren Lauf; Rémi hob sein Messer und schrie. Er stach zu und spürte gleichzeitig den Anprall an seinem Bein; er fiel ins Wasser, aber statt aufzustehen, tauchte er unter und entfernte sich schwimmend von der Bache. Dann erhob er sich aus dem einen halben Meter tiefen Wasser, zog sich am Ufer hoch und drehte sich um. Die Bache kam mit erstaunlicher Geschwindigkeit auf ihn zu. Er versuchte, sich aufzurichten. Sein linkes Bein trug sein Gewicht nicht, und sein verletzter Arm knickte um, als er sich aufstützen wollte. Die Bache senkte den Kopf; im nächsten Augenblick würde sie mit ihrer Stirn seinen Schädel zertrümmern; ihre Hauer würden sich in seinen Bauch bohren. Rémi hielt das Messer gezückt vor sich.

Das Licht, der laute Knall der Detonation und der Todesschrei der Bache – alles war gleichzeitig da. Rémi rollte sich zur Seite, das Tier flog in die Luft, der Schädel war aufgeplatzt. Ein Schuss hatte sie mitten ins Ohr getroffen.

Die beiden Männer näherten sich schweigend. Es lag etwas Spöttisches in ihrem ungezwungenen Gang, ihrer lässigen Haltung, und ihr Schweigen wirkte seltsam angesichts dieses halb wahnsinnigen Mannes. Sie blieben vor ihm stehen, während Rémi nach und nach wieder zu Atem kam.

»Grüß dich, Meister. Du bist auf der Jagd?«

Tonio ging neben dem Tier in die Hocke, ein Ellbogen auf dem Knie, die Hand um den Lauf seines Gewehrs gelegt, und betrachtete ehrfürchtig den Kadaver.

»Du bist verrückt, Meister. Vielleicht auch mutig. Aber verrückt.«

Nino Valentine, Clanchef, Oberhaupt der Sinti von der Ebene bis zu den Bergen, starrte ihn an, Hände in den Taschen, Kopf gesenkt.

»Du jagst wohl die Löwen im Paradies, was?«

Rémi setzte sich mit Mühe auf, zog die Beine hoch, nahm seinen verletzten Arm und legte ihn auf den Oberschenkel.

»Was sagst du da?«

Nino setzte sich im Schneidersitz neben Tonio. Zu dritt bildeten sie einen kleinen Kreis um den Kadaver der Bache.

»Du jagst den Dämon, Meister.«

Rémi lächelte.

»Ich hab zu viel getrunken, ich weiß nicht, warum ich hier bin.«

»Der Alkohol lässt dich nur dorthin fallen, wo du auch was sehen kannst.«

Er schüttelte den Kopf.

»Und ihr, was habt ihr hier zu suchen?«

»Es gibt mehrere Antworten.«

»Welche?«

»Willst du was hören aus unserem reichen Sagen- und Märchenschatz? Wir waren hier, um dich zu retten, Meister. Und da wir deinen Dämon getötet haben, sind wir deine Schutzengel.«

Tonio und Nino Valentine grinsten.

»Oder wir sind einfach so hier, und du hattest Glück.«

Tonio hob ein Bündel Kupferdrahtschlingen. Die beiden Sinti lachten laut. Sie packten Rémi unter den Achseln und halfen ihm beim Aufstehen.

»Wie bist du hergekommen?«

»Mein Auto steht etwas weiter weg, flussaufwärts.«

»Wir bringen dich nach Hause. Aber du musst dich um die Bache kümmern, wir haben keine Zeit dafür.«

»Ihr werdet keine Scherereien kriegen. Tonio, mein Messer, bitte.«

Tonio hob das Messer auf und steckte es in das Futteral an Rémis Gürtel.

»Noch eine Minute länger und du hättest uns nicht mehr gebraucht. Du wärst mit offener Kehle im Wasser verblutet.«

Tonio tätschelte lächelnd den Messergriff.

Sie gingen langsam an der Thaurille entlang, während die Sonne, gelb und groß, über den Bäumen in die Höhe kletterte. Rémi konnte kaum das linke Bein auf die Erde setzen, sein Knie wollte sich nicht beugen. Übermüdet zwischen den beiden Männern hängend, merkte er, dass er keine Schmerzen mehr empfand. Und die Teile des Puzzles setzten sich allmählich zusammen.

Stück um Stück.

Die altbekannten Gründe.

Was noch unerklärt blieb.

Was jetzt zu tun war.

Wie sich retten.

Michèle nicht verlieren.

Rémi bat seine Begleiter um eine Rast. Sie setzten sich auf einen Felsen am Wasser, und der Revierjäger ließ seinen Blick vom einen zum andern wandern.

»Hat Didier Messenet euch Geld gegeben, damit ihr die Zellstofffabrik in Brand steckt?«

Nino sah vor sich hin.

»Wir haben das nicht wegen Geld gemacht. Auch nicht wegen dem Land, das er uns geben wollte. Er hat das nicht kapiert, der Messenet.«

»Also, warum habt ihr es gemacht?«

»Willst du ein Märchen aus dem reichen Schatz unseres Volkes hören?«

»Ich glaube, ich hab genug Märchen gehört in dieser Nacht. Habt ihr die Schlinge neben den Harvestern liegen lassen?«

»Logisch, das waren wir.«

Tonio lächelte ein wenig, Nino Valentine stand auf, und sie gingen weiter.

»Die Schlinge, das war, damit wir sicher sein konnten, im Knast zu sein, wenn die Fabrik brennt. Und dann war es auch eine kleine Hilfestellung für schlaue Leute. Diejenigen, die wissen, dass wir nicht blöd sind, auch wenn es manchmal so aussieht. Wie dieser Polizist, Vanberten. Was hat Vanberten gedacht? Er hat gedacht: Die Schlinge, das ist zu einfach, jemand hat sie dorthin gelegt, damit alle mit dem Finger auf das Lager zeigen. Ergebnis: Wir waren im Knast, und es sah so aus, als hätte jemand versucht, uns vor seinen Karren zu spannen. Die Waldarbeiter haben das gemacht, was wir wollten, und Vanberten, der glaubt, mehr Grips zu haben als andere, hat uns nicht mal Fragen gestellt. Aber du musst wissen, warum Messenet zu uns kam; wir brauchen dir das ja eigentlich nicht zu erklären. Glaub bloß nicht, dass wir es wegen dem Geld gemacht haben.«

»Klar. Jeder erzählt sein eigenes Märchen. Messenet und Courbier haben zusammengearbeitet, aber der eine war pleite, und der andere hatte jede Menge Kohle. Ein Unterschied, der gefährlich werden kann.«

»Wir wollen über eure Motive gar nichts erfahren.«

Sie erreichten das Auto. Tonio watete ins Wasser und zwängte sich durch das zersplitterte Fenster. Er startete den Motor, und der Toyota fuhr aus dem Wasser. Sie halfen Rémi in die Kabine. Rémi wollte ihnen den Weg durch den Wald erklären. Tonio, der am Steuer saß, lächelte wieder.

»Ich kenne die Wege zu dir. Wir jagen hier schon viel länger als du und deine Familie, Meister.«

Rémi ließ den Kopf nach hinten fallen.

»Was macht ihr jetzt?«

Nino, dessen Ellbogen aus dem offenen Fenster hing, betrachtete den vorbeiziehenden Wald.

»Wir könnten hierbleiben. Niemand wird auf uns kommen, jetzt, wo Messenet tot ist. Aber wir wollen eine Weile unterwegs sein. Wenn sich die Gemüter wieder beruhigt haben, kommen wir zurück.«

Rémi atmete tief ein und sah Tonio an.

»Tonio, ich glaube, dass auch Jean wegfahren muss.«

Tonio sah Nino Valentine an. Sie schwiegen lang, und am Ende gab Nino, Clanchef, durch ein wortloses Senken des Kopfes seine Zustimmung.

Als sie auf Terre Noire ankamen, stand ein Mercedes 300 mit abgefahrenen Reifen vor dem Haus. Ein Valentine saß am Steuer, ein anderer auf der Rückbank. Rémi grinste.

»Perfekt inszeniert, so viel steht fest.«

»Du bist eingeschlafen, und wir haben schließlich Telefon.«

»Selbstverständlich.«

Sie stiegen aus, und Rémi verabschiedete sich.

»Ich komme zurecht. Danke.«

»Wir schulden dir einen Gefallen, Meister. Das nächste Mal. Wir brechen heute Nacht auf.«

Der Mercedes entfernte sich, der herunterhängende Auspuff klapperte über den unebenen Boden. Rémi hüpfte auf einem Bein bis zu seinem Bett. Er hob den Hörer des Telefons auf dem Nachttisch ab und rief Jean an.

Zwei Stunden später stand Jean mit einem Paar Krücken in der Tür.

»Lieber Gott im Himmel, was hast du jetzt wieder angestellt?«

»Frag nicht.«

»Sag's mir trotzdem.«

»Ich sag dir gar nichts. Gib mir die Krücken. Hast du die Tabletten bekommen?«

Jean warf ein Röhrchen Codeintabletten aufs Bett.

»Geschenk von Doktor Tixier. Er ist echt nett, dein Dealer.«

Rémi nahm zwei Tabletten und verließ das Zimmer. Er humpelte quer durch das Wohnzimmer, zwischen umgestürzten Möbeln und auf dem Boden verstreuten Büchern hindurch, die er mit den gummierten Enden seiner Krücken beiseiteschob. Jean stellte Tisch und Stühle wieder auf, schob das Regal wieder an die Wand.

»Ich sehe, ihr habt euch gestritten, du und Michèle. Das heißt, ihr rauft euch zusammen.«

»Lass das. Wir müssen reden.«

Jean folgte ihm nach draußen. Rémi ging zum Schuppen, dessen nördlicher Eckpfosten schief stand, seit Michèle in ihn hineingefahren war. Mit zitternden Armen bückte er sich und setzte sich auf einen Bretterstapel. Jean setzte sich neben ihn.

»Willst du alles zerstören, was ich gebaut habe, oder was?«

Rémi kreuzte die Hände über einer Krücke und legte das Kinn darauf.

»Was hast du mit deiner Axt gemacht, Jeannot?«

»Wie?«

»Als du das Werkzeug weggeräumt hast, als du das Dach gedeckt hast, da hattest du die Axt nicht mehr. Was hast du damit gemacht?«

Jean zog ein Päckchen Tabak aus der Tasche und drehte sich eine Zigarette. Er nahm einen Zug und spuckte einen Tabakkrümel aus, der an seiner Lippe hängen geblieben war.

»Sie liegt auf dem Grund des Sees im Val Vert, im Schlamm, bei den Karpfen.«

Rémi schloss die Augen.

»Du warst bei ihr?«

Jean blies eine Rauchwolke aus, betrachtete die Zigarette

zwischen seinen verstümmelten Fingern und warf die Kippe weg.

»Eigentlich nicht. Ich bin ihr gefolgt. Als sie bei dir war, hab ich auf der Straße gewartet, am Ende des Forstwegs. Als sie wieder auftauchte, bin ich hinterher.«

»Was hast du dort gemacht?«

»Was glaubst du?«

Rémi hielt die Augen geschlossen und legte die Stirn auf seine aufeinandergelegten Hände.

»Wie lange dauert das schon?«

»Es dauert gar nicht. Es ist seit Langem zu Ende. Seit du aus dem Krankenhaus kamst. Es hat nach deinem Unfall angefangen. Als du weg warst, um Revierjäger zu werden, haben wir uns noch ab und zu gesehen. Als du wiederkamst, um hier zu arbeiten, haben wir Schluss gemacht. Dann ist sie weggegangen.«

»Ihr habt Schluss gemacht?«

»Michèle wollte nicht, dass es weitergeht.«

»Aber du wolltest schon.«

»Ja. Aber ich hatte keine Wahl.«

»Warum hast du es mir nie gesagt?«

»Es geht nur mich etwas an.«

»Also, was ist passiert?«

»Ich bin zu neugierig gewesen. Ich hab gewartet, weil ich wissen wollte, ob sie bei dir bleibt. Als ich ihr Auto wiedersah, bin ich ihr gefolgt. Ich weiß nicht mal, ob ich mit ihr reden wollte, aber ich wollte ihr folgen. Sie ist in Richtung Plateau gefahren. Als sie auf die Nationalstraße abbog, wusste ich schon, dass sie dorthin fahren würde. Ich hab die Abkürzung durch den Wald genommen, meine Karre abgestellt und bin zu Fuß weitergelaufen. Bevor ich zum See kam, hab ich Didiers Chevrolet gesehen. Er war da, hat im Dunkeln auf sie gewartet. Ich hab mich versteckt und auch gewartet. Dann kam sie, ist ausgestiegen und im Scheinwerferlicht weitergegangen, und dann sind sie aufeinandergetroffen. Sie hat zu schreien angefangen, wegen des Immobilienprojekts, weil er sich mit Courbier verbündet hat, und diese ganze Geschichte. Sie hat richtig getobt, und dann hat sie ihn gefragt, ob er Mazenas auf dem Gewissen hätte.«

Rémi unterbrach Jean mit müder und hohler Stimme.

»Michèle hat Philippe die Dokumente zugespielt, damit er die Öffentlichkeit alarmiert und das Projekt beendet wird. Sie wollte die Courbiers zu Fall bringen. An diesem Abend hatte ich ihr gesagt, dass Didier mit den Courbiers unter einer Decke steckt. Vorher wusste sie es nicht.«

Jean schwieg ein paar Sekunden, spuckte zwischen seine Füße und zerrieb den Speichel mit den Hacken.

»Danach ist alles aus dem Ruder gelaufen. Statt auf Michèles Fragen zu antworten, hat Didier ihr eine runtergehauen und sie angeherrscht, sie soll den Mund halten. Michèle hat weitergeschrien, er hat sie am Kragen gepackt und auf den Boden geworfen. Zuerst hab ich geglaubt, dass sie nur so ein bisschen rangeln, dass sie hysterisch wäre und er versuchen würde, sie zur Vernunft zu bringen. Aber dann hat er versucht, ihr die Klamotten runterzureißen. Ich bin aufgestanden und auf sie zugelaufen, und da hab ich gesehen, dass Michèle einen Stein aufhob. Zwei, drei Kilo schwer. Ich hab das Geräusch gehört, obwohl ich noch ziemlich weit weg war. Verfluchte Scheiße, es war, wie wenn ein Straußenei auf den Boden fällt und platzt. Didier ist auf die Seite gefallen. Sie hat sich auf ihn gestürzt, hat gebrüllt. Grässliche Sachen, Rémi, Sachen, die du nicht hören willst. Sie schrie, dass er sie nie mehr anrühren würde. Und gleichzeitig hat sie ihn mit dem Stein bearbeitet. Als sie aufhörte, hat er sich nicht mehr gerührt. Ich hab mich versteckt, ich hab nichts mehr kapiert, ich wusste nicht, was ich machen sollte. Sie ist noch eine

Weile auf ihm sitzen geblieben. Sie hat den Stein weggeworfen, ist aufgestanden und zum Auto gegangen. Aber sie hat ihn immer noch angeschrien und beleidigt und hat dabei angefangen zu kotzen. Dann ist sie weggefahren und hat ihn da liegen lassen. Als ich kam, hat er sich noch ein bisschen bewegt. Dieses Arschloch wollte nicht krepieren. Ich hab gewartet. Ich hab gesehen, dass Blutblasen aus seinem Mund kamen, und hab nichts gemacht. Ich glaube nicht, dass er mich erkannt hat, aber er wusste, dass jemand da ist, und er sagte ... ich glaube, er wollte, dass jemand ihm hilft. Ich bin zu meiner Karre gegangen, hab die Axt aus dem Kofferraum geholt und bin zurückgelaufen. Ich hab nicht überlegt, Rémi. Ich hab immer noch die Schreie von Michèle gehört und mir vorgestellt, was dieses Stück Scheiße mit ihr angestellt hat. Es ging alles automatisch. Ich weiß nicht, wie viele Schläge ich ihm versetzte. Ich hab den Stein genommen und ihn in den See geworfen, und dann die Axt hinterher. Ich hab einen Tannenzweig abgebrochen und damit die Reifenspuren von Michèles Auto verwischt. Ich hab sogar ihre Kotze zugedeckt. Und dann bin ich zu mir gefahren.«

Rémi öffnete die Augen und hob den Kopf. Jean war bleich, der Mund schmal, und sein Blick verlor sich in weiter Ferne.

»Du hättest es mir sagen müssen, wegen Michèle.«

Jean öffnete den Mund, aber sein Blick kehrte nicht zu Rémi zurück.

»Michèle liebt mich nicht. Sie hat mich nie geliebt. Was gibt es dazu zu sagen? Du warst in dieser Nacht nicht dabei. Du hast das nicht getan.«

»Ich hätte dasselbe getan.«

»Das weißt du nicht. Und es ist auch egal. Was ich wissen will, ist, was du Michèle sagen wirst. Der Rest geht nur mich etwas an. Was sagst du ihr?«

Rémi stützte sich auf die Krücken und stand auf. Ihm wurde schwindlig, als das Blut von seinem Kopf wieder in die Beine schoss.

»Ich glaube nicht, dass ich das entscheiden sollte. Wir entscheiden es gemeinsam.«

»Ich will nicht, dass sie wegen dem, was ich getan habe, in den Knast kommt.«

»Natürlich nicht. Aber ich sehe auch keinen Grund, warum du in den Knast gehen solltest.«

»Stimmt. Schließlich ist es ja nur ein ganz normaler Mord.«

Rémi drehte sich zu Jean um.

»Niemand geht in den Knast. Die Frage ist, ob du das auf die Dauer aushältst, ohne dich noch mehr kaputt zu machen. Das gilt auch für Michèle. Es ist eine Art Vertrag.«

»Was meinst du?«

»Wenn Michèle wieder normal ist, musst du es ihr sagen. In der Zwischenzeit wird sie sich sagen können, dass sie getan hat, was sie tun musste. Dasselbe gilt für dich.«

»Für mich?«

»Wenn du eines Tages zur Polizei gehst oder wenn jemand dir ans Leder will, stellen wir uns zu dritt, als Komplizen.«

Jean ging auf dem Rasen auf und ab, die Hände in den Taschen vergraben.

»Wenn man jemanden umbringt, selbst ein Arschloch wie dieses, muss man einen Preis dafür zahlen, aber ich denke, der Preis wird nicht allzu hoch sein.«

Rémi stand ebenfalls auf und sah in dieselbe Richtung wie Jean, zum Wald und zum Plateau hin. Jean lächelte.

»Ich lasse euch zwei in Ruhe. Wenigstens auf diesem Feld hast du gewonnen.«

»Darum geht es nicht.«

»Ich weiß. Ich bin mir nicht mal sicher, ob du einen guten Tausch machst. Wenn man Michèle liebt, ist es besser, dass sie nicht alles weiß. Die Schwierigkeiten sind noch nicht zu Ende.«

»Wir müssen in Verbindung bleiben.«

»Klar.«

»Jean?«

»Was?«

»Gestern Abend hat Michèle es mir gesagt, oder beinahe. Ich hab das mit ihrem Bruder verstanden. Ich bin fast wahnsinnig geworden. Deshalb bin ich jetzt in diesem Zustand. Ich sage dir nicht, was ich gemacht habe, die Erinnerung daran ist auch ziemlich verschwommen, aber sagen wir, dass Tonio und Nino Valentine mich rausgeholt haben. Ich habe mit ihnen geredet.«

»Worüber?«

»Ich glaube, ich hab's begriffen. Frag mich nicht, wie, aber ich hab die einzelnen Puzzleteile heute Nacht zusammengesetzt. Sie sind einverstanden, dich mitzunehmen, wenn du willst.«

»Die Sinti hauen ab?«

»Diesmal weiß ich nicht mehr darüber als du. Sie waren es, sie haben die TechBois angezündet, und Messenet hat sie dafür bezahlt. Sie fahren heute Nacht los, und sie warten auf dich.«

Jeans Lächeln hellte sein zerfurchtes Gesicht auf. Rémi entschuldigte sich, dass er ihm nichts zu trinken anbieten konnte, weil er gestern alles selbst getrunken hatte. Jean ging zu seinem Auto.

»Ich hab noch ein Sixpack auf dem Rücksitz.«

Er hielt auf halbem Weg inne und drehte sich um.

»Rémi?«

»Was ist?«

»Willst du mich loswerden oder mir einen Gefallen tun?«
»Wir tun das, was für alle das Beste ist.«
Jean zuckte die Achseln.
»Das Beste ist hier kaum anders als das Schlimmste.«

22 Weggehen

Am nächsten Morgen hatte die Familie Valentine mit all ihren Angehörigen, den Kindern, den Autos und den Wohnwagen unbemerkt von ihrer Umgebung das Lager verlassen. Die verschwundenen Sinti hinterließen ein großes unbebautes Gelände mit Spuren von Feuerstellen und einem Haufen Mülltüten – und ein Gefühl des Unbehagens. Ihre störende Anwesenheit verwandelte sich in eine beunruhigende Abwesenheit, vermischt mit Neid. In dieser Region, in der sich nichts bewegte, glich dieser schweigende Auszug einem unsichtbaren Stinkefinger. Große Limousinen hatten sich in der Nacht in verschiedene Richtungen auf den Weg gemacht. Gemäß einem Plan, den niemand nachvollziehen konnte, trafen sie sich irgendwo wieder, weit weg, um an einer unerwarteten Stelle ein neues Lager zu errichten, ohne dass man wusste, woher diese Familien kamen, was sie vorher gemacht hatten und wie lange sie am neuen Platz bleiben würden.

Rémi betrachtete eine Zeit lang das leere Feld an der ehemaligen Mülldeponie von R. Als die Deponie noch benutzt wurde, waren die Jungs aus der Stadt und von den Höfen hierhergekommen, um im Scheinwerferlicht ihrer Mofas mit Karabinern auf Ratten zu schießen. Wenn sie groß geworden waren und ihren Jagdschein erhielten, wusste man schon lange, wer von ihnen der beste Schütze war.

Eine westliche Brise ließ die Plastiktüren der mobilen Toiletten klappern, die der Stadtrat hatte aufstellen lassen. Rémi ging zu einem vom Feuer geschwärzten und verformten Zweihundertliter-Ölfass und sah hinein. Auf dem Grund eine Schicht aus geschmolzenem Plastik, erstarrtes synthetisches, vielfarbiges Magma. Was von der Ummantelung der Elektrokabel übrig war, deren Kupfer ausgeschmolzen worden war. Das Kupfer war an Großhändler verkauft worden, und man hatte Drahtschlingen daraus gemacht.

Er stieg wieder in Jeans alten Lada und fuhr in Richtung Stadt. Das kleine Haus im Horloge-Viertel, eingezwängt zwischen zwei anderen Häusern mit zerbrochenen Fenstern und zugemauerten Türen, war leer. Das Dach war kürzlich neu gedeckt worden, im ersten Stock hatte man neue Fenster eingesetzt. Man hatte den Eindruck, dass das ganze Gebäude nur so weit renoviert worden war, dass es nicht einstürzte. An der Wohnungstür gab es einen Bereich, der heller war als das Holz der Umgebung. Jean hatte seinen Briefkasten abgehängt. Rémi suchte unter einem lockeren Backstein der Mauer nach dem Schlüssel, den Jean gewöhnlich hier versteckte. Er war nicht da.

Rémi stellte sich vor, wie sein Freund in dieser Nacht das Wasser abgestellt und die Heizung entleert hatte, wie er seinen Rucksack gepackt und neben den Kleidern auch Werkzeug eingepackt hatte, wie er seinen Pass in die Innentasche seiner Jacke gesteckt und so viel Alkohol mitgenommen hatte, wie er tragen konnte. Rémi hatte ihn für seine Arbeit bezahlt und ihm außerdem einen kleinen Betrag für den alten Geländewagen gegeben.

Jean hatte die Tür abgeschlossen und den Schlüssel vielleicht danach in irgendeinen Gulli geworfen.

Tonio musste unten in seinem Mercedes auf ihn gewartet haben, mit einem Sixpack auf der Rückbank. Der Wagen war mit abgeschalteten Scheinwerfern durch die Dunkelheit geglitten, aus der Stadt hinaus in Richtung Friedhof und dann weiter über eine der kleineren gewundenen Landstraßen in Richtung Süden.

Rémi warf die Krücken auf den Beifahrersitz und fuhr ins Zentrum. Die Hauptstraße war leer an diesem Montag, alle Geschäfte hatten noch geschlossen. Der Rollladen des Ladens gegenüber dem Kino war heruntergelassen, und an der Glastür hing ein Schild. »Michèles Dessous« stand zum Verkauf. Etwas langsamer fuhr er weiter zur Rue des Fusillés 17.

Das Haus schien leer zu sein wie das von Jean, die Läden waren geschlossen.

Das Haus der Courbiers, in La Lune, war mit Brettern vernagelt. Rémi hielt nicht an.

Er verließ die Stadt am südlichen Rand und fuhr auf der neuen Straße in Richtung der Puys-Berge. An den Straßenrändern sah er immer wieder Rindenhaufen, aber keinen einzigen Arbeiter und keinen Lastwagen, der die Baumreste zur Zellstofffabrik gefahren hätte.

Als er an den verkohlten Resten der TechBois anlangte, fuhr er nicht langsamer. Ein Sicherheitszaun umgab das Gelände. Zwei Bulldozer ließen die letzten Stücke des Baugerippes, die noch aufrecht gestanden hatten, in sich zusammenfallen, ein Bagger schob unterschiedliche Materialien zu drei großen Haufen zusammen. Eine schwarze Staubwolke stieg von der Abrissstelle auf.

Rémi fuhr auf dem Parkweg in Richtung Plateau, bog vor dem Haupteingang ab und parkte am Anfang des Wanderwegs durch das Val Vert.

Auch hier war ein Sicherheitsgürtel eingerichtet worden, und am Damm sah er zwei Bauwagen mit dem Logo einer Firma, die auf Maßnahmen gegen Erd- und Gewässerverseuchung spezialisiert war. Ein großer Security-Mann in schwarzem Arbeitsanzug und T-Shirt, Handy am Ohr, bewachte neben einem Kleinlaster den Eingang. Ein sechzig Kilo schwerer Rottweiler döste zu seinen Füßen. Der Hund hob den Kopf, als Rémi sich näherte. Der Security-Mann steckte sein Telefon in die Hosentasche.

»Sie dürfen hier nicht rein, Monsieur, das ist verboten.«
Rémi blieb vor ihm stehen.
»Ich weiß. Ich will nicht rein. Kann ich um das Gelände herumgehen?«
»Nur unten am See entlang. Niemand darf den Berg hoch«, sagte er, indem er mit dem Finger auf den Hang in seinem Rücken wies.

Rémi ging an den Absperrbändern entlang bis zum Damm, von wo er das ganze Tal überblicken konnte. Der Zugang zur Mine war durch einen hohen Bretterzaun versperrt. Fahrzeuge und Erdbaumaschinen standen davor. Aber Rémi konnte nicht sehen, wer hier arbeitete. Es war Mittag, die Sonne stand senkrecht über dem Tal, und die Männer machten offenbar gerade Pause.

Alles schien friedlich zu sein. Karpfen schnappten nach Luft und tauchten wieder ins Wasser, in den Binsen nah am Ufer glitten Biber dicht unter der Oberfläche dahin. Rémi stellte die Krücken an einen Lärchenstamm und setzte sich ins Gras. Am Himmel beobachtete er einen Raben und eine Rohrweihe, die einander offenbar das Revier streitig machten. Sie verfolgten einander zwischen den hohen Bäumen, bis der Rabe dem kleineren Vogel einen energischen Schnabelhieb verpasste, um dann von der Höhe einer Douglasie herab seinen Rückzug zu verfolgen. Nun würde er eine Zeit lang Herr des Tals sein.

Rémi schloss die Augen.

Maschinengeräusche und die Stimmen der Männer, die zur Arbeit zurückkehrten, weckten ihn. Die Siesta war beendet. Hinter dem Bretterzaun war alles geschäftig. Mithilfe der Krücken erhob sich Rémi, ging zum Auto zurück und fuhr in Richtung Terre Noire.

Michèle wartete auf der Veranda. Sie saß auf einem Stuhl, eine Reisetasche stand vor ihr auf dem Boden. Sie rauchte.

Rémi ging langsam die Stufen hinauf und setzte sich neben sie.

Allmählich gewöhnte er sich an die Aussicht, die er von hier hatte. Am Anfang hatte er gedacht, sie würde ihm langweilig werden. Neben Michèle sitzend, schien es ihm, als könnte die Aussicht durch ihre gemeinsame Betrachtung zu etwas Unvergänglichem werden, als könnten sie sie unerschöpflich werden lassen, indem sie jeden Tag, jede Woche, von einer Jahreszeit zur nächsten, über ihre kleinen Veränderungen sprachen. Er betrachtete die Tasche auf dem Boden der Veranda und sah dann zu dem Holzstoß, den er für den kommenden Winter aufgeschichtet hatte. War es diese Nacht gewesen – die erste seit langer Zeit, in der er tief geschlafen hatte –, waren es diese zehn Stunden ununterbrochener Erholung, die die Realität von ihren vieldeutigen und zweifelhaften Aspekten befreit hatte? Die Dinge genügten sich selbst. Wenn er jetzt seinen Blick von einem Gegenstand zum andern wandern ließ, hatte das nichts zu tun mit jener gewohnheitsmäßig von seinem Gehirn produzierten Namensliste, diesem irrealen Katalog, der gewöhnlich den Blick auf die Wirklichkeit um ihn herum ersetzte.

Michèle wartete, mit der Reisetasche zwischen ihnen. Als sie zu Ende geraucht hatte, warf sie den Zigarettenstummel ins Gras.

»Wo warst du?«

Rémi lächelte.

»Ich hab eine kleine Spazierfahrt gemacht. Erst in die Stadt, dann ins Val Vert.«

»Jean ist weg.«

»Ja, er wollte schon seit einiger Zeit mal was anderes sehen.«

»Er hat deinen Schuppen nicht zu Ende gebaut.«

»Er hat gesagt, dass er vor dem nächsten Winter zurückkäme, um das Dach fertig zu machen.«

»Komisch, dass du mit deinem Gesicht nicht besser lügst. Was hat er gesagt? Dass er wegginge, um uns in Ruhe zu lassen? Ist das ein Problem für dich, dass ich mit ihm geschlafen habe?«

»Überhaupt nicht.«

»Du kannst wirklich nicht lügen.«

»Du wirst keine andere Antwort bekommen.«

Michèle zündete sich noch eine Zigarette an.

»Was wirst du jetzt machen?«

»Ich weiß nicht. Mich ausruhen.«

»Und danach?«

»Ich habe Lust, wilde Tiere zu sehen.«

»Im Wald gibt es genug wilde Tiere.«

»Nicht solche. Andere. Solche, die man sonst nur im Zoo sieht.«

»Du kehrst in deine Kindheit zurück, Parrot.«

»Ist das schlimm?«

»Nein.«

Sie betrachtete ihre halb gerauchte Zigarette, zog noch einmal daran und warf sie übers Geländer.

»Meinst du das wirklich, was du Vanberten gesagt hast?«

»Was?«

»Dass ich eine Frau bin, die zu schön ist für hier.«

»Es stimmt.«

»Vielleicht bin ich nur zu schön für dich.«

»Das stimmt auch.«

Rémi wandte sich zu ihr. Er nahm ihre Hand. Sie atmete tief ein.

»Willst du, dass ich hierbleibe?«

»Ja.«

»Und was machen wir mit deinen wilden Tieren?«

»Du wirst immer da sein.«

Michèle lächelte. Rémi betrachtete die Reisetasche.

»Dieses Haus bleibt hier, es gehört uns.«

»Ein Palast für eine Prinzessin.«

»Wir können weggehen, wann immer wir wollen.«

Das Böse hat viele Gesichter

Seit dem Tod seiner Familie ist für den ehemaligen verdeckten Ermittler Lucas nichts mehr, wie es war. Er isst nicht, er schläft nicht, er empfindet nichts. So muss sich die ewige Dunkelheit anfühlen. Doch dann tötet ein Serienmörder vier Frauen, und die Polizei ist auf Lucas' Hilfe angewiesen. Denn niemand kann Tatorte so gut lesen wie er. Gemeinsam mit der jungen Psychiaterin Anna entwickelt er ein Täterprofil, scheint den Killer allmählich zu durchschauen. Aber dann wird die Mordserie unterbrochen. Etwas muss geschehen sein. Und Anna beginnt, Lucas zu hinterfragen. Denn auch sie hat in ihrem Leben schon in viele Abgründe geblickt ...